Vanessa A. Thompson
The color of your soul

AF188639

Für meine Mutter

VANESSA A. THOMPSON

The Color of your Soul

Bibliografische Information der Deutschen Nationalbibliothek:
Die Deutsche Nationalbibliothek verzeichnet diese Publikation in der
Deutschen Nationalbibliografie; detaillierte bibliografische Daten sind
im Internet über http://dnb.dnb.de abrufbar.

Dritte Auflage April 2019

© 2017 Vanessa A. Thompson

© Umschlag- und Covergestaltung:
Laura Newman – design.lauranewman.de
Verwendete Elemente & Motive:
Designed by SilviaNatalia / Freepik

Illustration S. 134:
Vanessa A. Thompson
Verwendete Elemente:
Designed by Freepik

Herstellung und Verlag:
BoD – Books on Demand, Norderstedt

ISBN: 978-3-7448-9615-3

Teil Eins

Eins

Es schlug wie eine Welle auf mich ein. Fassungslosigkeit breitete sich in mir aus. Wie ein Echo hörte ich es nachklingen, immer und immer wieder. Nur die Weiten des Universums, unantastbare, unerreichbare Galaxien konnten wissen, wie sie auf diese schwachsinnige, unakzeptable und völlig verrückte Idee kommen konnten.

Sie wollten mich tatsächlich Seelengeschichte studieren lassen. *Seelengeschichte!*

Geschichte? Und ich? Das war wie Feuer und Wasser oder Tag und Nacht. Zwei Feinde, die sich gegenüberstanden! Gegensätzlicher ging es wirklich nicht! Wie zum Teufel waren sie zu dem Entschluss gekommen, dass das Studienfach *Seelengeschichte* am besten für mich war? Jeder, der mich auch nur ansatzweise kannte, wusste, dass Geschichte rein gar nicht zu mir passte.

Das war es. Sie kannten mich nicht. Sie kannten mich kein Stück. Woher auch? Schließlich sahen sie sich nur meine Schulnoten an, unterhielten sich kurz mit meinem Lehrer und dann war die Sache gegessen. Danach wussten sie genug über mich, um beurteilen zu können, wer ich war und was ich wollte.

Tja, das war ein Griff ins Klo.

Und jetzt saß ich hier, völlig fertig mit den Nerven

und wäre am liebsten im Boden versunken. Heute Morgen, als ich aufstand, mich für den großen Tag fertigmachte und frühstückte, als ich auf dem Weg zur Universität war und gespannt wie ein Flitzebogen wartete, dass ich aufgerufen wurde, war ich der Optimismus in Person. Ein Kleinkind, das Geburtstag hatte und fröhlich singend durch den Raum hüpfen konnte. In einer Welt, die nur aus rosa Zuckerwatte und glitzernden Einhörnern bestand. Und jetzt? Jetzt legte sich ein dunkler Schatten auf meine Seele und die Welt um mich herum verlor all ihre wunderschönen Farben.

»Wir sind uns sicher, dass Sie Ihr Studium mit Bravur meistern werden, Ms McCarthy.« *Ach, sei doch still!* Die innere Stimme in mir rastete vollkommen aus. Ich musste mich beherrschen, um einen Wutausbruch zu verhindern. Was dachten sich diese Leute eigentlich? Nur weil sie sich Beauftragte des Rates nennen konnten, hieß das noch lange nicht, dass sie allwissend waren! Sie hatten nämlich so eben die verkehrteste Entscheidung in ihrem Leben als Universitätsbeauftragte getroffen. Das konnte ich ihnen mit Sicherheit sagen. Hundertprozentig.

»Wir wünschen Ihnen jedenfalls alles, alles Gute für die Zukunft.« Der Beauftragte, der mir die ganze Zeit schon die Ohren vollsabbelte, glänzte nicht mit seiner fachlichen Ausdrucksweise, sondern eher mit seinem eleganten Pottschnitt und den vor Gel triefenden Haaren. Er lächelte gequält, als hätte er den ganzen Tag nichts Anderes getan – was natürlich auch zutraf –, und wartete mit weit geöffneten Augen eine Antwort von mir ab. Seine drei Begleiter, die noch kein einziges Wort gesagt hatten und eher die Rolle von *stillen Beobachtern* übernahmen, verstörten mich beinahe noch mehr. Mein Herz pochte, als wäre es ein wild gewordenes Tier.

Ich räusperte mich. »Vielen Dank.« Mehr konnten sie nun wirklich nicht von mir erwarten. Schließlich hatten sie mir das Studienfach meines Grauens zugewiesen, da mussten sie meine Einfältigkeit für den Anfang einfach akzeptieren.

Als die vier aufstanden, mir nacheinander die Hand reichten, mich beglückwünschten und mir versicherten, sich auf eine lehrreiche Zeit mit mir freuen zu würden, hastete ich so unauffällig wie möglich aus dem Raum. Ich hatte das Gefühl, keine Luft mehr zu bekommen. Nachdem die Tür geschlossen war, atmete ich tief ein und aus, als müsste ich eine Panikattacke zurückhalten. *Ein – aus – ein – aus.*

»Kass!« Ein Schauer lief mir über den Rücken. Nicht das auch noch! Felicitas, meine beste Freundin seit Lebzeiten, rannte mir mit vor Neugier weit aufgerissenen Augen entgegen. Ich mochte sie wirklich, niemand verstand mich so gut wie Felicitas, aber manchmal gab es einfach Zeiten, in denen man alleine sein musste. Und nachdem man dem schlimmsten Studienfach, das es für einen gab, zugewiesen worden war, gelangte man in diesen Modus, in dem man jeden abwimmeln wollte, um Zeit für sich zu haben. Aber wenn man Felicitas abwimmelte, ohne Gründe zu nennen, hatte man so gut wie verloren. Felicitas war schnell gekränkt.

»Und wie war's? Was haben sie gesagt? Welchen Studienplatz hast du bekommen?«, überflutete sie mich mit Fragen. Ich atmete vorsichtshalber nochmal tief ein und aus.

»Es war schrecklich«, flüsterte ich, weil ich vor Schreck meine Stimme immer noch nicht wiedergefunden hatte. Felicitas' Miene verdüsterte sich. Fragend starrte sie mich an. »Seelengeschichte«, berichtete ich ihr die Hiobsbotschaft.

Mit einem lauten Klirren landete ihr Glücksbringer – eine Halskette mit einem runden, weißen Herzanhänger – auf dem Marmorfußboden der Universität. Köpfe drehten sich zu uns um und musterten uns eine Zeit lang, bis sie an unserer steifen Haltung bemerkten, dass es keinen Anlass für Aufmerksamkeit gab. Felicitas ließ sichtbar die Schultern hängen.

»Jetzt habe ich Angst«, flüsterte sie und lehnte sich gegen die Wand, den Blick zu Boden gerichtet. *Optimismus sammeln, Kass!*

»Nur, weil ich ein Studienfach bekommen habe, was nicht in mein Interessengebiet fällt, heißt das ja nicht, dass du…«

»Nicht dein Interessengebiet?«, blaffte sie. »Kass, du *hasst* Seelengeschichte. Das war das einzige Fach, was du mit Sicherheit ausschließen konntest, das, was du auf keinen Fall wolltest!«, gaffte sie mich an und verschränkte anschließend die Arme vor der Brust. Eigentlich hätte ich ihr jetzt zu erkennen gegeben, wie fies es war, dass sie mir diese Information noch einmal unter die Nasen reiben musste, aber ich wusste, dass es besser war, wenn ich jetzt lieber den Mund hielt. Ich bückte mich, hob ihre Kette auf und hielt ihr sie entgegen.

»Viel Glück, Felicitas«, flüsterte ich, lächelte und wartete. Als sie sich weigerte, die Kette zu nehmen, zog ich sie ihr einfach über den Kopf, hakte mich bei ihr ein und ging mit ihr Richtung Tür. Sie war als nächste dran. Direkt nach mir. »Du schaffst das.« Es dauerte eine Weile, aber dann nickte sie und ich wusste, dass ich sie alleine lassen konnten. Schließlich machte es keinen guten Eindruck, wenn man zusammen mit seiner besten Freundin vor der Tür warten musste. Selbstvertrauen und Entschlossenheit waren hier angesagt, deshalb löste ich mich von ihr und gesellte mich zu den anderen Schülern. Gerade als ich mich auf ein Sofa setzte, wurde Felicitas aufgerufen und verschwand im Raum des Grau... der Offenbarung.

Optimismus, Kass.

Seelengeschichte. Das Wort brannte sich allmählich in mein Gehirn. Aber die Fassungslosigkeit überkam mich unmittelbar danach, immer wieder. Was hatte sie nur dazu bewegt, mich diesem Fach zuzuweisen? Und warum hatte ich keine Chance, mich zu weigern, Seelengeschichte zu studieren? Warum konnte ich den Spieß nicht umdrehen und selbst entscheiden, was ich studieren wollte? Warum…

»Kassandra McCarthy.« Allein diese Stimme, die meinen Namen aussprach, als hätte man mich auf frischer Tat ertappt, konnte mich in den Wahnsinn treiben. Sie konnte keinem anderen als Edgar gehören, dem Klassenclown, dem Angeber, dem Macho, dem Geizkragen, dem hinterhältigen Großmaul. Ich versuchte ja wirklich, zu jedem stets nett und höflich zu sein, aber bei Edgar hatte ich es schon am ersten Tag aufgegeben. Er ging, nicht nur mir, sondern auch vielen anderen etliche Jahre lang auf die Nerven und er hatte es nie für nötig empfunden, sein Verhalten zu ändern. Ich bezweifelte, dass Edgar und ich jemals Freunde werden würden.

»Und? Waren die Universitätsbeauftragten gemein zu dir? Musstest du etwa weinen?« Ein paar Leute neben mir fingen an zu lachen. Früher warf ich ihnen nur einen einzigen Blick zu, da waren sie plötzlich wieder mucksmäuschenstill, aber mittlerweile war es mir egal. Sollten sie doch grundlos lachen, mir machte es nichts mehr aus.

»Verschwinde, Edgar«, brummelte ich genervt und wandte den Blick ab. Wenn ich ihm keine Beachtung mehr schenkte, hielt es ihn vielleicht davon ab, mich weiter zu belästigen. Und zudem war ich überhaupt nicht in der Stimmung, mich mit jemandem zu unterhalten. Schon gar nicht über mein Studienfach und schon gar nicht mit Edgar! Hoffentlich würde Felicitas bald kommen, damit wir gehen konnten. Ich hielt es nicht mehr lange in der Universität aus, das spürte ich bereits.

»Oh, da ist aber jemand ganz unzufrieden«, schlussfolgerte er aus meinem Verhalten. Jemand grunzte beim Lachen. Ich wusste nicht, was daran so lustig war. Lag es wirklich nur daran, dass Edgar ständig grundlos versuchte aus mir das unschuldige, arme, schwache Mädchen zu machen? Lachten sie, weil ich es war, auf die er es abgesehen hatte? Egal. *Das ist dir egal, Kass.*

»Willst du uns nicht von deinen Sorgen erzählen?«, fragte Edgar mit einem Blick, der von gespieltem Mitleid gezeichnet war. Ich schenkte ihm einen letzten – wirklich letzten – ausdruckslosen, genervten Blick und legte dabei den Kopf schräg. Ich wollte mir wirklich einen Wutausbruch sparen. Als er merkte, dass ich nicht vor hatte zu antworten, brachte er den Witz des Jahres. Eine Hand landete auf meiner Schulter. »Hast Recht, interessiert ja eh keinen!« Noch bevor das letzte Wort gesprochen war, brach das Volk um uns herum in ein riesiges Gelächter aus. Manche hielten sich den Bauch, andere klatschten sich gegenseitig in die Hände, obwohl es nicht mal sie waren, die den Witz gebracht hatten, wieder andere wischten sich Tränen aus den Augenwinkeln, weil Edgar und ich das lustigste Spektakel des Tages darstellten. Kindischer konnte es nicht werden.

»Hey, Edgar?« Ruckartig riss ich den Kopf herum und beugte mich vor, um besser sehen zu können. War das nicht die Stimme von… Felicitas! Ich hatte gar nicht mitbekommen, dass sie den Raum bereits wieder verlassen hatte. Schließlich war ich aktiv damit beschäftigt gewesen, Edgars Präsenz auszublenden und seine Bemerkungen zu ignorieren.

Edgar machte sich nicht die Mühe sich umzudrehen, obwohl Felicitas ihn angesprochen hatte. Ich konnte sehen, wie er mit den Augen rollte und seinen abschätzigen Blick noch intensiver preisgab. Die anderen beäugten das bevorstehende Spektakel mit Neugier und Belustigung. Manche wirkten sogar beeindruckt, als wäre es eine Absonderlichkeit auf Edgars Verhalten zu reagieren und gleichwertig zu handeln. Aber es wurde schließlich Zeit, dass man Edgar bewusst machte, dass seine Provokationen langsam überflüssig wurden.

Felicitas grinste hämisch, als würde sie es sichtlich genießen, den Spieß umzudrehen.

»Die Universität bietet einen Zusatzkurs in *freundliches Benehmen und Miteinander* an. Vielleicht solltest du dich da anmelden, weil das ja wirklich Fremdwörter für dich sind und Wörter wie *nett*, *einfühlsam* oder *ver-*

ständnisvoll nicht in deinem Wortschatz vorkommen«, sagte sie und zog eine Augenbraue in die Höhe.

»Ich glaube, Edgars Wortschatz ist generell ziemlich klein gehalten«, pflegte ich Felicitas bei und grinste. Hinter Edgar versuchten einige, sich krampfhaft das Lachen zu verkneifen. Edgar warf ihnen einen bitterbösen Blick zu, um ihnen unmissverständlich klar zu machen, dass er niemals derjenige war, der ausgelacht wurde. *Wer's glaubt.*

Ich wollte gar nicht wissen, was die anderen hinter seinem Rücken über ihn dachten. Felicitas hakte sich bei mir unter, warf Edgar einen letzten, ihm überlegenen Blick zu und zog mich dann mit zum Ausgang.

Wie schaffte sie es nur, mich auch in den tiefsten Stunden meines Lebens immer wieder zum Lachen zu bringen? Es fühlte sich an, als wäre eine Last von mir gefallen, als wäre die Sonne aufgegangen. Ich fühlte mich gut, weil Edgar das bekam, was er verdient hatte.

Auf dem Campus, der sich um das Hauptgebäude der Universität befand, herrschte reges Treiben. Auch wenn wir heute unseren großen Tag hatten, an dem sie uns unsere Studienfächer mitteilten, gingen die Kurse und Seminare der Studenten weiter. Ein Blick auf die Uhr verriet mir, dass gerade Mittagspause sein musste. Ich ließ meinen Blick schweifen, musterte all die Studenten, die sich auf dem Campus tummelten. Ein Außenstehender würde direkt erkennen, dass wir dem Sektor der weißen Seelen angehörten. Schließlich sahen wir beinahe alle gleich aus: Schneeweißes Haar, silberfarbene Augen, so glänzend hell, dass man sie in der Abenddämmerung funkeln sehen konnte, Kleidung ausschließlich in der Farbe meines Sektors – weiß. Das Zeichen, dem Sektor der weißen Seelen angehörig zu sein; ein Merkmal, Teil der Nation der Seelen zu sein. Natürlich gab es nicht nur die weißen Seelen. Zur Nation gehörten ebenso die schwarzen Seelen und die magischen Seelen.

Die schwarzen Seelen waren das komplette Gegenteil zu uns. Schwarzes Haar, Augen, so dunkel wie die Nacht, Kleidung in der Farbe ihres Erkennungsmerkmales – schwarz. In der Schule lehrte man uns, Farben hätten keine tiefere Bedeutung. Die Farbe einer Seele spiegelte nicht seinen Charakter wider und man sollte sich anhand der Anschuldigungen der Gesellschaft nicht seine Meinung bilden. Zuhause lehrte man uns, schwarze Seelen zu fürchten. Schwarze Seelen seien grausam und egoistisch. Schwarze Seelen hätte es nie gegeben, wenn nicht durch den Egoismus einer einzelnen Frau ein Krieg ausgebrochen wäre und das Volk sich teilte. Seitdem war die Nation in Sektoren aufgeteilt worden. Ich wusste nicht, ob es der Wahrheit entsprach.

Um weiße und schwarze Seelen voneinander fern zu halten, lag der Hauptsektor zwischen ihnen. Der Sektor der magischen Seelen. Ich war seit Kindheitstagen fasziniert von magischen Seelen. Ausgezeichnet durch ihre funkelnden, türkisfarbenen Augen und den wie Meerwasser strahlenden Haaren waren sie die schönsten Wesen, die ich je gesehen hatte. Ich hatte zwar erst eine magische Seele zu Gesicht bekommen, und zwar am alljährlichen Seelenfeiertag, an dem die Oberste Ratsdezernentin Cunningham, Oberhaupt des Rates, jedes Jahr eine Rede in unserer Schule hielt. Aber nicht nur ihr Aussehen war es, was mich faszinierte, sondern auch die Tatsache, dass magische Seelen über verschiedene Fähigkeiten verfügten. Bekannt war, dass die Oberste Ratsdezernentin Cunningham fühlen konnte, ob eine Seele die Wahrheit sagte oder nicht. Wie genau das funktionierte, war geheim, aber allein die Tatsache, dass solche Fähigkeiten möglich waren, brachte mich jedes Mal zum Staunen. Ich wollte unbedingt mehr über magische Seelen erfahren.

Vielleicht war es doch nicht so verkehrt, Seelengeschichte zu studieren.

Ich war mir nicht sicher, aber ich glaubte, gerade Gefallen daran zu finden, Seelengeschichte zu studieren. Oder hatte ich jetzt schon Halluzinationen, die mir mein Leben als Seelengeschichtsstudentin erträglicher machen sollten?

»Oh man, ich hasse diesen Kerl«, sagte Felicitas, als wir die Treppen zum Campus hinunter schritten. Sie schüttelte grinsend den Kopf.

»Da stimme ich dir zu hundert Prozent zu «, antwortete ich und nickte. »Wie ist es gelaufen? Was studierst du?« Beinahe hätte ich es vergessen. Erst als ich das Schild über dem Torbogen lesen konnte, auf dem in geschwungenen Buchstaben *Universität der weißen Seelen* geschrieben stand, kam die Erinnerung wie ein Pfeilschuss zurück. Ich war eine schlechte Freundin.

Aber das Lächeln, was sich unwillkürlich auf ihrem Gesicht ausbreitete, ließ mich den Gedanken begraben. *Optimismus, Kass.* Ohne etwas zu sagen, nahm Felicitas mich in den Arm, zerquetschte mich fast und fing an, mit mir wie ein Kleinkind vor Freude auf und ab zu springen. Ich glaubte, sie hatte ihr Wunschfach erhalten.

»Modedesign«, rief sie und drehte sich strahlend im Kreis. Ihr Wunschfach, wusste ich es doch.

»Glückwunsch, Felicitas!« Ein Gefühl von Eifersucht machte sich in mir breit. Ich hätte auch gerne mein Wunschfach bekommen. Ich wollte nie etwas mehr, als Seelenpsychologie zu studieren und im Bereich Medizin tätig zu werden. Ich wusste aus eigener Erfahrung, was Krankheiten, Unfälle oder tragische Erlebnisse aus der Psyche eines Wesens machen konnten. Ich selbst hatte einen Seelenfehler und nahm jeden Morgen und jeden Abend eine Tablette. Schon seit ich denken konnte, war die Tablette mein ständiger Begleiter. Man sagte mir nie konkret, was ich für einen Seelenfehler hatte, aber mir wurde eingetrichtert, dass das Vergessen meiner Tablette

18

fatale Folgen haben konnte. Welche Folgen es waren, hatte man mir nicht gesagt.

Ich wollte durch meine eigenen Erfahrungen anderen Seelen helfen, wieder gesund zu werden und das Schöne am Leben zu sehen. Den Wesen zu verstehen geben, warum es sich lohnte zu leben und niemals aufzugeben. Aber anscheinend sollte das nicht mein Beruf werden. Wer wusste schon, wo ich am Ende landen würde.

Felicitas und ich stiegen in die nächste Schwebebahn, die wir erreichten, und fuhren Richtung Centrum. Da die Universität uns alle nötigen Utensilien, die wir brauchten, nach Hause liefern ließ und wir uns um nichts kümmern mussten, hatten wir beschlossen, unsere freie Zeit zu genießen. Zuerst wollten wir shoppen gehen und dann den Tag gemütlich ausklingen lassen in unserer Lieblingsbar. Morgen wollten wir noch einmal Party machen und feiern gehen, bis wir uns die Füße platt getanzt haben, und dann sollte es losgehen. Neue Woche, neues Leben.

Im Gegensatz zu mir fand Felicitas eine Menge neuer Klamotten. Letztendlich hatte sie neun verschiedene Tüten und ich nur mickrige zwei. Aber ich war noch nie die Shoppingqueen von uns gewesen. Und ich bezweifelte sehr, dass ich das jemals werden würde.

Unsere Lieblingsbar – *Seven Souls* – war an diesem Abend überfüllt. Unser Stammplatz war besetzt und es gab nur noch einen kleinen Tisch in der hintersten Ecke der Bar. »Besser als gar nichts«, sagte Felicitas, zuckte mit den Schultern und setzte sich, bevor es jemand anderes tun konnte.

»Bestimmt hatten alle den gleichen Gedanken wie wir«, sagte ich und setzte mich neben sie. »Bevor das Lernen wieder losgeht, noch einmal richtig die Sau raus lassen.« Felicitas nickte zustimmend und widmete sich der Karte. Ich wusste bereits, was ich wollte. Den *Seven Souls*-Salat und ein großes Wasser. Wie meistens. Nein, wie immer. Niemand machte den Salat so gut wie diese Bar. Ich hätte mich in diesen Salat reinsetzen können. Felicitas war da anders, sie probierte gerne aus, nahm jedes Mal etwas Anderes und versprach sich und mir immer wieder, dass sie alles von der Karte wenigstens einmal genommen haben wollte. Verrückt.

»Weißt du, Kass«, begann sie, nachdem wir bestellt hatten. »Ich glaube, du wirst das mit deinem Studienfach schon packen. Ich glaub' an dich.« In gewisser Weise war ich ihr dankbar. Nicht nur deswegen, weil sie mir Mut zusprach, sondern auch, weil sie den Namen des Studienfaches nicht erwähnte. Ich hatte genug davon für heute. *Optimismus, Kass.*

»Ich denke auch«, stimmte ich ihr zu und suchte hastig ein anderes Gesprächsthema. Sie kam mir zuvor.

»Und morgen gehen wir feiern, ja?«, hakte sie nach und lächelte. Ich nickte. Ihr Lächeln war verräterisch. Felicitas hatte eine Bedingung oder einen Wunsch für morgen. Fragend zog ich eine Augenbraue in die Höhe.

»Was willst du, Felicitas?«, fragte ich, auf alles gefasst. Bei Felicitas konnte man nie wissen. Sie konnte einen mit allem zu jeder Zeit überraschen, das hatte ich schnell gelernt, als ich sie vor zehn Jahren in der Unterstufe kennen lernte.

»Können wir in die *E-Hall*? Bitte, Kass. Bitte, bitte, bitte! Wir waren schon so lange nicht mehr dort! Bitte, Kass, bitte!«. Ich konnte sie kaum stoppen. Erst als ich sie auf die anderen Gäste aufmerksam machte, die genervt zu uns herübersahen, wurde sie still.

Die *E-Hall*. Ausgeschrieben auch bekannt unter *Electronical Hall*. Kein spektakulärer Name für einen Club, aber ein super Laden zum Feiern. Einziger Kritikpunkt: Die Lage. Die *E-Hall* lag ganz in der Nähe der Grenze; der Grenze zum Sektor der magischen Seelen. Bereits als wir klein waren, lernten wir, nicht nur die schwarzen Seelen, sondern auch die Grenze zum anderen Sektor zu fürchten. An der Grenze würden sich die grausamsten Menschen versammeln. Soldaten patrouillierten, stets kampfbereit, immer auf der Suche nach potenziellen Eindringlingen und Flüchtlingen. Die Grenze zu überqueren war eine gesetzeswidrige Tat, die mit der Höchststrafe belangt wurde. Und jeder wusste, was die Höchststrafe bedeutete. Ich fragte mich nur, weshalb es trotzdem noch Menschen gab, die so dämlich waren, und versuchten, die Grenze zu überqueren. Nur mit Erlaubnis von der obersten Ratsdezernentin Cunnigham durfte man die Grenze überschreiten. Es ohne zu versuchen, war Selbstmord.

»Felicitas, du weißt, ich habe nichts dagegen, aber wenn meine Mom das herausfindet…« Felicitas unterbrach mich.

»Sie muss es ja nicht herausfinden! Wie sollte sie es auch herausfinden? Und sonst nehme ich alles auf meine Kappe! Bitte, Kass. Zur Feier des Tages…«

Oh nein. Sie versuchte es wieder mit ihrem Hundeblick. Der war einfach überzeugend. Ich musste nur einen winzigen Blick riskieren und schon hatte sie mich überzeugt. Mit aller Macht sträubte ich mich, den Hundeblick zu akzeptieren. Vergeblich.

»Ja, gut! Ist ok, dann gehen wir zur *E-Hall*. Aber hör endlich auf mit diesem schrecklichen Hundeblick!«, willigte ich ihren Vorschlag ein und verschränkte die Arme. Felicitas gab mir einen Kuss auf die Wange und bedankte sich gefühlte zehntausend Mal bei mir, dass ich für sie die Regeln brach. Aber dieses breite Lächeln, das ich noch den ganzen Abend auf ihrem Gesicht sehen konnte, war es allemal wert.

Zwei

Punkt achtzehn Uhr reiste Felicitas mit einem Koffer, einer Sporttasche und zwei Handtaschen bei mir an. Den ganzen Tag hatte ich die Augen vor Müdigkeit kaum aufbekommen, aber als ich ihre ganzen Sachen sah, bekam ich sie kaum wieder zu. Wollte sie hier einziehen?

Stillschweigend ließ ich sie machen, als sie durch die Haustür stürmte und ohne Hilfe ihr Gepäck in Windeseile nach oben in mein Zimmer schleppte. Etwas überrumpelt schloss ich die Haustür wieder und trampelte ihr träge hinterher. In Nullkommanichts war aus meinem Zimmer eine Garderobe inklusive Schminkstudio geworden. Felicitas wirbelte durchs Zimmer, völlig übermotiviert, während ich ihr überwältigt vom Bett aus zusah, wie sie Kleider, Schuhe, Schmuck, Make-up und Multifunktionsglätteisen auspackte und bereitlegte. Letztendlich waren von ihren Sachen mehr in meinem Zimmer als von meinen. Ich wusste gar nicht, wie viel sie *wirklich* besaß. Bei ihr zuhause kam es mir immer wesentlich weniger vor…

»Okay, ich habe überhaupt keinen Plan, was ich anziehen soll? Ich habe einfach mehrere Outfits mitgebracht, in der Hoffnung, da ist etwas dabei. Weißt du es schon? Vor allem, welche Schuhe? Hohe? Flache? Lippenstift oder Lipgloss? Was meinst du?« Ich konnte nicht einmal mitzählen, wie viele Fragen sie gestellt hatte, so schnell redete sie auf mich ein. Als sie keine Reaktion von mir erhielt, stoppte sie in der Bewegung und blickte mich an. Dann lächelte sie. »Ach, ich habe dich lieb, Kassandra McCarthy«, sagte sie, setzte sich zu mir und umarmte mich. Ich genoss den Moment, auch wenn ich nicht wusste, was sie zu dieser Geste getrieben hatte.

»Aber jetzt«, sagte sie und stellte sich wieder hin. »Werde ich die atemberaubendste Person aus dir machen, die der Sektor je gesehen hat.« Dieses hinterlistige Lächeln, das ihr Gesicht verzierte, machte mir Angst, aber schon bald stellte sich heraus, dass es umsonst gewesen war. Ich konnte mich selbst kaum wiedererkennen. Ich war immer das Trampeltier von uns beiden gewesen, das wusste ich selbst. Aber das, was Felicitas aus mir herausgeholt hatte, war einfach der Wahnsinn. Ich hatte nicht gewusst, dass so etwas in mir stecken konnte. Sie hatte mich zwar gefühlte drei Stunden geschminkt und frisiert, aber das Ergebnis war unglaublich.

Ich trug weiße Designer-Shorts, die meine langen Beine gut in Szene setzten. Dazu ein weißes Top aus Samt mit Spaghetti-Trägern und die weiße, lange Designer-Jacke, die zur Hose gehörte. Die weißen High-

Heels rundeten mein Outfit ab. Etwas unbeholfen wankte ich die Treppe herunter, um in die Küche zu gehen und mich meiner Mutter zu präsentieren. Ich war gespannt wie ein Flitzebogen. Ob es ihr gefallen würde? Ich hatte meine Hand bereits an der Türklinke, da hörte ich die Stimme meines Vaters. »Wir müssen es ihr irgendwann sagen. Sie hat die Wahrheit verdient, Leah«, sagte er. Redeten sie von mir? Welche Wahrheit? Was musste ich wissen?

»Du weißt, das geht nicht. Wir haben es ihr versprochen. Und wir werden unser Versprechen nicht brechen!«, erwiderte meine Mutter in einem Ton, den ich von ihr noch nicht kannte. Mir wurde mulmig zumute. Meine Eltern stritten sich sonst nie. Wovon redeten sie überhaupt?

»Leah, hör mir zu. Kass schwebt jeden Tag, den sie lebt, ohne die Wahrheit zu wissen, in Lebensgefahr. Wenn sie nicht weiß, wie vorsichtig sie sein…«

Applaus, Applaus. Die Auszeichnung als Tollpatsch des Jahres geht an: Kassandra McCarthy. Herzlichen Glückwunsch!

War ich eigentlich verflucht oder so? Nicht einmal fünf Minuten konnte ich heimlich ein Gespräch belauschen, ohne die Aufmerksamkeit auf mich zu ziehen. Großartig. Diese verdammten Schuhe! Da will man einfach nur einen einzigen Schritt machen und zack, knickt man um und knallt gegen die Küchentür. 1-A-Glanzleistung.

Ich stolperte in die Küche. »Ups«, sagte ich beiläufig und lächelte unbeholfen. »High-Heels sind einfach nichts für mich.« Meine Eltern standen sich gegenüber an der Spüle. Sie blickten mich mit großen Augen an. *Optimismus, Kass.*

»Ich wollte nur fragen, wie ihr mein Outfit findet?« Ich versuchte es diesmal mit meiner süßen Mädchenstimme und lächelte erwartungsvoll. Meine Mutter verarbeitete ihren Schreck zuerst.

»Du siehst unglaublich hübsch aus, Liebes«, flüsterte sie und lächelte zurück. Mein Vater hingegen begutachtete mich von oben bis unten, als wäre ich ein fremdes Wesen aus einer fernen Galaxie.

Ihnen beiden stand die Nervosität ins Gesicht geschrieben. Ich wusste nicht, ob es gut wäre, wenn ich ihn sagte, dass ich sie gehört hatte, oder ob ich es besser für mich behalten sollte. Meine Neugier war stark, meine Angst vor der Wahrheit aber auch. Was hatte mein Vater gesagt? Ich sei in *Lebensgefahr*? Warum zum Teufel sollte ich in Lebensgefahr sein?

»Ok… Felicitas und ich gehen dann gleich los. Ich weiß nicht genau, wann wir wiederkommen, aber es wird nicht zu spät. Versprochen.« Ich hielt mich knapp und machte auf dem Absatz kehrt, um die Küche zu verlassen.

»Kass.« Dieses Kass kannte ich. Ich wusste, was jetzt kam. Es war vorauszuahnen, dass sie fragen würde. Ich spürte es tief in mir, wenn sie drauf und dran war, zu fragen. »Hast du deine…«

»Ja, ja. Ich nehme ja schon meine Tablette«, unterbrach ich sie. Ich klang bissiger als ich wollte. Normalerweise hätte ich mich jetzt schlecht gefühlt wegen meines Tonfalls, aber dieses Mal brodelte etwas wie Wut in mir. Weshalb? War es deswegen, weil meine Eltern etwas vor mir verheimlichten?

Ich goss mir ein Glas Wasser ein, holte die weiße, nichtssagende Tablette aus der Dose und schluckte sie in eins herunter. *Seelenfehler.*

Ich wandte mich dem Gehen zu, da packte jemand meinen Arm und hielt mich zurück. Der Griff war fest, so fest, dass es schmerzte. Als ich zurückblickte, sah ich in die zornigen Augen meines Vaters. Was zur Hölle…?

»Kass, ich hoffe du weißt, was es heißt einen Seelenfehler zu haben. Die Tablette nimmst du nicht ohne Grund. Und ich bete für dich, dass du jedes Mal daran denkst, sie zu nehmen. Hast du mich verstanden?«, er spuckte mir die Worte wahrlich ins Gesicht. Dieselbe Wut, die ich in seinen Augen sah, flammte in mir auf. Mit aller Kraft hielt ich dagegen an. Ich wollte mich nicht mit meinen Eltern streiten, nicht jetzt, wenn ich vor hatte, feiern zu gehen. Freundlich sein war die Devise.

»Klar. Mit einem Seelenfehler ist nicht zu spaßen. Das weiß ich, Dad.« Ich sah ihm lange in die Augen, damit er begriff, dass er mir glauben konnte. Natürlich achtete ich darauf, dass ich meine Tablette regelmäßig einnahm. Aber nicht zu wissen, weshalb man Tabletten nehmen musste, half einem nicht gerade besonders dabei, immer an die Tablette zu denken. Zum Glück hatte ich meine Mom, die mir jeden Morgen und jeden Abend die gleiche Frage stellte: *Kass, hast du deine Tablette genommen?*

Als mein Dad mich losließ, war die Stelle, an der er mich festgehalten hatte, rot. Er hatte ziemlich fest zugedrückt. Woher die Dringlichkeit und die Wut auf einmal? Ich warf meiner Mutter noch einen letzten Blick zu, aber sie hatte sich bereits wieder dem Abwasch gewidmet.

Irgendetwas stimmte nicht. Und ich musste herausfinden, was.

Später.

»Bis dann«, verabschiedete ich mich und verließ die Küche. Ohne viel zu berichten, sammelte ich Felicitas ein und machte mich mit ihr auf den Weg zur nächsten Station der Schwebebahn. Es war nicht viel los in der Gegend, in der wir wohnten. Dementsprechend war auch die Station wie leergefegt. Felicitas und ich waren die einzigen. Die Schwebebahnen fuhren im Minutentakt, keine drei Minuten waren vergangen, da hielt die richtige Linie an der Station und Felicitas und ich stiegen ein.

So spät fuhren nur noch die herum, die auf dem Weg zu einer Party waren. Ich lauschte dem Gespräch unserer Nachbarn und fand heraus, dass sie zu einem anderen Club wollten als wir. Drei Stationen vor uns stiegen sie aus. Felicitas und ich fuhren bis zur Endstation. Bis an die Grenze.

»Wenn meine Eltern das herausfinden…«

»Jetzt mach dich mal locker, Kass. Es wird schon alles gut gehen.« Felicitas zog mich mit aus der Bahn, hakte sich bei mir ein und redete auf mich ein, damit ich endlich auf andere Gedanken kam. *Optimismus, Kass.*

Am Eingang zur *E-Hall* herrschte bereits reges Treiben. Der Bass dröhnte bis nach draußen, buntes Licht flackerte immer wieder auf, ein weißer Scheinwerfer war von der Glaskuppel gen Himmel gerichtet und kreiste dort seine Runden. Am Eingang kontrollierten zwei Sicherheitsbeauftragte die Gäste. Die Schlange war lang, wir kamen nur mühselig voran. Mehrmals lag mir die Frage »Wollen wir woanders hingehen?« auf der Zunge, aber ich sprach sie nicht aus. Ich wollte Felicitas nicht enttäuschen. Sie hatte sich so sehr gefreut.

Nach einer halben Stunde waren wir endlich dran und wurden ohne weiteres durchgelassen. Wir waren alt genug, sahen angemessen aus und hatten keine Waffen dabei. Es gab keinen Grund uns den Eintritt nicht zu gewähren. Je näher wir dem Inneren kamen, desto lauter dröhnte die Musik in meinen Ohren. Die *E-Hall* war so voll, dass man dicht gedrängt tanzen musste. Die Luft war stickig, die Scheinwerfer wechselten dauernd ihre Farbe und die meisten Gäste waren bereits betrunken. Genauso hatte ich es kommen sehen.

»Ich brauche erst mal einen Drink«, schrie Felicitas mir ins Ohr. Ich nickte und folgte ihr zur Theke. Beim Bestellen flirtete sie mit dem Barkeeper, zeigte sich von ihrer weiblichsten Seite und schlug einen Drink gratis für uns dabei heraus. Sie versuchte es jedes Mal, wenn wir feiern gingen, und hatte eigentlich immer Erfolg. Ich fragte mich, wie sie das schaffte. Wenn ich daran dachte, mit einem Typen flirten zu müssen, wäre ich am liebsten mit irgendeinem plausiblen Vorwand gegangen. Flirten war in keiner Weise meine Stärke.

»Ich glaube, er mag dich«, sagte ich und stupste Felicitas an. Wir standen etwas abseits und schlürften genüsslich unsere Drinks. Sie lugte über meine Schulter hinweg zur Bar und beobachtete ihr heutiges Flirtopfer.

»Meinst du?«, fragte sie und lächelte. Ich war mir sicher, dass dieser nette Barkeeper auch von ihr angetan war. Felicitas' Lächeln war anders, es war kein Flirt-Lächeln, sondern ein Er-ist-so-süß-rosarote-Brille-Lächeln.

Ich nickte. »Ja, geh zu ihm hin. Ich gehe mal für kleine Mädchen.« Ich drückte ihr mein leeres Glas in die Hand, um ihr einen Vorwand zu geben, zur Theke gehen zu müssen, und machte mich dann auf den Weg zur Damentoilette. Es war gar nicht so leicht, sich durch die dichte Menschenmenge zu drängen. Mehrmals bekam ich einen Ellbogen in die Seite oder lange Haare ins Gesicht. Am schlimmsten fand ich jedoch die, die einen auf den Po hauten. Gerne hätte ich zurückgeschlagen. Die Treppe hinunter zu den Toiletten symbolisierte für mich in diesem Moment meine persönliche Rettung. Die Luft wurde zwar klarer, aber miefig. Trotzdem besser als in der Haupthalle. Ich hätte fast einen Herzinfarkt bekommen, als ich durch die offene Tür um die Ecke bog und beinahe mit zwei weißen Seelen zusammenstieß, die knutschend auf dem Gang standen. »Sorry«, murmelte ich, obwohl ich sowieso keine Antwort erwartete, da sie mich nicht einmal bemerkten. Geschwind lief ich um sie herum und machte mich auf die Suche nach der Damentoilette. Leider gab es hier unten nur ein Labyrinth aus Gängen ohne irgendwelche Hinweisschilder. Genervt stöhnte ich und versuchten mich bei einer Tür, die aber nur in einem weiteren Gang – mit Sackgasse – endete. Trotzdem ging ich hindurch, da ich zwei Türen auf der rechten Seite entdeckte. Ich hatte das Gefühl, die Wände würden auf mich zukommen. Die Luft war stickig und es war ungewohnt still. Ich sah zurück und hatte den Drang, sofort den Gang wieder zu verlassen.

Doch bevor ich umkehren konnte, knallte ich gegen

etwas, stolperte und wäre beinahe auf die Nase gefallen, wenn nicht eine Hand nach mir gegriffen hätte. Mein Herz blieb für meinen Moment stehen. Jedenfalls hatte anschließend ein Stechen in der Brust. Aber als ich zurückblickte, blieb es erneut stehen.

Augen, so dunkel wie die Nacht.

Eine *schwarze* Seele.

Ich musste schlucken, weil ich nicht fähig war, etwas zu sagen. Eine schwarze Seele? Hier im Sektor der weißen Seelen? Es war verboten. Es galt die Höchststrafe, wenn die schwarze Seele hier gefunden wurde. Er würde mit dem Tod bestraft werden.

Ich konnte meine Augen nicht abwenden. War es, weil er eine schwarze Seele war, oder war es, weil er so unglaublich attraktiv war? Schwachsinn! *Reiß dich zusammen, Kass.* Schwarze Seelen waren gefährlich, hätte ich nicht eigentlich Angst haben sollen? Ich schluckte erneut. Gut möglich, dass ich Schiss hatte. Ich sollte um Hilfe schreien, ich sollte dem Sicherheitsdienst Bescheid geben. Wenn ich ihn nicht meldete, würde auch ich bestraft werden. *Reiß dich zusammen, Kassandra!* Mein Herz pochte, mein Atem ging schnell, aber ich konnte den Blick nicht abwenden. Wir waren uns so nah, dass wir dieselbe Luft zu atmen schienen. Warum sagte er nichts? Warum flüchtete er nicht? Warum sah er mir so tief in die Augen? Ja, ich hatte definitiv Angst. Oder war ich nervös? *Kass, verdammt!*

Er hatte die Kapuze seines Sweatshirts aufgesetzt, um seine dunklen Haare zu verbergen. Er war ganz in weiß gekleidet, um nicht allzu sehr aufzufallen. Aber wenn man ihm so nah war wie ich, war es unmöglich, es zu übersehen. *Eine schwarze Seele.*

Als wäre es nicht schlimm genug, hier in einem abgelegenen Gang, wo niemand war, einer schwarzen Seele zu begegnen, hörte ich Stimmen aus dem Raum hinter ihm. Aus der Tür, aus der er gekommen war. Und die Stimmen wurden lauter. Sie würden sofort die Tür aufreißen und uns gemeinsam entdecken! Mein Herz schlug schneller und schneller; Angst und Panik überrollten mich.

Die Türklinke ging. Jetzt sah ich auch die Panik in seinen Augen. Ruckartig blickte er umher, aber er schien keinen Ausweg zu sehen. Ich musste mir etwas einfallen lassen.

Bevor ich darüber nachdenken konnte, was ich tat, stellte ich mich mit dem Rücken zur Wand, zog ihn so nah wie gerade zu mir, legte meine Arme um ihn und versuchte, die beiden Wesen nachzuahmen, die ich eben beinahe über den Haufen gerannt hatte. Natürlich, ohne ihn zu küssen. Er war verdammt nochmal eine schwarze Seele. Warum schützte ich ihn überhaupt?

Dann öffnete sich die Tür und zwei Männer kamen heraus.

Mein Herz setzte wieder aus. Der Moment schien still zu stehen.

Er schien zu verstehen, was meine Idee war, und kam mir noch näher, als hätte er wirklich vor, mich zu küssen. Plötzlich kribbelte es in mir. *Reiß dich gefälligst zusammen, Kass!* Aber anstatt mich zu beruhigen, hörte ich das Pochen meines Herzens in den Ohren, spürte seinen Atem auf meinem Gesicht und war unfähig, die Augen von ihm zu lassen. Was passierte hier? Warum wirkte er so verdammt anziehend auf mich? Warum zog es meinen Blick immer wieder auf seine perfekt geschwungenen Lippen?

Okay, jetzt mal halblang! *Wach auf, Kass!*

»Hey, was macht ihr hier?« Ein Mann, der aussah wie ein Sicherheitsbeauftragter, sah grimmig zu uns herüber. Ich ließ meine Hände an seinen Armen herunter gleiten und blickte neben ihm her zu dem Mann. Ich versuchte betrunken und genervt zu wirken. »Hier habt ihr nichts zu suchen. Das ist privat. Verzieht euch!«.

»Hey! Bleib locker«, lallte ich und zog eine Augenbraue in die Höhe.

»Verschwindet von hier. Da geht's direkt nach draußen!«, befahl er und zeigte Richtung Sackgasse. Als ich genauer hinsah, sah ich auf der linken Seite eine Türklinke. Perfekt!

»Ja, ja. Schon gut«, lallte ich weiter. »Gehen wir.« Ich zog meinen Flirt hinter mir her, ohne dass er den beiden

Männern sein Gesicht zeigen musste.

Wir landeten bei einem Hinterausgang zwischen größeren Mülltonnen. Es war unheimlich. Als die Tür hinter mir zufiel, wirbelte ich herum und ging gleich darauf auf Sicherheitsabstand. Er sah mich einfach nur hypnotisierend an. Mein Herz pochte weiter auf Hochtouren.

»Verschwinde«, flüsterte ich panisch. Ich wollte nur noch weg von ihm. Das, was ich gerade getan hatte, war Verrat. Beihilfe zur Flucht. Man würde es herausfinden, mich bestrafen, mich vor das Gericht zerren und verurteilen. Zum Tod? Das konnte alles nicht wahr sein!

»Sorry.« Es war ebenso ein Flüstern. Er hielt meinem Blick stand. Ich konnte seine Augen in der Dunkelheit kaum sehen. Sie waren gleich mit der Nacht, ganz im Gegenteil zu meinen.

Hatte er *sorry* gesagt? Meinte er, damit wäre die ganze Sache vergessen?!

Er wollte gehen. Einfach so.

Nicht mit Kassandra McCarthy.

»Sorry?«, äffte ich ihn wütend nach. Das konnte nicht sein Ernst sein. Er hielt inne und drehte sich nochmal zu mir um. »Wie wäre es mit einem *Danke, dass du mich nicht verraten hast* oder *Danke, dass du mir das Leben gerettet hast*? Weißt du, auf dein *sorry* kann ich nämlich verzichten! Was erlaubst du dir eigentlich, hier im Sektor der weißen Seelen einfach aufzukreuzen? Wie kommst du überhaupt dazu, die Grenze zu überschreiten?« Meine Stimme hatte sich zu einem Schreien erhoben. Unsere Blicke trafen sich. Wollte ich nicht gerade, dass er verschwand? Warum hielt ich ihn dann auf?

»Das willst du nicht wissen«, flüsterte er, drehte sich um und verschwand im Dunkel der Nacht.

Warum sah er nur so verdammt gut aus?

Drei

In dieser Nacht träumte ich von ihm. Von seinen Augen. Von dem Kribbeln in meinem Bauch. Von dem Moment, als er mir so nah war, dass ich seinen Atem spüren konnte. Von seiner Aura.

Schwer atmend schreckte ich hoch. Der Mond schien hell durch mein Zimmerfenster. Es war also noch Nacht. Ich versuchte mich zu beruhigen, rieb mir mit den Händen über mein Gesicht, legte mich wieder hin und zog mir die Decke bis zum Kinn. Ich hatte das Gefühl, Löcher in die Decke zu starren. Ich konnte nicht wieder einschlafen. Ich musste die ganze Zeit an ihn denken. Nur wusste ich nicht, ob es daran lag, dass ich Angst hatte vor den Folgen, die mich erwarten könnten, Wut, weil er sich nicht einmal bedankt hatte, oder lag es daran, dass ich ihn so unglaublich attraktiv fand?

Unmöglich. Es war Wut. Oder Angst. Nichts Anderes.

Ich seufzte. Ich musste den Vorfall einfach vergessen. Ich musste ihn vergessen. Alles würde wieder gut werden. Keine Panik.

Ich verfiel in einen unruhigen Schlaf. Aber wenigstens konnte ich noch ein paar Stunden die Augen schließen.

Am nächsten Morgen verspürte ich keinen Hunger. Ich saß am Frühstückstisch und starrte durch das Fenster, ohne zu registrieren, was draußen geschah. Ich war tief in Gedanken. Deshalb merkte ich nicht, dass mein Vater mich etwas fragte. Erst als er behutsam meinen Arm berührte, zuckte ich zusammen und blickte wild zwischen meinen Eltern umher.

»Alles in Ordnung, Kass? Geht es dir nicht gut?« Ich sah echte Sorge in den Augen meines Vaters. Mein Körper füllte sich mit Wärme. Ich war so froh, sie zu haben. Auch wenn ich sie beide liebte, konnte ich ihnen einfach nicht die Wahrheit sagen. Es war, als würde eine innere Stimme mich daran hindern.

»Ja, klar«, sagte ich und lächelte zaghaft. »Felicitas hat mal wieder ein paar Gratis-Drinks für uns ergattert.« Im Grunde genommen sagte ich die Wahrheit. Ich sprach nur nicht alles aus, was mir auf dem Herzen lag. Ich sagte ihnen nicht, dass ich eine schwarze Seele getroffen hatte, dass ich ihm geholfen hatte, unbemerkt zu bleiben, dass ich eine Heidenangst hatte, der Rat würde es irgendwie herausfinden und mich bestrafen. *Optimismus, Kass.* Niemand würde etwas erfahren.

»Gestern ist ein Paket von der Uni gekommen. Hast du es schon aufgemacht?«, wollte meine Mutter wissen und biss anschließend genüsslich in ihr Marmeladenbrötchen. Ich hatte vorgehabt, dass Päckchen gestern zu öffnen, aber irgendwie war ich nicht dazu gekommen.

Zum Glück war erst morgen mein erster Tag an der Uni.

»Nein«, antwortete ich. »Ich wollte mich heute auf die Universität vorbereiten.« Meine Eltern nickten zustimmend und widmeten sich wieder ihrem Frühstück. Ich zwang mich, wenigstens ein Brötchen zu essen und raffte mich dann auf, um meine To-Do-Liste für heute abzuarbeiten.

Das Päckchen war größer, als ich es in Erinnerung hatte. Das ‚Päckchen‘ war eigentlich eine schimmernde Metallkiste, die sich nur mit einem Passwort öffnen ließ. Dies war, laut Universitätsbeauftragten, *Studi87*, weil ich auf einer nicht einsehbaren Liste die siebenundachtzigste Studentin dieses Jahres war. Ich tippte mein persönliches Passwort schnell ein und hörte ein dumpfes Klicken. Der Schließmechanismus hatte sich geöffnet. Ich hob den Deckel ab und sah im ersten Augenblick nur weiß.

Alle Utensilien, die ich anscheinend in den nächsten Jahren brauchen würde, waren in der Farbe meines Sektors. Die Umhängetasche, die Mappen, der tragbare Monitor, die Brotdosen, Trinkflaschen, einfach alles.

Ich schaltete den Monitor ein und sicherte es zunächst mit einem Passwort. Dann öffnete ich nacheinander die bereits vorhandenen Dokumente und vorinstallierten Programme. Eines davon öffnete eine Ansicht meines

Stundenplanes. Aufmerksam las ich mir ihn durch und stöhnte innerlich. Mein Fach wurde unterteilt in die Fächer *Historische Seelengeschichte*, *Philosophische Seelengeschichte* und *Bildungswissenschaftliche Seelengeschichte*. Keines der Subfächer sprach mich besonders an. Wenn ich mich entscheiden müsste, klang *Philosophische Seelengeschichte* noch am Spannendsten. Aber was sagte meine Mutter immer? Keine voreiligen Schlüsse ziehen. Nach meinen ersten Kursen würde ich schon noch erfahren, ob Seelengeschichte zu mir passte oder nicht.

Als ich meine Tasche für den ersten Tag fertig gepackt hatte, nahm ich mein Telefon und rief Felicitas an. Ich musste ihr noch einiges erklären, aber vor allem wollte ich wissen, wie es mit dem Barkeeper gelaufen war.

»Kass?«, trötete sie, als wäre sie taub. Im Hintergrund war laute Musik zu hören. Ganz Felicitas-like.

»Hey! Was geht?«, versuchte ich es gelassen. Ich hatte gehofft, dass sie nicht allzu sauer auf mich war, dass ich die Party vorzeitig verlassen musste. Aber leider gehörte Felicitas zu den Mädchen, die schnell beleidigt und wütend waren. Daher wusste ich auch nicht, ob ich ihr die Wahrheit sagen sollte. Einerseits war sie die beste Freundin, die man sich vorstellen konnte, aber andererseits wusste ich nicht, wie sie zu meiner Geschichte und dem, was ich getan hatte, stehen würde.

»Ach, ich genieße die letzten freien Stunden, die uns noch bleiben. Aber ich glaube, du musst mir da noch einiges zu gestern Abend erklären. Warum zur Hölle musstest du auf einmal weg?!« Zu meiner Verwunderung klang sie gelassener, als ich gedacht hatte.

»Ja, ich weiß. Deshalb rufe ich an«, erklärte ich mein Anliegen und dann begann ich meine erfundene Story. Es tat mir wirklich leid, aber ich konnte einfach nicht die Wahrheit sagen. Ich musste es für mich behalten.

»Du hast dich mit einem Typen angelegt? Wie krass ist das denn? Und dann wurdet ihr beide rausgeschmissen? Wie unfair!« Felicitas glaubte mir. Natürlich glaubte sie mir, wir hatten nie Geheimnisse voreinander. Und wir hatten uns noch nie angelogen. Und jetzt war ich die erste. Sie würde mir nie verzeihen.

»Ja…«, murmelte ich.

Themawechsel.

»Wie lief es mit dem Barkeeper?«, fragte ich aufgeregt und setzte mich in meinem Bett auf. Ich hoffte einfach, dass Felicitas auch ohne mich noch einen schönen Abend hatte. Plötzlich wurde sie ganz hysterisch und begann unaufhaltsam von ihm zu schwärmen.

»Er heißt Rick und ist zwanzig Jahre alt. Er war einfach so süß, weißt du? Er hat mir später noch einen Drink spendiert und wir haben uns so lange unterhalten, dass ich ihn mehrmals von der Arbeit ablenkte. Aber irgendwann wurde es dann auch mir zu spät«, erzählte sie. In ihrer Stimme hörte ich, wie sie sich verliebt über ihr Bett wälzte, ganz und gar von der rosaroten Brille bedeckt und in Gedanken auf Wolke sieben.

»Und jetzt? Trefft ihr euch?«, fragte ich weiter.

»Ja!«, quiekte sie ins Telefon und verpasste mir beinahe einen Gehörschaden. »Mittwochabend. Wir wollen erst etwas Essen gehen und dann ins Kino! Ich bin so aufgeregt! Du musst mir unbedingt beim Outfit helfen!«

»Klar helfe ich dir«, antwortete ich und hatte fast Tränen in den Augen. Ich freute mich für sie. Sie war glücklich. Und ich wollte ihr Glück nicht zerstören. Aber wenn ich jetzt mit der Wahrheit rausrückte, wäre sie enttäuscht von mir. Verständlich. Also musste ich es für mich behalten und vergessen.

Ihn vergessen.

Vier

Heute war es soweit. Mein erster Tag an der Universität. Mein erster Tag als Studentin des Faches Seelengeschichte. Seit Felicitas und ich die Oberstufe besucht hatten, träumten wir davon, gemeinsam zur Universität zu gehen, um unsere Lieblingsfächer zu studieren. Tag und Nacht hatten wir davon geschwärmt. Fieberhaft hatten wir auf den Tag gewartet, an dem man uns unsere Studienfächer mitteilte. Es war das eine große Highlight in unserem Leben. Und von der einen auf die andere Sekunde war es mein Tag des Schreckens geworden.

Seelengeschichte.

Mit dem Wort in Gedanken wachte ich auf; eine Minute vor meinem Wecker. Hätte ich mit der Voraussetzung aufstehen müssen, dass ich Seelenpsychologie studieren sollte, wäre ich wahrscheinlich aus dem Bett gesprungen. Aber da das Wort des Grauens noch wie ein Echo in meinen Ohren hallte, drehte ich mich wieder um und gönnte mir diese letzte Minute. Ob ich jemals mit Herzblut Seelengeschichtsstudentin werden könnte? Ohne Antwort auf diese Frage, stand ich auf und bereite mich auf den Tag vor. Ich entschied mich für eine lässige, aber seriöse Kleidung und wählte Hose, Seidentop, eine lange, moderne Jacke und bequeme Schuhe. Mit meiner neuen Tasche auf der Schulter lief ich die Treppe herunter.

In der Küche hatte meine Mutter bereits das Frühstück vorbereitet. Sie setzte sich gemeinsam mit mir an den Tisch und schlürfte eine Tasse Kaffee. Sie beobachtete mich dabei, wie ich eine Schale Müsli leerte. Vor Aufregung hatte ich keinen Appetit, aber ich zwang mich trotzdem dazu, etwas zu essen. Sonst würde meine Konzentration schwächeln.

»Bist du nervös?« Es klang eher wie eine rhetorische Frage. Schließlich wussten wir beide die Antwort. Ich war nicht nur nervös, innerlich war ich beinahe so hysterisch wie Felicitas gestern Abend. Ein Blickkontakt reichte als Antwort. »Kass, mein Schatz. Ich bin mir sicher, dass die Universitätsbeauftragten keine falschen Entscheidungen treffen. Es wird einen Grund geben, weshalb sie dich diesem Fach zugeordnet haben. Ich glaube daran, dass du es schaffen kannst. Ich glaube an dich.«

Ihre Worte gaben mir Kraft. Unwillkürlich musste ich lächeln. Ich wusste, auf meine Eltern konnte ich immer zählen. Auch wenn ich ihnen die Sache mit der schwarzen Seele verschwiegen hatte. Es gab Dinge, die man besser für sich behielt.

Ich verschränkte meine Hand mit der meiner Mutter und lächelte. »Danke, Mom.«

Nachdem ich mir einen Trinkbecher mit heißem Tee zum Mitnehmen fertiggemacht hatte, wurde es Zeit zu gehen. Bevor ich überhaupt nach meiner Tasche greifen konnte, preschte sie die Frage hervor. »Hast du deine Tablette genommen?« Sie verpasste mir jedes Mal wieder einen Denkzettel. Ich wusste, wie wichtig die Tablette für mich war, aber dennoch wäre ich ohne meine Mom aufgeschmissen. Stillschweigend goss ich mir ein Glas Wasser ein und schluckte die Tablette.

An der Tür drückte meine Mom mich ein letztes Mal und ich gab ihr einen Kuss auf die Wange. »Viel Erfolg, Kass.« Es war nur ein Flüstern, aber eines voller Stolz und Freude. Ich hoffte ganz fest, dass ich meine Eltern nicht enttäuschen würde.

Und dann machte ich mich auf den Weg.

Ich traf Felicitas unter dem Torbogen der Universität, an dem wir uns verabredet hatten. Sie erzählte mir von ihrem heutigen Stundenplan, wie aufgeregt sie war, dass wir zusammen Mittag essen konnten, wie aufgeregt sie war, dass sie es kaum erwarten konnte und... wie aufgeregt sie war. Ich lief schweigend neben ihr her und lauschte ihren Worten. Dabei beobachtete ich all die anderen Studenten, die sich bereits auf dem Campus tummelten. Ob sie alle ihrem Wunschfach zugewiesen worden waren? Ich bezweifelte es sehr.

»Also treffen wir uns um zwölf Uhr am Haupteingang

der Mensa?«, fragte Felicitas und blieb ruckartig stehen. Ich hatte gar nicht gemerkt, dass wir bereits am Gebäude des Fachs Modedesign angekommen waren.

»Äh, ja. Ja, um zwölf vor der Mensa. Viel Spaß«, antwortete ich, drückte sie und machte mich mit einem Winken auf den Weg zum Gebäude des Fachs Seelengeschichte. Dem Campusplan nach lag es ziemlich am äußeren Rand genau auf der anderen Seite des Torbogens, weshalb ich einmal quer über den Campus lief. Es gab nicht viele Fächer, die man studieren konnte, sondern nur noch die, die am Wichtigsten für das Fortbestehen der Nation waren und deren Weiterentwicklung diente. Ich hatte mich noch nicht damit beschäftigt, was ich nach meinem Abschluss für Möglichkeiten in der Berufswelt hatte, aber ich war mir sicher, dass ich es bald erfahren würde.

Das Gebäude des Fachs Seelengeschichte war ein schlichter Betonklotz ohne viel Drum und Dran. Dafür war das Innere sehr antik ausgestattet und schaffte eine besondere Atmosphäre. In der Eingangshalle warteten bereits andere Neulinge. Schweigend gesellte ich mich zu ihnen. Früher oder später würde ich irgendwen davon kennen lernen, aber ich wollte mich nicht direkt ins Getümmel stürzen. Andere dagegen schon.

»Hi, ich bin Jake Evans. Erstsemester im Fach Seelengeschichte. Und du?« Eine weiße Seele, die einen Kopf größer war als ich, kam aus der Menge und baute sich vor mir auf. Seine Haare sahen frisch geschnitten aus, sein Hautbild wirkte perfekt und der Körperbau kräftig. Er war es sicherlich gewohnt, von den Mädchen angehimmelt zu werden. Obwohl die meisten mit seinem Aussehen eine Spur Arroganz mit sich trugen, wirkte er aufrichtig und nett auf mich.

»Kassandra McCarthy. Erstsemester«, sagte ich knapp. Ich ohrfeigte mich selbst dafür, dass ich so wortkarg war. Felicitas war immer die einzige gewesen, mit der ich stundenlang reden konnte, aber vielleicht lag es auch daran, dass sie hauptsächlich die Rolle der Sprechenden übernahm. Ich verwarf den Gedanken und konzentrierte mich auf das Geschehen um mich herum.

»Weißt du, was hier gleich passieren wird?«, fragte ich aus Neugier.

»Ich denke, gleich werden die Professoren kommen und uns in Empfang nehmen. Sie werden uns einiges erklären und zeigen. Ich bezweifle, dass heute schon die Kurse beginnen.« Jake Evans hatte eine angenehme Stimme. Ich wusste zwar nicht, ob er rein aus Interesse an seinen Kommilitonen mit mir sprach, oder ob er etwas Anderes im Sinn hatte, aber ich mochte ihn. Bis jetzt.

Und Jake Evans sollte recht behalten. Nach kurzer Zeit kamen drei Männer die große Treppe heruntergelaufen und blieben auf den Stufen stehen, um die Menge überblicken zu können. Sie sahen alle bereits etwas älter aus, aber freundlich. Aufmerksam lauschte ich den Worten des Mannes in der Mitte.

»Herzlich willkommen im Gebäude des Fachs Seelengeschichte. Ich bin Professor Collister und unterrichte Sie zukünftig im Bereich der philosophischen Seelengeschichte. Wie Sie alle bereits wissen, ist Ihr Studienfach in drei Bereiche eingeteilt. Professor Ross, rechts neben mir, unterrichtet historische Seelengeschichte und Professor Anderson – zu meiner linken – bildungswissenschaftliche Seelengeschichte. Bitte folgen Sie uns in einen unserer Vorlesungssäle. Dort werden wir Ihnen dann alle relevanten Informationen geben.«

Die gesamte Menge, die in der Eingangshalle den Worten des Professors lauschte, setzte sich in Bewegung und stapfte die Stufen hinauf. Das Gebäude war faszinierend und trotz der antiken Einrichtung wirkte es wie ein wissenschaftliches Gebäude. Der Saal, den wir betraten, war das komplette Gegenteil zum Rest des Gebäudes. Er war modern ausgestattet, hell und entsprach den Vorstellungen eines Raumes einer Universität. Jake und ich setzten uns nebeneinander in eine Reihe. Ich war froh, dass er mich nicht direkt wieder allein gelassen hatte, sondern an meiner Seite blieb. Ich fühlte mich besser, wenn ich schon jemanden kannte. Ich konnte nur hoffen, dass es so bleiben würde.

Als die Menge still wurde, erhob Professor Collister wieder das Wort. »Sie alle haben bereits auf Ihrem Monitor Ihren Stundenplan. Sie sind mit nur fünfundvierzig Studenten der kleinste Jahrgang, den wir je hatten. Deswegen werden Sie auch alle gemeinsam unterrichtet. Sie schreiben in allen drei Bereichen nur eine zentrale Klausur im Semester. Sie haben nur eine Chance, die Klausur zu wiederholen, also nehmen Sie das nicht auf die leichte Schulter. Diese Klausuren sind das A und O und bilden am Ende ein Gesamtergebnis. Natürlich erhalten Sie noch andere Noten, die durch Projekte und Referate zustande kommen, aber diese Noten haben weniger Gewichtung.« Bei seinen Worten lief mir ein Schauer über den Rücken. Eine Klausur? Eine Chance? Was passierte, wenn ich beide Male die Klausur nicht bestand? Würde ich dann von der Universität entlassen? Ich musste schlucken und versuchte auf andere Gedanken zu kommen.

»Am Ende Ihres Studiums schreiben Sie eine Abschlussklausur, in der alle Bereiche aufeinandertreffen und Sie all das, was Sie gelernt haben, abrufen sollten. Wir Professoren im Studienfach Seelengeschichte bemühen uns darum, Zusatzpunkte für hervorragende Leistungen vergeben zu können. Strengen Sie sich an, lernen Sie über den Grundstoff hinaus und bilden Sie sich eine Meinung. Es wird nicht leicht, aber wir sind uns sicher, dass Sie alle mit Erfolg an diesem Studium teilnehmen werden.« Es war das erste Mal, dass ich Professor Collister lächeln sah. Er gefiel mir dadurch gleich besser, denn er wirkte viel sympathischer.

»Das klingt ziemlich einschüchternd, findest du nicht, Kassandra?« Jake vernichtete mein Bild voller Hoffnung und Erfolg, das ich zu entwickeln begann. Ich wollte nicht negativ denken, nicht bevor es überhaupt begonnen hatte. *Optimismus, Kass.*

»Kass«, berichtigte ich ihn. »Einfach nur Kass, bitte.«

»Alles klar, *Kass*«, sagte er und betonte meinen Namen. Er lächelte dabei, als versuchte er mit mir zu flirten. Das Zwinkern verstärkte den Eindruck nur.

Die Professoren erzählten uns, was wir in ihren Kursen lernen würden und was sie von uns erwarteten. Von den Anfängen der Seelen, was es bedeutete, eine Seele zu sein, und wie es zu dieser Bezeichnung kam. Außerdem würden sie uns die Entwicklung der Nation lehren. Wir konnten es vom Lehrer bis zum Berater des Rates schaffen. Mit der Zeit verschwand meine Angst, das Fach wäre mein Untergang. Es klang ziemlich interessant und die Jobchancen standen auch nicht schlecht. Und mit Jake an meiner Seite, der mir Mut zusprach und andauernd Witze erzählt hatte, schien es lustig zu werden. Hoffentlich würde dieser Eindruck sich bewahrheiten.

Nachdem die Einführung der Professoren beendet war, entließen sie uns in die Mittagspause. Ein Mädchen namens Jessica, die auch auf meiner ehemaligen Schule war, und ein Junge mit dem Namen Louis schlossen sich Jake und mir an. Die anderen hatten uns zwar begrüßt, aber sie schienen eigene Grüppchen zu bilden. Daher machten wir vier uns auf den Weg und verließen das Gebäude in Richtung Mensa.

»Habt ihr schon mal den Menüplan der Mensa gecheckt? Das klingt alles wie feinste Küche, aber ich wette, es ist dasselbe Kantinenessen wie in unseren Schulen.« Louis hatte seinen tragbaren Monitor in der Hand und scrollte sich durch den Wochenplan der Mensa. Er las einige leckere Gerichte vor und sofort hörte ich, wie mein Magen rumorte. Ich sollte morgens mehr essen.

Während wir über den Campus liefen, erzählte Jake mir etwas über sich. Ich war gespannt darauf mehr von ihm zu erfahren. »Was machen deine Eltern beruflich? Hast du Geschwister? Wohnst du weit weg von der Universität?« Ohne, dass ich es registrierte, bombardierte ich ihn mit Fragen.

»Okay, nicht so schnell, Kass. Eins nach dem anderen.« Jake legte mir eine Hand auf die Schulter und fuchtelte mit dem Zeigefinger vor meinem Gesicht her, als wäre er mein Lehrer, der mir eine Lektion erteilte.

»Ich habe eine jüngere Schwester, sie ist zwölf, eine Nervensäge und heißt Janice. Wir wohnen ziemlich zentral, was natürlich Vor- und Nachteile hat.« Nachdem er einmal anfangen hatte, war Jake kaum noch zu stoppen. Er ging gerne mit seinen Freunden abends weg, liebte es morgens zu joggen und war leidenschaftlicher Zeichner. Er versprach mir, früher oder später noch ein

Portrait von mir zu erstellen.

Vor der Mensa sah ich bereits Felicitas auf mich warten. Sie war noch im Gespräch mit einem Mädchen. Anscheinend hatte sie sich auch schon mit ihren Kommilitonen angefreundet. Louis und Jessica verabschiedeten sich mit einem »Bis nachher« von uns und verschwanden im Gebäude der Mensa. Jake baute sich wieder vor mir auf, wie er es in der Eingangshalle des Gebäudes Seelengeschichte getan hatte, und steckte die Hände in die Hosentaschen.

»Also, triffst du dich mit jemandem hier?«, fragte er und sah sich um.

»Ja. Ich habe mich mit meiner besten Freundin Felicitas verabredet.« Jake nickte, aber sah mir dabei nicht in die Augen. Ich hatte das Gefühl, er sei enttäuscht. Vielleicht hatte er gedacht, wir könnten gemeinsam zu Mittag essen. Ein mieses Gefühl breitete sich in mir aus.

»Na dann, einen guten Appetit wünsche ich dir. Bis nachher, Kass.« Er lächelte, drehte sich schwungvoll um und spazierte lässig davon.

»Oh. Mein. Gott!« Felicitas war kaum zu überhören und holte mich in die Realität zurück. »Wer zum Teufel war dieser heiße Typ?«

»Jake Evans. Ein Kommilitone von mir«, klärte ich sie auf und zog sie mit in die Mensa.

»Ok, erzähl mir alles. Du bist ja durchgehend am Lächeln und deine Augen funkeln! Das sind erste Anzeichen, meine Liebe!« Felicitas bekam ihre Aufregung kaum zu bändigen, die ich überhaupt nicht verstand.

»Ach Quatsch. Ich kenne ihn doch gar nicht«, wehrte ich mich gegen ihre Anschuldigungen, nahm mir den Teller, den man mir entgegenhielt, dankend an und rutschte in der Reihe weiter nach vorn. Felicitas holte schnurstracks auf.

«Und wie. Dieser Junge hat ein Kass-Lächeln hervorgezaubert, das ich noch nie zuvor gesehen habe. Du magst ihn Kass, ich sehe das.« Felicitas konnte es nicht lassen.

»Genau, ich mag ihn. Mehr nicht«, sagte ich wütend, während wir uns an einen freien Tisch setzten. »Und jetzt halt die Klappe.« Wir lächelten. Sie wusste, dass ich nicht wirklich sauer auf sie war, aber mir reichte es. Jake Evans war nett, aber nicht mein Typ. Ich wusste noch nicht genau warum, aber es war so. Ich war der festen Überzeugung, dass wir beide auf freundschaftlicher Ebene besser zurechtkamen. Außerdem kannte ich ihn überhaupt nicht. Warum machte ich mir also Gedanken darüber?

»Also, wenn du ihn nicht haben willst… Ich nehme ihn sofort, denn *Ricky Rick* hat bye bye gesagt, bevor wir uns überhaupt wiedergesehen haben.« Felicitas spähte unauffällig durch den Raum auf die gegenüberliegende Seite, weil sie Jake natürlich sofort ausfindig gemacht hatte. Zu meinem Glück sah er in diesem Moment genau in unsere Richtung. *Peinlich.*

»Rick hat abgesagt?«, fragte ich ungläubig. Felicitas nickte niedergeschlagen. »Ja! Wir hatten uns ja verabredet. Aber als ich ihn nochmal anschrieb, um den Termin zu bestätigen, meinte er ganz plötzlich er hätte doch keine Zeit.« Sie stocherte gedankenverloren mit der Gabel in ihrem Mittagessen herum. »Ich habe ihn dann gefragt, ob wir uns einfach an einem anderen Tag treffen sollen, und weißt du, was der Idiot geantwortet hat?«

»Was?«, fragte ich. So wie Felicitas verärgert die Stirn kraus zog, konnte es nichts Gutes sein.

»Er hat doch tatsächlich geschrieben, er hätte keine Lust mehr sich mit mir zu treffen. Wie dreist ist das denn bitte? Erst freudig mit mir flirten und dann eiskalt abservieren? Wie kann man so ein Arsch sein? Ich habe nicht mehr geantwortet und einfach seine Nummer gelöscht. Mit dem will ich nichts mehr zu tun haben!« Felicitas redete sich vollkommen in Rage und hantierte gefährlich mit ihrer Gabel herum, während sie erzählte. Besänftigend griff ich nach ihrer Hand.

»Reg dich nicht so auf, Felicitas. So viel Aufmerksamkeit hat der Kerl gar nicht verdient. Vor allem aber, hat er dich nicht verdient. Du bist so ein hübsches, talentiertes und witziges Mädchen. Es gibt jemanden, der das alles an dir schätzt. Wart's ab.« Ich lächelte. Felicitas legte berührt ihren Kopf schief und seufzte.

»Was würde ich nur ohne dich tun, Kassandra

McCarthy. Du weißt mich immer zu trösten.«

»Dafür bin ich da.« Wenn ich Felicitas ansah, konnte ich mir direkt vorstellen, wie ihr Partner sein musste. Ein attraktiver, junger Mann mit Humor, einem strahlenden Lächeln, Einfühlungsvermögen und Romantik, ein Familienmensch, mit Willensstärke und einem Hauch Verrücktheit. Aber ich? Wie sollte mein Freund sein? Etwa so wie Jake Evans, den Felicitas favorisierte?

Nein. Jake war toll, aber nicht das, was ich wollte. Ich wollte jemanden, der...

Ja, was wollte ich denn?

Ich hatte den ersten Tag an der Universität besser überstanden, als vorher vermutet. Nach dem Mittagessen hatten wir unseren ersten Kurs bei Professor Anderson, in dem wir aber mehr organisatorische als inhaltliche Dinge besprochen hatten. Viel gespannter war ich auf den Kurs bei Professor Collister, der uns in philosophischer Seelengeschichte unterrichtete. Deshalb konnte ich kaum stillsitzen, als ich an diesem Dienstagmorgen in einem kleineren Saal im obersten Stock des Gebäudes Seelengeschichte darauf wartete, dass es endlich acht Uhr wurde. Jake hatte Fotos von seinen bisherigen Zeichnungen auf seinen tragbaren Monitor geladen und zeigte sie mir voller Begeisterung. Sie waren wirklich beeindruckend, aber bevor wir näher darauf eingehen konnten, kam Professor Collister durch die Tür und die

Gespräche der Studenten verstummten.

»Guten Morgen«, wünschte der Professor uns, während er zum Pult lief und einen Computer startete. Wir murmelten ein »Morgen« zurück und ich richtete mich auf meinem Stuhl auf. Endlich.

»Beginnen wir heute also mit der philosophischen Seelengeschichte. Worum soll es heute gehen? Heute wollen wir herausfinden, was es bedeutet eine Seele zu sein und woher der Begriff Seele im Zusammenhang mit uns Wesen stammt. Hat jemand irgendwelche Ideen oder Vermutungen dazu?« Professor Collister sah erwartungsvoll in die Runde, als würde er jeden von uns analysieren, aber niemand meldete sich. In der Schule hatten wir etwas dergleichen nie durchgenommen und auch zuhause hatte ich nie danach gefragt.

»Nun gut. Wir Wesen tragen etwas in uns, was andere nicht haben. Es macht uns zu dem, was wir sind. Wir stammen von der Spezies *homo sapiens* ab, dessen Körperstruktur und Körperbau wir haben. Aber in uns schlummert etwas, das der *homo sapiens* nicht hatte. Zum Vergleich des Äußeren habe ich hier ein Bild von einem *homo sapiens* und von einem Wesen wie wir.« Professor Collister ließ auf dem riesigen Bildschirm hinter ihm zwei Bilder nebeneinander aufleuchten. Ich war sprachlos. Noch nie zuvor hatte ich gehört, von wem wir abstammten, geschweige denn vom *homo sapiens*. Im Grunde ähnelten sie uns, aber sie hatten unterschiedliche Haarfarben und Augenfarben. Die Farben passten überhaupt nicht zusammen!

»Das Besondere, das in uns schlummert und uns so aussehen lässt, wie wir aussehen, bezeichneten die Philosophen von Anfang an als etwas Außergewöhnliches. Sie waren der Meinung, unsere Seele hätte etwas damit zu tun, deshalb wurden wir Wesen danach benannt. Weiße, schwarze, magische Seelen.«

»Was ist mit den magischen Seelen? Was ist bei ihnen anders als bei uns?« Die Frage stellte ein Junge hinter mir. Gespannt spitzte ich die Ohren.

»Magische Seelen heben sich von uns ab. Sie sind stärker als unsere Seelen, tragen magische Fähigkeiten in sich, mit denen nicht jeder beschenkt wird. So ist das Leben.« Professor Collister sprach den letzten Satz aus, als wären die magischen Seelen etwas Besseres als wir. Ja gut, sie hatten Fähigkeiten, die wir nicht besaßen, aber waren wir nicht eine Nation mit gleichen Rechten?

»Findest du nicht, sein Unterricht ist ein wenig oberflächlich?«, fragte ich Jake, als unser Kurs vorbei war und der Professor den Raum verlassen hatte. Er sah zu mir rüber und zog eine Augenbraue in die Höhe.

»Der erste Kurs und direkt am Kritisieren, ja?«, fragte er höhnisch, dann lächelte er. »Bleib locker, Kass. Du wirst sicherlich noch mehr Stoff zum Lernen bekommen.« Jake Evans lachte mich aus. Er ließ mich wie einen Streber dastehen. Bevor ich meinen Schlag ausführen konnte, rannte er lachend aus dem Saal und flüchtete vor mir. Ich konnte nicht anders, es entlockte mir ein Lächeln.

Als ich die Haustür aufschloss, lief mir meine Mutter entgegen. »Und? Wie waren deine ersten Vorlesungen?«, wollte sie wissen, nahm mir Jacke und Tasche ab und zog mich mit in die Küche. Es war bereits gedeckt und mein Vater saß freudig am Tisch. Meine Mutter zwang mich auf meinen Stuhl und setzte sich ebenfalls, ohne mich aus den Augen zu lassen. Das war ja schlimmer als an meinen Geburtstagen.

»Gut…«, flüsterte ich irritiert.

»Erzähl doch mal!«, drängte mich Mom und nickte eifrig. Ich blickte zu meinem Vater, der mir aufmunternd zulächelte.

»Es ist, glaube ich, gar nicht so schlimm, wie ich gedacht habe«, begann ich. »Seelengeschichte war ja wirklich das Fach, das ich mir am wenigsten für mich vorstellen konnte, aber ich sehe positiv in die Zukunft.«

Meine Mutter strahlte. »Das freut mich sehr für dich, Kass. Wir glauben auch ganz fest daran, dass du die Zeit auf der Universität gut meisterst und einen tollen Abschluss machst.«

»Ja. Und außerdem bin ich ja nicht allein. Ich habe so nette Kommilitonen, dass die Tage an der Uni richtig Spaß machen. Und Felicitas ist ja auch da«, fügte ich hinzu.

»Das Fach gefällt dir also. Was genau lernst du denn?«, wollte mein Vater wissen.

»Es ist... durchaus interessant. Unser derzeitiges Thema ist Evolution. Wir haben über die Spezies des *homo sapiens* gesprochen, von der wir abstammen. Die Entwicklung unserer Gattung ist äußerst faszinierend. Im Ganzen ist das Studienfach Seelengeschichte sehr lehrreich, weil es viele Bereiche abdeckt.« Plötzlich verfiel ich in einen euphorischen Redefluss, den ich kaum zurückhalten konnte. »Habt ihr je ein Bild von ihnen gesehen? Von einem *homo sapiens*?«, fragte ich. Als sie den Kopf schüttelten, fühlte ich mich, als wäre ich ihnen an Wissen überlegen.

Während des Essens erzählte ich weiter, bis ich ihnen jede Kleinigkeit berichtet hatte. Ich half meinen Eltern beim Aufräumen und verabschiedete mich anschließend in mein Zimmer. Statt mit ihnen den Abend zu verbringen, lernte ich. Ich wollte mehr wissen, mehr erfahren, mehr entdecken.

Wer hätte das gedacht?

Fünf

Ich hatte Jake vertraut und abgewartet. Aber alles, was mir bisher beigebracht wurde, waren oberflächliche Fakten, die für mich kein Ganzes ergaben. Ich wollte mehr wissen, mehr Hintergründe, mehr Geschichte. Unfassbar. Ich war wirklich dabei, Seelengeschichte zu mögen. Ich wollte unbedingt *alles* wissen.

»Genug für heute«, sagte Professor Ross und beendete den Kurs. Es waren bereits mehrere Wochen vergangen und ich hatte nichts Gehaltvolles gelernt. Während alle meine Kommilitonen ihre Sachen packten, stand ich auf und suchte das Gespräch mit Professor Ross.

»Entschuldigen Sie, Professor«, machte ich mich bemerkbar. Er drehte sich zu mir um und lächelte.

»Ja, bitte? Wie kann ich Ihnen helfen?«

»Ich finde es sehr interessant, was Sie uns beibringen, aber ich würde gerne mehr erfahren. Wie sich die Nation gegründet hat, wie Sektoren entstanden sind, wie es zu den Gesetzen kam. Hätten Sie dazu Material, das ich lesen könnte?« Ich fragte so höflich, wie ich konnte, aber Professor Ross sah verärgert aus. War es nicht eigentlich Eigeninitiative, die ich andeutete? Oder sah er es eher als Beleidigung seines Unterrichtes? Ich schluckte.

»Das sind Themen, die wir nicht im Detail bearbeiten.

Wenn Sie daran interessiert sind, fragen Sie Professor Hampton. Er ist für das Fach Nationen- und Sektorenrecht zuständig. Er wird Ihnen weiterhelfen können.«

Ich nickte dankbar und ging zurück zu meiner Tasche. Ich verstand nicht ganz, warum unser Fach Seelengeschichte hieß, wenn wir doch fast nichts über die Geschichte unserer Nation und unserer Entstehung lernten. Was beinhaltete mein Fach überhaupt an Themen? Erst gestern hatte ich auch Professor Collister nach mehr Informationen gefragt, als er mal wieder nicht konkretisierte, was dieses »Besondere« in uns wirklich war. Er schickte mich zu einem gewissen Professor Bold, der für das Fach Seelenbiologie zuständig war. Da die Kurse für mich heute früh endeten, entschied ich, die Professoren heute aufzusuchen. Irgendwer musste mir Antworten liefern können.

Ich hatte meine Sachen zusammengepackt und meine Tasche geschultert, als ich auf den Ausgang zusteuerte und abrupt stehen blieb. Mein Blick war wie versteinert aus dem Fenster gerichtet. Das Schlagen meines Herzens setzte für einen Moment aus. Das war nicht möglich, ich halluzinierte. Das...

Plötzlich stand Jake hinter mir. Seine Worte waren nur ein Flüstern. »Das ist Jay Coleman. Ich habe bereits von ihm gehört. Ein Inhaftierter mit Sonderrecht zur Studienteilnahme.« Dann wurden seine Worte eindringlicher, als sollten sie sich in mein Gehirn brennen. »Er ist eine schwarze Seele, Kass. Er ist gefährlich.«

Sechs

Meine Welt war einsturzgefährdet. Von dem einen auf den anderen Moment veränderte sich alles. Ich hatte ihn vergessen, ich hatte das Erlebnis vergessen. Ich hatte wieder gelebt, als wäre nie etwas gewesen. Und jetzt war er hier. Hier an der Universität. Es war nicht schwer zu erkennen, welches Studium er absolvierte. Er wurde zum Soldaten ausgebildet, dessen Einrichtungen sich ebenfalls auf dem Campus der Universität befanden. Selbstverständlich kam ich jedes Mal daran vorbei. Und weil ich nicht wusste, was ich tun sollte, tat ich so, als hätte ich etwas im Gebäude vergessen und wimmelte Jake und meine Kommilitonen ab. Und das nur, um etwas ganz Dummes zu tun.

Es war Mittagszeit, deshalb schien alles verlassen, als ich die riesige Halle betrat, die sie für die Soldaten errichtet hatten. Nur eine Person war noch dabei, wie wild auf einen Sandsack einzuschlagen. Ich blieb verdeckt hinter dem Boxring stehen und beobachtete ihn. Seine Fäuste, ungeschützt, waren bereits rot, er war verschwitzt und seine Kleidung mit ihm. Schwarz, gefährlich, sexy. Ich hätte Stunden dort stehen bleiben können. Er sah stark aus, unheimlich, aber dermaßen attraktiv, dass ich mich selbst verfluchte. So durfte ich nicht denken. Er war eine schwarze Seele, er gehörte nicht hier her. Worte, die meine Mutter sagen würde, hallten in meinen Ohren wieder. *Er ist kein guter Umgang für dich, Kass. Verschwinde. Sofort.*

Ja, Mama. Ich drehte mich um und steuerte auf den Ausgang zu. Wie dumm war ich eigentlich? Was tat ich hier überhaupt? Was wollte ich hier?

Bevor ich unauffällig verschwinden konnte, hörte ich seine Stimme. Sie war so mystisch wie vor ein paar Wochen, als ich ihm half zu fliehen.

»Ist es hier nicht ein wenig gefährlich für eine weiße Seele? So ganz *allein.*« Mein Herz machte einen Satz. Erinnerungen wallten in mir hoch. Gefühle mit ihnen. Angst, Nervosität, Faszination.

Es wäre feige von mir gewesen, jetzt einfach zu gehen. Deshalb kehrte ich wieder um und ging näher zu ihm, immer auf einen Sicherheitsabstand bedacht. Ob er mich erkannt hatte? Unter all den weißen Seelen war es schwer, jemanden genauer zu erkennen. Wahrscheinlich hatte er unsere Begegnung sowieso schon vergessen.

»Besteht denn eine Gefahr?«, begegnete ich ihm mit einer Gegenfrage. Er hämmerte weiter auf den Sandsack ein, ohne mich zu beachten. Mein Herz raste, mein Puls musste bereits bei 180 sein und meine Hände fingen an zu schwitzen. Er sah so verdammt gut aus.

»Bist du etwa blind?«, fragte er unfreundlich. Ich bildete mir ein, dass seine Schläge stärker wurden, statt schwächer. Als wäre er wütend.

»Nur, weil du eine schwarze Seele bist, heißt das nicht, dass du gefährlich bist. Das einzige, vor dem man sich fürchten sollte, ist die Tatsache, dass du ein Inhaftierter bist. Ein Gesetzesbrecher.« Ich fragte mich selbst, warum ich ihn verteidigte. *Farbgebung hat keine tiefere Bedeutung, Kass.*

»Tu nicht so, als wüsstest du, wer oder was ich bin. Du weißt gar nichts über mich.« Er spuckte mir die Worte entgegen, als wäre ich die böse Stiefmutter. Dabei war ich doch eine von den Guten? Ich verteidigte ihn und seinen Sektor? Warum behandelte er mich, als würde ich ihn beleidigen? Wut kochte in mir hoch. Wenn er unfreundlich war, konnte ich das auch.

»Also haben sie Recht. Schwarze Seelen sind arrogant und gefährlich. Schließlich bist du das perfekte Beispiel.« Es platzte einfach aus mir heraus, ohne Schuldgefühle. Ich wandte mich dem Gehen zu, aber ich stoppte und drehte mich noch einmal zu ihm um. »Ich verstehe gar nicht, warum ich dir geholfen habe.«

Er hielt inne, sein Blick richtete sich ruckartig auf mich. Es war das erste Mal, dass er mich ansah. Seine Augen waren so dunkel wie die Nacht, aber sie waren wunderschön. Ich war fasziniert, aber die Wut war stärker. Ich schüttelte verärgert den Kopf und ging, ohne darauf zu warten, wie er reagierte. Ich wollte nicht länger mit ihm reden. Schlimm genug, dass ich überhaupt hier gewesen war.

Aber warum verletzte es mich mehr als alles andere, dass er nicht gemerkt hatte, wer er vor sich stehen hatte, bis ich ihm den Hinweis dazu gab?

Ich war immer noch auf 180. Ich beschimpfte mich selbst für mein Verhalten. Wie konnte ich davon ausgehen, dass er bereit war, sich zu bedanken für das, was ich für ihn getan hatte? *Er ist eine schwarze Seele.* Ja, das erklärte natürlich alles.

Anstatt mich mit Felicitas in der Mensa zu treffen, setzte ich mich direkt in die nächste Schwebebahn. Ich starrte aus dem Fenster und fuhr durch die ganze Stadt, um das alles zu vergessen.

Aber ich konnte ihn nicht vergessen.

Seine Augen.

Sein Blick.

Seine Stimme.

Es war hoffnungslos.

Am nächsten Morgen löste meine Mutter bei mir einen halben Herzstillstand aus. Nicht, weil sie mich wieder ermahnte, dass ich meine Tablette nehmen sollte (obwohl sie das wieder tat), sondern weil sie ein sehr heikles Thema ansprach.

»Kass, Schätzchen«, hielt sie mich auf, bevor ich die Küche verlassen konnte. »Hast du noch eine Minute?« Auch mein Vater wandte sich zu uns.

»Ja? Was ist denn noch?«, fragte ich angespannt.

»Na ja«, begann sie und atmete tief ein und aus. »In den Nachrichten haben sie gesagt, dass sie eine schwarze Seele hier im Sektor gefangen genommen haben. Sie gewähren ihm bis zu seinem Prozess an der Universität seine Ausbildung zum Soldaten weiterzuführen. Hast du davon gehört? Hast du ihn schon gesehen?«

Ohnmachtsanfälle. Mehr verspürte ich zu dem Zeitpunkt nicht. Ich schluckte den riesigen Kloß in meinem Hals herunter. Während ich noch nach den richtigen Worten suchte, wurde mir heißer und heißer.

»I-i-ch... habe davon gehört«, stotterte ich.

Meine Eltern nickten. Sie tauschten einen besorgten Blick, bevor meine Mutter fortfuhr. »Wir möchten, dass du dich von ihm fernhältst, Kass. Die Universität darf ihn den Vorschriften nach nicht in eure Nähe lassen, aber man weiß ja nie.«

»Pass gut auf dich auf«, fügte mein Vater hinzu.

Ich nickte. Wenn sie nur wüssten...

Völlig benommen schloss ich die Tür und beeilte mich, an die frische Luft zu kommen. Das war eine einzige Katastrophe.

Dass Felicitas wenig später pausenlos auf mich einredete, verbesserte meine Stimmung auch nicht. Ich hätte mich nicht bei ihr gemeldet und ihr nicht Bescheid gegeben, dass ich nicht zum Mittagessen kommen würde. Das einzig Gute daran wäre gewesen, dass sie Jake *aus eigener Hand* ansprechen konnte, wo ich denn wäre, ohne, dass ich die beiden einander vorstellen musste. Eigeninitiative und Selbstbewusstsein würden Jungs generell besser gefallen. Gut zu wissen.

Ich entschuldigte mich so gut ich konnte, aber verschwieg, weshalb ich sie wirklich versetzt hatte. Ich wollte es selbst vergessen.

Ich setzte Felicitas wieder am Gebäude Modedesign ab und suchte den Bauklotz auf, in dem Seelengeschichte studiert wurde. Zum zweiten Mal entschuldigte ich mich und erzählte dieselbe Geschichte wie bei Felicitas. Aber erst als ich lächelte, gab Jake sich geschlagen. »Auf geht's, Kass. Bildungswissenschaft ist angesagt. « Er legte den Arm um mich und zog mich mit in den Saal, in dem unser nächster Kurs stattfand. Unwillkürlich breitete sich wieder ein Lächeln auf meinem Gesicht aus.

Da ich gestern nicht mehr in der Verfassung war, zivilisierte Konversation mit den Professoren zu halten, setzte ich mir diese Unternehmung als heutiges Tagesziel. Ich hatte Jake erzählt, was ich vor hatte, aber er weigerte sich, mich zu begleiten. Deshalb lief ich alleine hilflos durch den Fachbereich Nationen- und Sektorenrecht und suchte Professor Hampton. Im Kurs bei Professor Anderson hatten wir heute über die Frau gesprochen, die Schuld am Krieg zwischen den Seelen sein sollte. Ich war mir nicht sicher, ob Professor Anderson uns alles erzählt hatte, was wichtig zu sein schien, deshalb wollte ich mir eine zweite Meinung einholen.

Nachdem ich eine Treppe hinaufgegangen war, sah ich, wie ein Mann die Tür zu einem Saal abschloss. Das musste er sein! Bevor er gehen konnte, fragte ich nach. »Professor Hampton?« Beim Klang seines Namens drehte sich der Mann zu mir um und sah mich fragend an.

»Ja? Kann ich Ihnen helfen?« Seine Stimme war freundlich, ganz anders, als die von Professor Ross, der immer einen tiefen Unterton dabeihatte.

»Hätten Sie einen Augenblick für mich Zeit? Ich bin Erstsemesterstudentin im Fach Seelengeschichte und hätte einige Fragen an Sie.« Professor Hampton sah fix auf seine Uhr, als wäre er im Stress, aber als er wieder hochsah, lächelte er.

»Selbstverständlich. Worum geht es?«

Wir setzten uns auf eine Sitzgruppe, die sie im Gebäude des Nationen- und Sektorenrechts aufgestellt hatten. Dieses Gebäude war eindeutig moderner als unseres, aber die Einrichtung erzeugte eine Art Kühle, die mir nicht gefiel. Aber ich war nicht hier, um die Innenausstattung zu begutachten, sondern, um zu lernen.

Professor Hampton sah mich neugierig an. »Wir nehmen zurzeit die Gründung der Sektoren durch, aber ich habe immer das Gefühl, dass wir Großteile der Geschichte auslassen. Ich wollte einfach noch einmal nachhaken.«

»Sehr gern. Was möchten Sie wissen?« Er wirkte, als wäre er erfreut, dass ich nach Hintergründen fragte. Seine Brille ließ seine Augen riesig aussehen.

»Warum wurden die Sektoren wirklich gegründet? Hat es mit den schwarzen Seelen zu tun? Wegen des Krieges, den sie anzettelten?«

»Nicht so voreilig«, stoppte er mich und zog eine Augenbraue in die Höhe. »Es lag nicht daran, dass unsere Vorfahren schwarze Seelen als Feinde gesehen haben. Es ging allein um die Seelentrennung, da man nicht wollte, dass die Farben gemischt werden, und sich Gene kombinieren. Man wollte Kontrolle und das erreichte man nur durch Vereinheitlichung.« Ich nickte, als würde ich verstehen, aber ich hatte noch tausende weitere Fragen. Die Information, die Professor Hampton mir gerade gegeben hatte, hatten unsere Professoren uns zum Beispiel verschwiegen. Ich musste mehr wissen.

»Natürlich haben die Vorurteile, die die Seelen untereinander verbreiteten, die wahren Gründe der Sektorenteilung in den Hintergrund gerückt. Die Seelen haben sich gegeneinander aufgehetzt, deswegen kam die Sektorengründung dem Rat natürlich gelegen. Aber die Streitereien waren nicht der Auslöser für die Trennung. Jede weiße Seele denkt, die schwarzen Seelen seien Schuld und umgekehrt.« Alles nur Gerüchte, es waren alles nur Gerüchte. Mein ganzes Leben lang wurde ich angelogen und niemand hatte je vor, mir die Wahrheit zu sagen.

»Was ist mit der Frau, von der jeder spricht?«, fragte ich weiter. Professor Hampton räusperte sich.

»Die egoistische Frau, von der immer wieder gesprochen wird, war Helena DeClaire. Sie war eine schwarze Seele und hat sich viel für ihren Sektor eingesetzt. Deshalb wählte man sie als allererste Sektordezernentin. Die Gerüchte sagen, dass sie einen eigenen Rat‘ gründen und mehr Macht erlangen wollte. Dem war aber nicht so«, erklärte er.

»Aber den Krieg gab es wirklich?«, hakte ich nach.

Professor Hampton schüttelte den Kopf. »Krieg konnte man es nicht nennen. Es war eher ein Aufstand, eine große Auseinandersetzung. Krieg hätte andere Folgen gehabt, viel Schlimmere.«

Erleichtert atmete ich aus. War das nicht eine gute Information?

»Und Sektordezernenten? War das keine Idee des Rates?« Ich sprudelte über vor Fragen. Ich hoffte, Professor Hampton nicht zu überrumpeln.

»Nein«, sagte er und schüttelte erneut den Kopf. »Niemand wusste, dass die Idee von Sektordezernenten durch den Sektor der schwarzen Seelen zustande gekommen ist. Aber wenn man heutzutage den Wesen die Wahrheit erzählen möchte, sperren sie sofort ihre Ohren zu. Wir Wesen sind so, dass wir nichts Anderes glauben wollen als das, was unsere engsten Vertrauten uns beibringen.« Ich wusste, dass er Recht hatte, aber ich wünschte, er würde falsch liegen.

Ich schüttelte den Kopf. »Ich will etwas Anderes glauben.«

Ich sah auf die Uhr, als ich aus dem Gebäude für Nationen- und Sektorenrecht ging. Ich hatte noch genug Zeit, bis ich Felicitas vor der Mensa traf, und dieses Mal würde ich sie nicht versetzen. Deshalb machte ich mich direkt auf den Weg zum Gebäude für Seelenbiologie, um Professor Bold aufzusuchen. Wenn ich nun schon die Zeit hatte, sollte ich sie auch nutzen. Und ich wollte unbedingt wissen, was uns vom *homo sapiens* unterschied. Meine Professoren schienen davon keine Ahnung zu haben.

Glücklicherweise kamen mir in dem hellen, aus Glas und Beton errichteten Gebäude mehrere Studenten entgegen, die mir sagten, wo ich den Professor finden konnte. Sie sahen mich ein wenig skeptisch an, aber ich ignorierte ihre Blicke. Ich war einfach nur eine neugierige Studentin, die gute Noten bekommen wollte.

In dem Labor, zu dem die Studenten mich geschickt hatten, lief ein Mann mittleren Alters auf und ab und las sich angestrengt etwas auf einem tragbaren Monitor durch. Ich räusperte mich, um mich bemerkbar zu machen. Erschrocken sah er hoch und suchte nach der Quelle des Geräusches. Als er mich entdeckte, lächelte ich.

»Hallo. Sind Sie Professor Bold?«, fragte ich höflich. Er nickte verwirrt mit dem Kopf und bat mich herein.

»Wie kann ich Ihnen helfen? Ich kann mich nicht erinnern, sie zuvor in meinem Unterricht gesehen zu haben.«

»Das können Sie auch nicht, denn ich studiere Seelengeschichte. Ich habe ein paar Fragen und man sagte mir, Sie könnten mir diese Fragen beantworten.« Ich hoffte inständig, dass auch Professor Bold zur Kooperation bereit war. Aber gab es überhaupt Gründe, die dagegen sprechen könnten?

»Gerne. Was möchten Sie denn wissen?«, fragte er und legte seinen Monitor beiseite. Fragerunde Nummer zwei begann.

»Unsere Professoren sagen, wir tragen etwas in uns, dass uns zu dem macht, was wir heute sind. Und die unterschiedlichen Farben haben etwas mit der Stärke des Wesens zu tun. Was ist das da in uns?« Ich kam mir mit meiner Frage ein wenig hilflos vor, aber ich wusste nicht, wie ich sie anders stellen sollte. Ich wollte einfach nur wissen, was wir wirklich waren, was uns zu einer Seele machte.

Der Professor lachte, als hätte ich den Witz des Tages erzählt. Als ich fragend die Stirn runzelte, klärte er mich auf. »Natürlich basiert unser äußeres Erscheinungsbild nur auf einer biologisch verankerten Genmutation. Es hatte nie etwas mit den inneren Werten zu tun, die unser Äußeres bestimmt haben. Diese Mutation hat sich in unterschiedlicher Weise präsentiert und ist somit auf drei Arten angeschlagen. Sie existiert schon seit mehreren hundert Jahren, denn es ist ein Gen, das vererbt wird.«

»Also hat Farbgebung wirklich keine Bedeutung? Schwarze Seelen sind nicht egoistisch und gefährlich? Und wir weißen Seelen sind nicht besserwisserisch und freundlich?«

»Nein. Nur weil jemand weiß, schwarz oder magisch ist, heißt es nicht, dass er derartige Charakterzüge hat. Die Farbe ist nur eine Kombination aus den eigenen Genen und dem Gen, das uns von unserem Vorfahren, dem *homo sapiens*, unterscheidet. Jeder reagiert darauf anders.« Es tat so gut, diese Worte aus dem Mund eines anerkannten Wissenschaftlers zu hören. Ich wollte daran glauben, dass es alles nur Vorurteile waren, und ich hatte Recht. Nichts entsprach der Wahrheit.

»Aber warum bezeichnen wir weißen Seelen die schwarzen Seelen als gefährlich und egoistisch? Warum erzählt man uns Lügen?«, fragte ich. Ich verstand nicht, warum wir nicht als eine Nation leben konnten, in der jeder gleichbehandelt wurde. Warum die Trennung?

»Die Natur des Wesens drängt einen dazu, sich selbst zu schützen, indem man anderen schadet. Wir sind egoistische Wesen und dieser Charakterzug hat nichts mit der Farbgebung zu tun. Bereits die Spezies, von der wir abstammen, hatte diese Eigenschaften und daran wird sich auch nie etwas ändern. Wenn jemand Vorurteile in die Welt setzt, ist es nicht schwer, andere zu überzeugen. Wesen sind manipulativ und tendieren dazu, Vorurteile anzunehmen und zu bewahrheiten, indem sie sie ausleben. Ob schwarz oder weiß, ob magisch oder nicht, ein Wesen selbst bestimmt seinen Charakter und nicht das Gen, das er in sich trägt.« Professor Bold lächelte; ich nickte. Wir wussten beide, dass sich an der Situation in unserer Nation nie etwas ändern würde, aber wenigstens wussten wir, dass man jemanden nicht aufgrund der Farbe seiner Seele verurteilen durfte. Es war nur ein Gen, es hatte keine Bedeutung.

»Danke, Professor. Sie haben mir sehr geholfen«, sagte ich und gab ihm zum Abschied die Hand.

»Nicht zu danken. Wenn Sie noch Fragen haben, kommen Sie gern wieder.«

Sieben

Ich wusste nicht warum, aber ich war glücklich. Es war die richtige Entscheidung gewesen, mit den Professoren zu sprechen. Endlich konnte ich mir sicher sein, dass ich die Wahrheit erfahren hatte. Aber noch hatte ich Bedenken meine neuen Erkenntnisse mit anderen zu teilen. Alle hatten gelernt, schwarze Seelen zu fürchten. Wie sollte ich sie allein jemals vom Gegenteil überzeugen? Selbst Jake hatte mich vor Jay, der schwarzen Seele, gewarnt. Jeder hatte dieselben Vorurteile gegen ihn. Niemand würde mir glauben.

Meine anfängliche Glückseligkeit trübte sich durch meine düsteren Gedanken. Trotzdem entschied ich mich für die glückliche Seite und stellte alles andere in den Hintergrund. Wichtig war, dass ich endlich darauf vertrauen konnte, nicht länger belogen zu werden. Ob meine Mutter meinen Worten glauben würde? Ich bezweifelte es sehr.

Vor der Mensa traf ich auf Felicitas und staunte nicht schlecht, als ich sah, mit wem sie sich unterhielt. Es war Jake Evans.

»Kass, hier!«, schrie sie mir entgegen und winkte mich zu sich. Ich begrüßte sie beide flüchtig.

»Wie war's?«, fragte Jake mehr aus Höflichkeit als aus

Interesse.

»Gut«, erwiderte ich knapp. Im Grunde entsprach es der Wahrheit. »Was gibt's Neues?«

»Hier«, sagte Felicitas und hielt mir einen Flyer entgegen. Schon als ich das erste dick gedruckte Wort las, lief mir ein kalter Schauer über den Rücken.

Willkommensball.

Das durfte nicht wahr sein. Schon auf Abschlussbällen war ich nur notgedrungen gegangen und jetzt sollte es bereits im ersten Semester einen Ball geben? Wer kam auf die schwachsinnige Idee, einen Willkommensball zu veranstalten?

Felicitas Augen weiteten sich, genauso ihr Lächeln. Ich ahnte Schlimmstes. »Ist das nicht abgefahren? Die Studenten aus dem zweiten Semester wollen extra für uns Neulinge eine Party schmeißen! Das lassen wir uns auf keinen Fall entgehen!« Felicitas war hin und weg. Es war auch nicht anders zu erwarten. Sie war der Partyfreak unter uns. »Jake kommt auch«, fügte sie beiläufig hinzu, als wäre es der Punkt, der mich überzeugen sollte.

Schlussendlich hieß das: Ich hatte keine andere Wahl, als hinzugehen.

Ich steckte den Zettel zwischen meine Mappe, die ich in der Hand hielt, und zog die beiden mit in die Mensa. Ich brauchte unbedingt Nervennahrung.

Nach der Mittagspause machten wir uns auf den Weg zu unseren nächsten Vorlesungen.

Im Kurs bei Professor Anderson lernten wir, wie Seelengeschichte in der Schule unterrichtet wird. Ich fragte mich, ob ich eine gute Lehrerin wäre? Was würde ich den Kindern beibringen? Das, was mir beigebracht wurde, oder die komplette Wahrheit? Ich wusste es nicht, aber ich hatte schließlich noch ein paar Semester vor mir.

Ich musste allein zurück zum Torbogen der Universität gehen, weil Jake einen Termin hatte und einen anderen Ausgang nahm. Ich jedoch traf mich mit Felicitas, um gemeinsam mit ihr nach Hause zu fahren. Am liebsten wäre ich gerannt, aber ich zügelte mich. Aus Angst oder aus Neugier? Die Gefühle kämpften innerlich gegeneinander. Ich war am Gebäude, das den Soldaten zur Verfügung gestellt wurde. Und ich wusste, es konnte nicht gut werden.

Natürlich nicht.

»Hey.« Seine Stimme ließ einen Impuls durch meine Körper fließen. Mein Herz raste mir davon. *Geh einfach weiter, Kass.* »Hey, warte mal!«

Natürlich wartete ich. Ich kannte mich, es war von vornherein klar, dass ich früher oder später wieder mit ihm im Gespräch sein würde. Ich ließ meinen Blick schweifen und entdeckte ihn im Eingang des Gebäudes. Er ging ein paar Schritte zurück, um mir zu deuten, ich solle eintreten. Von wegen.

»Was?«, fragte ich unfreundlich und rührte mich nicht

vom Fleck. Unsere Blicke hefteten aneinander.

»Hast du ein paar Minuten für mich über?«, fragte er. Seine Miene war ausdruckslos. Ich konnte sie nicht deuten. Was wollte er von mir? Wie sollte ich am besten reagieren?

Ich lächelte amüsiert. »Ist das nicht zu gefährlich für eine weiße Seele?«

Mein Herz machte einen Satz und ich ärgerte mich selbst darüber. Das durfte nicht passieren! *Aber Kass, du hast ihn zum Lächeln gebracht. Und sieh dir dieses Lächeln an!* Ja, er sah unglaublich gut dabei aus, wenn sich seine Mundwinkel in die Höhe zogen. Beinahe wäre ich ins Schwärmen geraten, aber er riss mich aus meinen Gedanken und ließ meine Alarmglocken klingeln. Er war dabei, das Gebäude zu verlassen und zu mir zu kommen! Auf keinen Fall! Was war, wenn mich jemand mit ihm sah?

»Warte!«, schrie ich und hielt die Hand abwehrend hoch. »Bleib, wo du bist!«

Ich schluckte, sah mich ein letztes Mal um und ging dann zum Eingang. Es war dumm von mir, wie alles andere, was mit ihm zu tun hatte auch, aber ich konnte nicht anders. Meine Beine ließen sich nicht mehr von meinem Verstand steuern, sondern nur von meinen Gefühlen. Und das war gefährlich.

Ich lugte durch die Tür und sah mich um, ob noch jemand am Trainieren war, aber die Halle war leer. »Die

Luft ist rein«, blaffte er und rollte mit den Augen. Ich ließ mich davon nicht aus der Fassung bringen.

»Was willst du?«, wiederholte ich meine Frage tonlos und wartete ab. Er musterte mich von oben bis unten, bevor er antwortete.

»Wie heißt du?« Ich musste lachen. Ich hatte wirklich alles erwartet, aber nicht das.

»Das geht dich gar nichts an«, antwortete ich und wurde wieder ernst.

»Oh doch.«

»Ach? Und warum?«

»Weil ich gerne wüsste, wie das Mädchen heißt, das mich nicht verraten hat.« Ich wurde benebelt von den Gefühlen, die sich in mir tummelten und ein riesiges Chaos hinterließen. Warum brachte er mich so durcheinander?

Sollte ich ihm antworten? Sollte ich nicht von hier verschwinden? Ich sollte nicht einmal mit ihm sprechen. Eigentlich hätte ich ihn verraten müssen! Aber warum tat ich es nicht?

»Kass«, sagte ich. Es sprudelte aus mir heraus, ohne dass ich den Befehl dafür gegeben hatte. Meine Gefühle spielten verrückt, ließen mich Dinge tun, die ich nicht wollte. Und das nur, weil er in der Nähe war.

Er nickte. »Danke, Kass.«

Er hat es gesagt. Er hat es endlich gesagt! Das, worauf ich die ganze Zeit gewartet hatte! Ich konnte mir das

Lächeln nicht verkneifen.

Ich räusperte mich. »Hat ja anscheinend nicht viel gebracht, wenn du jetzt doch ein Inhaftierter bist«, erwiderte ich.

»Aber du hast mir Zeit verschafft. Wertvolle Zeit. Und dafür möchte ich dir danken.«

Ich runzelte die Stirn. »Zeit wofür?«

»Nicht so wichtig.« Er wandte den Blick ab, als würde er mir etwas verheimlichen. Weshalb war er herkommen? Was trieb ihn in den Sektor der weißen Seelen?

»Gehst du dahin?«, wechselte er das Thema und zog den Flyer aus meiner Mappe, die ich in der Hand hielt. Er lenkte vom Thema ab. Was hatte er noch mal gesagt, als ich fragte, weshalb er die Grenze überschritten hatte? *Das willst du nicht wissen.* War es besser, wenn ich es nicht erfuhr? Neugier überkam mich.

»Ich würde mich gerne drücken, aber wenn man Felicitas als Freundin hat, ist man auf jeder Party aufzufinden.« Er lächelte. Ich wusste nicht wieso, aber sicher war, dass er mich ansteckte.

Hör auf damit, Kass.

»Es wird bestimmt…«

»Ich muss jetzt gehen«, unterbrach ich ihn, schnappte mir den Flyer und stürzte aus der Halle.

»Kass«, hörte ich ihn meinen Namen sagen. Es hörte sich an wie eine Melodie. Über die Schulter blickte ich kurz zurück.

»Ich bin übrigens…«, setzte er an.

»Jay«, beendete ich seinen Satz. »Ich weiß.« Ich nickte zum Abschied und beeilte mich, denn Felicitas wartete sicherlich schon auf mich.

Ein Chaos an Gefühlen begleitete mich auf meinem Weg.

Am Torbogen traf ich auf Felicitas. Sie erzählte mir von einem bevorstehenden Projekt, das ihr Studienbereich plante und für das sie eine eigene Kollektion anfertigen mussten. Ihre Erzählungen waren spannend, ja, aber meine Gedanken waren woanders. Ich bekam *ihn* einfach nicht aus dem Kopf. Wie ein kleines Tier, das in meinem Gehirn nistete.

»Kass, hörst du mir eigentlich zu?«, fragte Felicitas plötzlich.

»Ja… klar«, brachte ich leicht stotternd hervor. *Sehr überzeugend, Kass.* Felicitas zog eine Augenbraue in die Höhe.

»Und was habe ich zuletzt gesagt?«, will sie herausfordernd wissen, um mich auf die Probe zu stellen. Das war gemein. Wenn Felicitas wüsste, was in mir vorging, hätte sie ihre Frage direkt zurückgezogen. Aber sie wusste es nicht und ich konnte es ihr auch nicht erzählen. Ich hätte sie damit nur in Schwierigkeiten gebracht. Und wer wusste schon, wie Felicitas über schwarze Seelen dachte.

Wir stiegen in die Schwebebahn und setzten uns auf zwei freie Plätze. Erwartungsvoll studierte Felicitas mein Gesicht.

»Na, dein Projekt-Dings. Für die Uni…«, stotterte ich weiter und lächelte krampfhaft. Felicitas' Miene verdüsterte sich zu einem enttäuschten Ausdruck. *Falsche Antwort, Kass.* Game over.

»Nein«, schimpfte sie. »Als letztes habe ich gesagt, dass ich am Freitag vor dem Willkommensball wieder zu dir komme. Aber nur, um dich abzuholen, denn mein Bruder fährt uns. Mit den Ballkleidern können wir ja nicht in eine Schwebebahn einsteigen!« Ach, tatsächlich? Das hatte sie gesagt? Keine dieser Informationen kam mir bekannt vor.

»Oh, ok. Wie freundlich von deinem Bruder. Danke«, antwortete ich und blickte dann aus dem Fenster. Mit Ballkleidern in der Schwebebahn. Ich hatte wirklich größere Probleme. Und dieses Problem hieß Jay Coleman und war verdammt nochmal *heiß.*

Acht

Um Punkt viertel vor acht standen Felicitas und ihr Bruder am Freitag vor meiner Haustür. Meine Mutter hatte mich in das weiße, lange Kleid gezwängt mit den silbernen Steinen, die jedes kleinste Licht reflektierten. Meine Haare waren zu einem eleganten Zopf zusammengeknotet und meine Füße steckten in Absatzschuhen, die mir bereits nach zwei Minuten den letzten Nerv raubten.

»Der erste Ball ist der wichtigste«, hatte meine Mutter gesagt. Daher musste ich umwerfend aussehen und alle vom Hocker reißen mit meinem Auftritt. Wie zur Hölle sollte ich das schaffen?

Draußen hupte ein Auto. Ich ging davon aus, dass Felicitas diejenige war, die hupte, weil sie es kaum erwarten konnte und nicht zu spät kommen wollte. Hastig schnappte ich mir meine Tasche, stolperte die Treppe hinunter und riss die Tür auf. Meine Eltern waren bereits mit Freunden ausgegangen. Ich griff schnell nach meinem Haustürschlüssel. Ein letzter Blick in das Haus: Hatte ich an alles gedacht?

Es hupte wieder. Bestimmt!

Ich schloss die Haustür ab und beeilte mich. Im Auto wurde das Radio voll aufgedreht. Ich konnte nur erahnen, was die beiden mir von vorne zuriefen. Daher lehnte ich mich gemütlich zurück und genoss die letzten Minuten vor der Party.

Denn viel zu schnell erreichten wir das Gebäude auf dem Campus, in dem die Party stattfinden sollte. Schon draußen dröhnte der Bass so laut, dass die meisten Anwohner heute Nacht keinen Schlaf finden würden. Felicitas zog mich unaufhaltsam Richtung Eingang, der mit einem roten Teppich ausgelegt war. Ein Student aus dem zweiten Semester kontrollierte unsere Ausweise und hakte uns auf einer Liste ab, dann durften wir das Gebäude betreten. Wir stiegen eine Steintreppe empor und gingen durch eine geöffnete Flügeltür, um dort eine Treppe wieder hinunter zu gehen. Der Saal war bereits gefüllt mit tanzwütigen Studenten und wir standen hier oben wie auf dem Präsentierteller. *Ladies and Gentlemen, einen großen Applaus für Felicitas Clery und Kassandra McCarthy!*

Nur keine tollpatschige Aktion hinlegen, Kass! Wenn du stolperst und fällst, bist du die Lachnummer der Universität! Glücklicherweise beschloss Felicitas, sich bei mir einzuhaken, sodass wir dem anderen unauffällig Halt schenken konnten. Einen kurzen Moment lang hatte sich jeder im Saal zu uns umgedreht, wobei mir beinahe das Herz in die Hose gerutscht wäre, aber keine Sekunde später waren wir schon wieder halb vergessen. Gut so.

Unten angekommen, kamen Jessica, Louis und Jake uns mit einem Drink in der Hand entgegen. Jeder im Saal war im grellen weiß gekleidet, sodass die Masse von oben einen weißen Punkt darstellen musste. Jake und Louis überreichten uns Getränke und führten uns in eine Ecke, in der nicht allzu viel Trubel war. Dort konnten wir uns ungestört unterhalten.

Es dauerte nicht lange, da war Felicitas mit Jake auf der Tanzfläche verschwunden. Ich freute mich für Felicitas, aber insgeheim war ich ein wenig neidisch. Louis verabschiedete sich irgendwann, um sich mit anderen Kommilitonen zu unterhalten, und als Jessica von einer Gruppe Mädchen mitgerissen wurde, war ich plötzlich allein. Noch nie im Leben hatte ich mich unwohler gefühlt als in diesem Moment. Ich entschied mich, mein Glas zur Theke zu bringen, damit keiner sehen konnte, dass ich keinen zum Unterhalten hatte. Aber das ging schneller als gedacht und plötzlich stand ich wieder allein.

Als sich nach einer deprimierenden Ewigkeit Felicitas' und mein Blick trafen, winkte sie mich zu ihnen, aber mir war überhaupt nicht nach Tanzen. Ich schüttelte den Kopf und rührte mich nicht vom Fleck. Ich sah, wie Felicitas ihre Hand auf Jakes Arm legte und ihm etwas zuflüsterte, dann kam sie auf mich zu gerannt.

»Hey, du Tanzmuffel«, entgegnete sie und knuffte mich in die Seite. »Willst du nicht auch ein wenig deine

Hüfte schwingen?« Sie demonstrierte mir den Inhalt ihrer Frage kurz am praktischen Beispiel und wartete gut gelaunt auf meine Antwort.

Die jedoch wieder negativ ausfiel. »Nein, mir ist nicht danach.«

»Also wirklich, Kass. Du könntest –«

Felicitas unterbrach ihre Motivationsrede, als sich plötzliche Stille über den Saal ausbreitete. Nur die Musik spielte gelassen weiter, als wäre nichts. Alle Studenten hatten mit einem Mal in ihren Bewegungen und ihren Gesprächen innegehalten und blickten starr Richtung Flügeltür. Denn dort, als wäre es ganz normal, stand Jay Coleman, eine schwarze Seele in einem schwarzen Anzug.

Mein Herz setzte einen Moment aus. Auch Felicitas sog scharf die Luft ein, als sie ihn entdeckte. Ich hatte mich noch kein einziges Mal mit ihr über Jay unterhalten, obwohl der ganze Campus von seiner Anwesenheit wusste. Selbst die ganze Stadt wusste es, schließlich lief es in den Nachrichten. Ich fragte mich, warum Felicitas mich noch nicht darauf angesprochen hatte. Sie liebte doch den allerneusten Tratsch? Oder zählten Gefangennahmen von schwarzen Seelen im Sektor der weißen Seelen nicht dazu? Schließlich war er sogar Student unserer Universität! Vielleicht wollte Felicitas einfach nur jeden möglichen Kontakt mit ihm vermeiden, so wie es sich gehörte und so, wie es meine Eltern von mir verlangten. Aber diese Bitte hatte ich schon, bevor sie von seiner Anwesenheit wussten, nicht einhalten können.

»Was macht er hier, verdammt nochmal?«, presste Felicitas flüsternd hervor. In ihrer Stimme lag ein Anflug von Panik.

»Er ist Student der Universität im ersten Semester. Er hat das Recht, hier zu sein«, flüsterte ich neutral zurück. Die einzige Gefahr, die von ihm ausging, war der Punkt seiner Inhaftierung; schwarze Seelen sind keine schlechten Seelen, redete ich mir wieder ein. Derweil schritt Jay gelassen die Treppe hinunter, als würden ihn die tausend Blicke, die auf ihn gerichtet waren, kaum etwas ausmachen. Er ließ den Blick über die Menge schweifen. Ich konnte nicht anders, als ihn anzusehen. Ich musste einfach. Er sah so gut aus in diesem Anzug.

»Bist du nicht ganz dicht? Er ist eine schwarze Seele? Bist du blind?«, flüsterte sie und schenkte mir einen verstörten Blick. Ich zuckte nur mit den Schultern, denn im selben Moment hatte auch Jay mich entdeckt. Er sah mich eine Zeit lang an und ich war mir sicher, dass er mich erkannt hatte. Als er den Saal erreichte, formte die Menge in angespannter Trance eine Gasse für ihn. Und diese Gasse endete direkt vor Felicitas und mir.

»Er kommt auf uns zu, Kass! Sieh nicht hin! Tu so, als ob du ihn nicht bemerkst! Geh aus dem Weg! Oh mein Gott, Kass!« Felicitas brach neben mir in vollkommener

Hysterie aus, aber ich blieb wie angewurzelt stehen. Sein Blick war intensiv, verschwörerisch, geheimnisvoll und verdammt anziehend. Ich fühlte mich wie elektrisiert, als er plötzlich vor uns stand. Felicitas konnte sich aus Angst nicht bewegen und blieb mit offenem Mund neben mir stehen.

»Kass«, sagte er, gerade so laut, dass wir es hören konnten. Ich nickte, weil ich unter Strom stand und mir kein Wort über die Lippen kommen wollte. Sein Parfüm benebelte meine Sinne und der Anflug eines Lächelns brachte mich vollkommen aus dem Konzept. Felicitas wurde kreidebleich.

»Ihr kennt euch?«, flüsterte sie entsetzt und boxte mir in die Seite.

»Flüchtig«, antwortete ich hastig, ohne ihn aus den Augen zu lassen. Felicitas legte sich eine Hand an den Kopf und atmete tief aus. Klar, sie war enttäuscht von mir. Ich hatte ihr nichts davon erzählt, obwohl sie meine beste Freundin war. Sie musste stinksauer sein.

»Du musst Felicitas sein?«, fragte indessen Jay und nickte ihr zur Begrüßung zu. Felicitas sah mich fassungslos an. Sie fragte sich vermutlich, woher Jay ihren Namen kannte. Ob sie mir jemals verzeihen würde?

Als Felicitas nicht antwortete, redete er einfach weiter. »Hättest du etwas dagegen, wenn ich Kass um einen Tanz bitte?«

Halt stopp. Was?

Felicitas ignorierte ihn und wandte den Blick ab. Jay schien das nicht zu beeindrucken. Er hielt mir einfach seine Hand entgegen. Ach du…

Farbgebung hat keine tiefere Bedeutung. Es schoss mir mit einem Mal durch den Kopf und bewegte mich dazu, ihm meine Hand zu reichen und gemeinsam auf die Tanzfläche zu schreiten. Wir nahmen Haltung ein und begannen, zu der Musik, die gerade neu begann, zu tanzen. Ich musste mir ein Lächeln unterdrücken, weil ich nie im Leben gedacht hatte, dass ich eines Tages tanzen würde – in diesem Aufzug! Aber Jay war ein guter Tänzer und führte mich. Jeder Schritt saß wie eine Eins.

Die Studenten um uns herum musterten uns eine Zeit lang, bis wir uninteressant wurden und sie die Party fortführten. Schließlich konnten sie nichts daran ändern, dass er hier war. Die Party war für Studenten im ersten Semester, auch die mit Sonderberechtigung. Unsere Blicke trafen sich immer wieder und ich spürte, wie mir die Wärme in die Wangen schoss. Ein Kribbeln durchströmte meinen Körper, wenn sich unsere Hände neu umfassten und er mich fester an sich zog, stets auf einen gewissen Abstand bedacht. Die argwöhnischen Blicke der anderen waren vergessen. Ich sah nur ihn und konzentrierte mich allein auf seine Anwesenheit.

Doch plötzlich drehte sich alles um mich herum. Meine Sicht wurde verschwommen und ich wusste nicht mehr, wohin mit mir. Panisch blickte ich umher, aber ich konnte nichts erkennen. Hände packten mich, es mussten die von Jay sein. Leise hörte ich seine Stimme. Er klang besorgt.

»Kass? Ist alles in Ordnung?«, fragte er behutsam.

Ich schluckte. »Ich weiß nicht…Mir ist schwindelig…alles verschwommen.« Mehr brachte ich nicht hervor. Er legte schützend die Arme um mich und führte mich durch die Menge zur Treppe. Ich war mir nicht sicher, ob ich sie richtig verstand, aber ich glaubte, jemanden sagen zu hören: »Da seht ihr es. Nur Unheil bringen diese schwarzen Seelen.«

Jay stützte mich, während wir wankend die Treppe emporstiegen. Wir verließen das Gebäude und gierig sog ich nach Sauerstoff. Die kühle Nachtluft befreite mich, aber ein Zucken durchfuhr mich, als hätte ich einen Stromschlag abbekommen. Jay fing mich auf. »Irgendetwas stimmt doch nicht? Bist du sicher, dass es dir gut geht?«

Ich nickte, aber ein weiteres Mal durchzuckte es mich.

»Alles klar, ich rufe sofort einen…«, hörte ich seine Stimme, dann wurde die Welt vor mir schwarz.

Liegend wachte ich auf. Ein Sanitäter lächelte mich an und beleuchtete meine Augen mit einer Lampe. »Hallo, können Sie mich hören?«, fragte er im typischen Sanitäter-Tonfall.

»Ja«, krächzte ich. Einen Blick zur Seite und ich sah Felicitas draußen vorm Krankenwagen, die wütend auf Jay einredete. Dieser schien sie aber zu ignorieren, denn er sah mich an. Ich wandte den Blick ab.

»Können Sie mir sagen, was passiert ist?«, fragte der Sanitäter weiter.

»Schwindelig«, begann ich. »Und alles wurde verschwommen vor meinen Augen.« Er nickte eifrig.

»Wir sind dann nach draußen gegangen. Die Luft tat gut, aber dann… es war wie ein Zucken.« Wieder nickte er.

»Haben Sie heute etwas anders gemacht als sonst? Nehmen Sie Tabletten?«, fragte er weiter und sah mich mit hoch gezogener Augenbraue an.

Tablette. Ich hätte mir am liebsten selbst eine gescheuert. Hatten die Mahnungen meiner Eltern nicht gereicht? Natürlich nicht! *Du bist so dämlich, Kass!*

Ich schluckte. Dann nickte ich mit dem Kopf. Mein Gesicht musste aschfahl sein.

»Sie haben sie vergessen zu nehmen, richtig?« Wieder nickte ich. »Wir nehmen Sie mit ins Krankenhaus zur Beobachtung. Kann jemand Ihre Eltern benachrichtigen?«

»Ja, sie«, sagte ich und zeigte mit dem Finger auf Felicitas. Sie hatte wütend die Arme verschränkt.

»Gut«, sagte der Sanitäter und verließ den Krankenwagen. Er schloss die Tür. Eine junge Frau setzte sich neben mich und behielt mich die ganze Fahrt über im Auge. Sie sagte nichts. Ihr Blick war wie versteinert.

Im Krankenhaus sagte man mir, am nächsten Tag würden einige Tests mit mir gemacht werden. Routineuntersuchungen hatte der Arzt sie genannt. Eine halbe Stunde nach meiner Ankunft kamen auch meine Eltern in das Zimmer gerannt, in dem ich die Nacht verbringen würde. Meine Mutter war bleich vor Sorge.

»Was ist passiert?«, fragte sie panisch. Schweißperlen rannten ihr die Stirn hinunter. Mittlerweile lag ich in steriler Krankenhauskleidung in einem hygienisch reinen Bett.

»Was wohl«, antwortete ich bedrückt, weil ich von mir selbst enttäuscht war.

»Sag nicht, du hast deine Tablette vergessen«, flüsterte mein Vater, dessen Augen ganz groß wurden. Der Schock stand ihm ins Gesicht geschrieben. Ich nickte bedrückt. Ihre Blicke vermittelten mir nur eines: *Haben wir es dir nicht gesagt?*

Meine Mutter fluchte. »Und jetzt?«, flüsterte sie und wandte sich ihrem Ehemann zu. Er zuckte kopfschüttelnd mit den Schultern. »Sie muss sie unbedingt nehmen, Andrew. Sonst finden sie es heraus!« Ich verstand nicht, worüber meine Mutter sprach. Aber ich war zu müde, um zu fragen. Sie führten ihr Gespräch auf dem Flur weiter, als sie sahen, dass mir immer wieder die

Augen zu fielen.

»Das ist eine Katastrophe!«, hörte ich meine Mutter noch, bevor sie die Tür schlossen und ich in einen tiefen Schlaf fiel.

Den ganzen Morgen hatten man mit mir Tests durchgeführt, mir Blut abgenommen und dergleichen. Sogar meine Eltern mussten sich einer Untersuchung unterziehen. Wir warteten stillschweigend und abreisebereit in meinem Zimmer auf die Ärzte. Die Stille war unheimlich. Mein Vater starrte angestrengt aus dem Fenster und meine Mutter wippte unaufhaltsam mit ihren Füßen. Ich verstand nicht, weshalb sie so aufgeregt waren. Konnte ich nicht einfach meine Tablette nehmen und alles war wieder gut?

Irgendwann wurde die Tür aufgerissen, aber nicht der Arzt, sondern mehrere Soldaten stampften in ihren weißen Sicherheitsanzügen in mein Zimmer. Soldaten! Sie packten meine Eltern und drehten ihnen die Arme auf den Rücken, um ihnen Handschellen anzulegen. Ich war so überrumpelt, dass ich mich nicht bewegen konnte. Meine Mutter fluchte, flehte sie an, sie in Ruhe zu lassen. Mein Vater versuchte sich zu befreien, aber die Soldaten waren in der Überzahl. Ein weiterer Soldat trat ein und baute sich vor uns auf.

»Leah und Andrew McCarthy. Sie sind festgenommen wegen des Verdachts der Identitätsfälschung. Sie haben das Recht zu schweigen. Alles, was sie sagen, kann und wird vor Gericht gegen sie verwendet werden. Kassandra McCarthy, sie sind vorläufig festgenommen.« Mein Puls raste und Schweiß rann mir den Rücken hinunter.

»Mom!«, schrie ich. »Was soll das?« Aber da packte mich schon einer der Soldaten und hievte mich mühelos aus dem Bett. Auch mir drehte er die Arme auf den Rücken und legte mir Handschellen an. Ich wusste, wehren lohnte sich nicht. Ich wollte einfach nur wissen, was das alles zu bedeuten hatte.

»Nein, bitte. Nicht sie!«, flehte meine Mutter wieder, aber die Soldaten beachteten sie nicht. Sie drängten uns aus dem Zimmer auf den Flur und führten uns aus dem Krankenhaus. Meine Eltern wurden gemeinsam in einen Jeep gezwängt, aber mich setzten sie in einen anderen. Dann fuhren wir los.

Auf direktem Weg Richtung Sektorgefängnis.

Dort angekommen, trennte man mich von meinen Eltern. Weil ihnen schon bald der Prozess gemacht werden würde, wurden sie in einen anderen Trakt untergebracht, als ich. Nachdem man mich gründlich durchsucht und ich den Krankenhauskittel gegen eine weiße Gefängnisuniform getauscht hatte, führte mich ein Soldat durch die trüben Gänge des Gefängnisses.

»Dieser Trakt dient der Untersuchungshaft«, klärte der Soldat mich auf. Tränen liefen mir meine Wangen hinunter. Das konnte einfach nicht wahr sein! Und das alles nur, weil ich diese dämliche Tablette vergessen hatte! »Morgen früh werden wir Sie für den Prozess Ihrer Eltern als Betroffene in den Gerichtssaal vorladen.«

»Was meinte der Soldat mit *Identitätsfälschung*?«, fragte ich den Soldaten. Er räusperte sich.

»Ich bin nicht befugt, darüber zu reden«, antwortete er mit monotoner Stimme. Ruckartig blieb ich stehen, sodass der Soldat gegen mich stolperte. So leicht würde ich mich nicht geschlagen geben.

»Aber ich bin doch eine Betroffene! Ich habe das Recht zu erfahren, was hier los ist!«, beschwerte ich mich und sah den Soldaten böse an. Er war noch sehr jung, wahrscheinlich hatte er seine Ausbildung gerade erst abgeschlossen.

Ich wollte nicht, dass meinen Eltern etwas passierte. Das war alles meine Schuld, ich hatte sie in diese missliche Lage gebracht. Wie konnte ich ihnen jetzt noch helfen?

Der Soldat zuckte mit den Schultern. »Bedauere, ich habe meine Vorschriften.« Dann zog er mich unsanft weiter durch den Korridor, bis wir um eine Ecke bogen und ich die ersten Zellen sehen konnte. Es waren keine dicken Eisentüren, die den Blick in die Zelle hinderten, sondern aneinandergereihte Eisenstangen. Ein Blick in die erste Zelle und ein Schauer lief mir über den Rücken. Darin würde ich die Nacht verbringen?

»Sie werden in Zelle Nummer zwölf untergebracht«,

informierte mich der Soldat, obwohl mein Interesse daran gleich null war. Ich wollte nach Hause; mit meinen Eltern. Ich wollte wieder meine Tabletten nehmen und so weiterleben wie gestern. Was Felicitas wohl gerade machte? Ob sie vergebens versuchte, mich zu erreichen? Ob die Nachrichten unsere Verhaftung schon bekannt gegeben hatten? Mir war danach, wie ein kleines Kind in der Ecke zu wimmern und darauf zu hoffen, dass alles wieder gut werden würde.

Wir kamen der Zelle Nummer zwölf näher. Es war mucksmäuschenstill auf dem Flur, nur unsere Schritte und mein schweres Atmen waren zu hören. Schon von Weitem sah ich, wie zwei Hände die Eisenstangen in Zelle Nummer dreizehn umfassten. Der Häftling drückte so stark zu, dass seine Hände weiß anliefen. Mir stockte der Atem, als wir vor meiner Zelle stehen blieben und ich sehen konnte, wer der andere Inhaftierte war.

Es war Jay.

Als sich unsere Blicke trafen, wurden seine Augen groß. Überraschung? Panik? Fassungslosigkeit? Vielleicht ein Mix aus allen drei Gefühlen?

»Jay?«, sagte ich und fragte mich unwillkürlich, was er hier zu suchen hatte. »Was tust du hier?« Da der Soldat damit beschäftigt war, meine Zelle zu öffnen, ging ich zu ihm rüber.

»Die Frage ist: Was tust du hier?«, zischte er.

»Ich… bin vorläufig festgenommen?«, stotterte ich krächzend. Ich räusperte mich, ließ meinen Blick den Gang hinunter schweifen. Meine Stimme war nur ein Flüstern. »Sie… haben meine Eltern festgenommen. Morgen wird ihnen der Prozess gemacht.« Er sagte nichts dazu. Aber ich sah in seinen Augen, in den schwarzen Augen, dass er mit mir fühlte. Als er eine Hand von der Eisenstange nahm und mir sanft eine Träne von der Wange strich, hatte ich das Gefühl, als würde er mir Kraft schenken. Ich wusste, es war ein selbstsüchtiger Gedanke, aber ich war froh, dass er hier war. Neben mir in der Zelle, sodass ich nicht ganz alleine war.

»Und du?«, fragte ich, aber der Soldat fuhr dazwischen.

»Hey! Nicht berühren! Und du: Ab in die Zelle!«, befahl er. Als ich nicht direkt gehorchte, packte er meinen Arm und schupste mich grob in die Zelle hinein. Ich stolperte über meine eigenen Füße und knallte unsanft auf den kalten Boden. Meine Hände waren noch gefesselt, sodass ich mich nicht abfangen konnte.

»Geht's noch«, zischte ich, aber der Soldat beachtete mich nicht. Auch Jay, der nebenan den Soldaten beschimpfte, erhielt keine Aufmerksamkeit von ihm. Er schloss rabiat meine Handschellen auf, verließ die Zelle und verriegelte sie. Dann marschierte er davon. Das war's also. Achtzehn Jahre alt und schon im Gefängnis.

Wenn man mir das früher erzählt hätte, hätte ich mich wahrscheinlich vor Lachen gekrümmt. Und jetzt? Jetzt war es bittere Realität.

»Kass? Hey, Kass?«Jays Stimme zu hören, war wahrscheinlich Glück im Unglück. Ich rappelte mich auf, lehnte mich vor den Eisenstangen an die Wand und seufzte.

»Ja?«

»Geht es dir gut?«, fragte er mit so sanfter Stimme, dass mir ein wohliger Schauer über den Rücken lief.

»Ja. Es ist nichts passiert«, versicherte ich ihm.

»Hör zu«, begann er und räusperte sich. »Es tut mir leid.«

Ich stutzte. »Was tut dir leid?«, fragte ich etwas zu grob. »Dir muss nichts leidtun«, fügte ich deshalb noch hinzu.

»Doch. Du hättest mich niemals treffen dürfen. Ich hätte einfach besser aufpassen müssen. Die letzten Wochen waren sicherlich nicht leicht für dich und das ist meine Schuld.« Seine Stimme klang wehmütig. Er hatte Recht, mit dem, was er sagte, aber aus irgendeinem Grund war es leicht für mich, ihm zu verzeihen. Ich wollte ihm verzeihen.

»Schon gut«, antwortete ich knapp und wandte mich dann ab. Mir war nicht danach, zu plaudern, ich wollte einfach nur still vor mich hin trauern. Mich selbst ohrfeigen für meine Dummheit und anschließend im Erdboden versinken. Was zum Teufel hatten meine Eltern getan?

Die Nacht auf der kahlen Liege war eine Qual. Es war ungemütlich und kalt. Jedes Mal, wenn ich in einen unruhigen Schlaf fiel, dauerte es nicht lange, bis ich aus einem Albtraum aufschreckte. Schweißgebadet und atemlos. Zum Glück bekam Jay nichts davon mit.

Als Licht die schmucklosen Gänge erhellte, entschied ich, aufzustehen und einige Übungen zu machen, um wach zu werden. An einem kleinen Waschbecken putzte ich die Zähne und spritzte mir Wasser ins Gesicht. Mit meinen Finger versuchte ich, meine Haare ein wenig zu bändigen, bis ich entschloss, einen Zopf zu binden.

Dann war es soweit und der Soldat von gestern holte mich ab, um mich zum Gerichtsgebäude zu bringen. Jay nickte mir zum Abschied zu, aber er wusste genau wie ich, dass ich nicht mit guten Nachrichten wieder zurückkehren würde. Aber was erhielt man für Identitätsfälschung?

Auf der Fahrt zum Gerichtsgebäude sagte ich nichts, obwohl der Soldat mir einige Verhaltensregeln erklärte. Meine Ohren schienen auf Durchzug zu sein, denn als er fertig war, wusste ich nichts mehr von dem, was er gesagt hatte. Mein Herzschlag beschleunigte sich von Kilometer zu Kilometer, die wir hinter uns ließen. Meine Hände zitterten und vergeblich versuchte ich, es zu verbergen. Wenn es so weiterging, musste ich befürchten, bald zu kollabieren.

Der Soldat führte mich in das Gebäude hinein, als wir die Fahrt endlich hinter uns hatten. Glücklicherweise musste ich heute keine Handschellen tragen. Es hätte mich nur noch weiter aus dem Konzept gebracht. Ich wurde in einen Warteraum geführt, den der Soldat bewachte.

Neben mir im Gericht begann bereits der Prozess, vereinzelt hörte ich Stimmen, aber nichts davon konnte ich verstehen. Vor Aufregung konnte ich nicht mehr stillsitzen. Mein Puls raste, meine Hände zitterten, mein Atmen ging schwer und Schweiß bildete sich auf meiner Stirn. Zappelig ging ich im Raum auf und ab. Ich sah, wie die Minuten sich dahinzogen. Was besprachen sie darin? Wie würden die Richter entscheiden?

Dann öffnete sich die Tür und der Soldat bat mich, ihm zu folgen. Er brachte mich durch einen Flur zu einer großen Flügeltür, die sich automatisch durch einen Kartenscanner öffnete. Als ich das Innere sah, wäre ich am liebsten in Ohnmacht gefallen. Es war das erste Mal, dass ich ein Gericht betrat. Der Richter und seine Beisitzer sahen mich mit düsteren Blicken an. Auf der linken Seite sah ich meine Eltern, gefesselt und umstellt von Soldaten. Der Anblick war grauenhaft. Ich schluckte schwer. Der Soldat und ich blieben stehen.

Der Richter räusperte sich. »Wir rufen nun Kassandra

McCarthy in den Zeugenstand.« Das war mein Kommando. Unwillkürlich ging ich auf den Platz zu, der mitten im Raum stand. Meine Beine trugen mich vorwärts, obwohl ich eigentlich fliehen wollte. Aber ich konnte nicht. Weil ich nicht durfte und weil ich es meinen Eltern schuldig war. Ich blieb neben dem Stuhl stehen, weil ich wusste, dass ich mich erst setzen durfte, wenn der Richter mir die Anordnung dazu gab.

Er nickte. »Bitte setzen Sie sich.«

Der Richter nickte seinen Beisitzern zu, dann wandte er sich an mich. »Kassandra McCarthy, Sie wissen, dass sie dazu verpflichtet sind die Wahrheit zu sagen? Falschaussagen werden bestraft.«

Ich nickte. »Ja, Herr Richter.«

»Gut«, sagte er. Seine Stimme war eisig. »Klären wir ein paar Fakten. Sind sie Kassandra McCarthy, Tochter von Leah und Andrew McCarthy, achtzehn Jahre alt?«

»Ja, Herr Richter.«

»Sie gehen seit fast zwei Monaten auf die Universität und studieren Seelengeschichte im ersten Semester?«

»Ja, Herr Richter.«

»Haben Sie einen Seelenfehler, Ms McCarthy?«

Ich schluckte. Was sollte ich antworten? Hatte ich nun einen oder hatte ich keinen? Wofür waren die Tabletten, die ich jahrelang genommen hatte? *Antworte mit der Wahrheit, Kass.*

»Das dachte ich, Herr Richter. Aber ich bin mir nicht

mehr sicher.«

Der Richter nickte. »Haben Ihre Eltern Ihnen gesagt, sie hätten einen Seelenfehler?«, fragte er weiter.

Ich sah zu meinen Eltern hinüber. Sie ließen die Köpfe hängen. Die Augen meiner Mutter füllten sich mit Tränen. *Ich muss die Wahrheit sagen, Mama.*

»Ja, Herr Richter.« Er atmete scharf aus und nickte.

»Ihre Medikamente, haben Ihre Eltern sie für Sie besorgt?«, fragte er als nächstes. Eine Träne kullerte meine Wange hinunter. Ich wollte nicht länger in diesem Raum sein. Ich wollte nach Hause; ich wollte mein altes Leben zurück. Aber ich wollte auch die Wahrheit wissen.

»Ja, Herr Richter.« Ich brachte es nicht über mich, meine Eltern in die Augen zu sehen, deshalb starrte ich auf die Tischplatte vor mir. Meine Hände zitterten.

»Hat man Sie über die Wirkung der Tabletten in Kenntnis gesetzt?«, fragte er und fokussierte mich.

Ich schluckte. »Nicht im Detail, Herr Richter. Ich wusste nur, dass ich sie aufgrund meines Seelenfehlers nehmen muss.«

»In Ordnung. Damit sind Sie aus dem Zeugenstand entlassen.« Ich schreckte hoch. Das war's schon? Der Richter haute mit einem kleinen Hammer auf den Tisch. »Bitte nehmen Sie auf der Zeugenbank Platz.« Ich tat, wie mir befohlen. Mein Blick galt dem Boden oder dem Richter. Ich konnte einfach nicht in ihre Augen sehen. Das alles war meine Schuld. Sie würden wegen mir bestraft werden.

»Wir ziehen uns nun zurück.« Damit verließen Sie den Gerichtssaal. Augenblicklich wurde es still. Nur das Wimmern meiner Mutter war zu hören. Es war wie ein Kreischen in meinen Ohren.

Plötzlich wurde mir ganz heiß. Ich konnte einfach nicht mehr. Das Bild vor meinen Augen verschwamm und alles begann sich zu drehen. *Nicht schon wieder*, dachte ich panisch und wischte mir den Schweiß aus der Stirn. Aber es half nichts, ich drohte wieder ohnmächtig zu werden. Schnell stützte ich mich an der Lehne ab. Warum gaben sie mir meine Tabletten nicht? Es war so warm, so verdammt heiß…

»Kass? Kass? Schätzchen, geht es dir gut?« Die Worte meiner Mutter waren ein Flüstern in meinen Ohren, obwohl ich wusste, dass sie schrie. »Helfen Sie ihr doch! Schnell! Rufen Sie einen Sanitäter!«

»Kass, halte durch!«, schrie mein Vater mir zu. Ich ermahnte mich. Es war schlimm genug, dass ich meine Eltern in diese Lage gebracht hatte. Hätte ich besser auf sie gehört, wäre das alles nicht passiert. *Jetzt reiß dich zusammen und steh das durch!*

Ich begann tief ein und aus zu atmen. Ich schloss die Augen und beruhigte mich. Um mich herum scharrten sich Soldaten, aber ich ignorierte sie und hörte ganz allein auf meinen Körper. *Bleib stark, Kass.*

»Sollen wir einen Sanitäter rufen, Ms McCarthy?«, fragte einer der Soldaten. Ich schüttelte sachte den Kopf, damit nicht wieder alles von vorne anfing. »Gut. Wenn es Ihnen schlechter geht, melden Sie sich.« Damit hatte der Soldat seinen Job erledigt und nahm seine Position wieder ein. Wie fürsorglich, nicht wahr?

»Kass, Liebling. Geht es dir gut?«, flüsterte meine Mutter, weil es ihr eigentlich untersagt war zu reden.

Ich blickte zu ihr rüber. »Ja, Mom.« Sie lächelte schwach und ich versuchte, ihr Lächeln zu erwidern.

Als die Richter und Beisitzer wieder eintraten, hatte ich mich wieder beruhigt, aber schlagartig breitete sich Panik in mir aus. Ich wollte das Urteil nicht hören, ich wollte es einfach nicht. Nein, nein, nein.

Aber ich musste.

»Bitte erheben Sie sich«, sagte der Richter und alle im Raum gehorchten seinen Worten. Es war still im Saal, aber ich hatte das Gefühl, alle konnten meinen Herzschlag hören. Bitte, ich betete, dass sie Gnade zeigen würden. Vergeblich.

»Leah und Andrew McCarthy. Das Gericht befindet sie für schuldig. Aufgrund der Identitätsfälschung an Ihrer Tochter Kassandra McCarthy verurteilen wir Sie beide zu je fünfundzwanzig Jahren Haft. Ihre Tat wurde mit der Schwere neun eingestuft.«

Meine Beine wurden schlaff und ich sank auf die Bank.

Fünfundzwanzig Jahre Haft, weil ich meine Tablette vergessen hatte. Warum, warum verdammt? Schwere neun? Ich hatte mal gehört, dass die Höchststrafe, der Tod, mit Schwere zehn bezeichnet wurde. Was hatten sie getan, dass ihre Tat als dermaßen schwer eingestuft wurde? Obwohl mir niemand die Erlaubnis erteilt hatte, sprudelte es aus mir heraus.

»Warum? Warum verhaften Sie sie? Was haben sie getan? Was meinen Sie mit Identitätsfälschung?« Tränen stiegen mir in die Augen und ich konnte sie auch nicht länger aufhalten. Ich sank auf die Knie und weinte. Ich weinte, weil alles meine Schuld war. Ich hörte meine Mutter, wie sie sagte, ich solle aufhören zu weinen, aber ich konnte nicht. Ich konnte einfach nicht. Meine Eltern wurden mir genommen und das war allein meine Schuld.

»Lassen Sie mich! Nur ein letztes Mal bitte!«, schrie meine Mutter. Kurze Zeit später packte jemand meine Handgelenke und zwang mich, aufzusehen.

Es war Mom. »Hör zu, mein Schatz. Mach dir keine Vorwürfe, ok? Dein Vater und ich wussten, was wir taten. Du kannst nichts dafür, dass es so gekommen ist. Aber versprich mir eins: Bleib tapfer und pass auf dich auf, ja?«

Ich nickte, weil mir ein Kloß im Hals steckte. Wie sollte ich nur fünfundzwanzig Jahre ohne meine Eltern auskommen? Schnell umarmte ich meine Mutter.

»Das reicht jetzt«, sagte ein Soldat über uns.

»Eins noch«, sagte meine Mutter und löste sich aus unserer Umarmung. »Hör zu, Kass. Verzweifle nicht, ok? Und wenn du jemals an dir selbst zweifelst, denk an meine Worte: Dein Spiegelbild zeigt dir immer dein wahres Ich. Es gibt dir Kraft.« Dann wurde sie mir entrissen. Meinem Vater wurde nur eine flüchtige Umarmung mit mir gewährt. Seinen Kuss auf meiner Stirn spürte ich noch Minuten später, nachdem sie bereits abgeführt worden waren. Der Soldat, der für mich zuständig war, und ich blieben allein im Saal zurück. Plötzlich fühlte ich mich leer. Ich fühlte gar nichts mehr und wollte auch nichts mehr fühlen. Ich war allein, mein Leben am Ende.

Wortlos half mir der Soldat auf und führte mich aus dem Gebäude. Dann fuhr er uns zurück zum Sektorgefängnis. Ich stieg mit dem Gedanken in den Jeep, dass ich wusste, dass meine Eltern verhaftet wurden, aber immer noch nicht *warum*.

Neun

Der Soldat brachte mich auf direktem Weg in meine Zelle, ohne dass ich Jay überhaupt erblicken konnte. Ich sah ihm niedergeschlagen dabei zu, wie er meine Zelle abschloss. Bevor er ging, blickte er mich ein letztes Mal an. Seine Augen sprachen Bände. Er verspürte tiefes Mitleid mit mir, auch wenn er es nicht zugeben durfte. Ich schenkte ihm ein schwaches Lächeln und ich fragte mich, woher ich das gezaubert hatte.

Nachdem der Soldat gegangen war, schlurfte ich zum Gitter und lehnte meinen Kopf an die Wand. Ich spürte Jays Anwesenheit, obwohl ich ihn nicht sehen konnte.

»Was ist passiert?«, flüsterte er vorsichtig. Seine Stimme war weich wie Seide.

Eine Träne rollte mir die Wange hinab. Es war so schwer darüber zu reden. »Fünfundzwanzig Jahre Haft.« Es waren die einzigen Worte, die ich herausbekam. Ich fühlte mich so schwach, so verloren, dass ich an Ort und Stelle in die Knie ging, die Augen schloss und an nichts mehr dachte.

Ich musste eingenickt sein, denn als ich Jay meinen Namen rufen hörte, schreckte ich auf und wusste im ersten Moment nicht, wo ich war. Aber die Erinnerung wartete nicht lange auf sich.

»Kass, hörst du mich? Geht es dir gut?«, fragte er. Wahrscheinlich schon zum hundertsten Mal.

»Den Umständen entsprechend«, brummte ich zurück. Mir war gar nicht nach Reden zu Mute, aber Jay schien anderer Meinung.

»Hör zu, Kass. Ich habe eben zwei Soldaten reden hören«, sagte er und senkte seine Stimme. Neugier breitete sich in mir aus. Ich kroch ganz nah an das Gitter, um Jay besser zu verstehen.

»Was ist?«, fragte ich gespannt.

»Kass«, flüsterte Jay eindringlich. »Sie beschuldigen dich, eine magische Seele zu sein.«

Mir stockte kurz der Atem. »Bitte, was?«, platzte ich ungläubig heraus.

»Ja. Sie sagen, die Tabletten, die du genommen hast, sollten bewirken, dass deine wahre Identität als magische Seele unterdrückt wird, damit du als weiße Seele leben kannst. Kass, du hast keinen Seelenfehler. Sie haben dich angelogen.«

Ich wusste nicht, ob ich ihm glauben konnte. Ich, eine magische Seele? Wie sollte das möglich sein? Natürlich passte seine Theorie zum Urteil, das der Richter gefällt hatte, aber ich war doch eine weiße Seele? Das sah man doch?

»Kass, hör zu. Weil du deine Tablette vergessen hast, kam es zu den Schwindelattacken. Wenn du sie jetzt weiterhin nicht nimmst, wirst du nach und nach deine wahre Identität annehmen«, sagte Jay eindringlich.

»Meine Identität als magische Seele meinst du?«, fragte ich, immer noch skeptisch.

»Ja.«

»Glaubst du wirklich, dass das möglich ist?«, fragte ich weiter.

«Dass was möglich ist?«, antwortete er mit einer Gegenfrage.

»Dass ich in Wahrheit eine magische Seele bin?«, präzisierte ich meine Frage. Es folgte eine lange Pause. Es war so leise, dass ich seinen Atem hören konnte.

»Es gibt für alles ein Mittel«, antwortete er schließlich. Plötzlich fühlte sich mein Herz schwer an. So viele Wendungen in drei Tagen war eine psychische Belastung, die ich nur schwer ertragen konnte. Mein Leben war eine einzige Katastrophe.

Das Essen, das sie uns hier servierten, rührte ich heute nicht an. Mir war schlecht und bei dem Gedanken, etwas herunterzuschlucken, musste ich würgen. Freundlicherweise ließ der Soldat mir das Essen trotzdem da. Nur Auskunft über unser Schicksal erhielten Jay und ich nicht.

Kurz nachdem uns das Abendessen gebracht wurde, hatte ich erneut eine Attacke. Dieses Mal aber war sie schlimmer als die anderen Male. Ich glitt schreiend zu Boden und hechelte beim Luftholen. Durch meinen

Körper schien sich ein elektrischer Schlag zu ziehen, der alle meine Nerven außer Gefecht setzen wollte. Ein starker Schmerz in meinen Kopf ließ mich die Augen zukneifen und die Hände an die Schläfen pressen. Jay schrie einen Soldaten zur Hilfe und wenig später hatte ich drei Sanitäter in meiner Zelle sitzen.

»Sie wissen, dass sie einen kalten Entzug machen?«, fragte der Sanitäter vor mir. Ich nickte. Ich konnte bereits wieder sitzen, aber fühlte mich elendig schwach.

»Es wird wahrscheinlich noch ein paar Tage so weitergehen, bis sie sich vollständig von den Tabletten erholt haben und die Wirkung der Tabletten aufgehoben ist. Aber schlimmer als heute dürfte es nicht werden.« Sollte ich mich jetzt besser fühlen?

Die Sanitäter waren genauso schnell wieder weg, wie sie gekommen waren. Ich plumpste erschöpft auf meine Liege und bewegte mich eine Zeit lang keinen Zentimeter.

Es war bereits dunkel, aber im Gegensatz zu Jay hatte ich meine Lampe nicht angestellt. Ich saß zusammengerollt am Boden meiner Zelle und starrte in die Dunkelheit.

Hinter mir klopfte Jay an die Wand. »Hey Kass«, sagte er. Seine Stimme war eine Melodie in meinen Ohren. Wie gerne ich ihm in die Augen sehen würde. »Ich wünschte, ich könnte dir helfen. So, wie du mir schon geholfen hast.« Ich lächelte. In all der tiefen Trauer konnte Jay Coleman, eine schwarze Seele, mich dennoch zum Lächeln bringen. Er half mir bereits; nur wusste er es nicht.

Mitten in der Nacht wachte ich auf. Weil ich nicht wieder einschlafen konnte, schaltete ich das Licht an, obwohl ich damit riskierte, Jay zu wecken. Wie sich herausstellte, war meine Angst unberechtigt.

»Du bist wach«, kam es von der anderen Seite der Wand.

»Du anscheinend auch«, antwortete ich. Ich stellte mir vor, wie es wäre, neben ihm einzuschlafen. Ob ich dann besser schlafen könnte? Plötzlich verspürte ich eine tiefe Sehnsucht, seine Augen und sein Lächeln zu sehen. Ich ging auf die Wand zu und lehnte meinen Kopf dagegen, weil ich hoffte, ihm so näher zu sein.

Jay räusperte sich. »Wir stehen das durch, Kass. Gemeinsam.« Es war unheimlich. Obwohl ich ihn kaum kannte, hatte ich das ständige Bedürfnis, in seiner Nähe sein zu wollen. Auch wenn er eine schwarze Seele war, war er für mich etwas ganz Besonderes. Und er war hier und hielt zu mir. Ich legte eine Hand an die Wand. Wie gern hätte ich, dass sich diese Mauer auflöste und mir die Möglichkeit bot…

Ein Kribbeln durchfuhr meinen Körper. Als ich mich aufrichtete, erstarrte ich. Die Mauer, sie war weg. Vor mir hatte sich ein Stück der Mauer aufgelöst und ich sah Jay, wie er mitten im Raum stand, die Arme hinter dem

Kopf verschränkt. Als er den Vorfall bemerkte, ließ er die Arme langsam sinken. Seine Augen wurden groß vor Entsetzen.

Ich schreckte zusammen und stolperte nach hinten. Sofort war die Mauer wieder da und versperrte mir die Sicht in die Nachbarzelle. Was zum Teufel war da gerade passiert?

»Kass«, rief Jay auf der anderen Seite und ich verfolgte wie er zu den Eisenstangen rannte. Ich packte mir mit einer Hand an die Stirn. Halluzinierte ich? Wurde ich nun endgültig verrückt? Panisch rieb ich mir mit den Händen durchs Gesicht. Das durfte alles nicht wahr sein!

»Kass!«, rief Jay erneut. »Komm her. Na los!« Seine Stimme war dunkel, bedrohlich, daher gehorchte ich sofort und rappelte mich auf.

»Ja, ja. Ich komme«, brabbelte ich und hastete zu den Eisenstangen, damit wir die Möglichkeit hatten, zu flüstern.

»Das war der Beweis«, sagte er und senkte erneut die Stimme.

»Beweis wofür?«, fragte ich. Grandios, Kass. Dämliche Frage!

»Na, dass die Soldaten Recht haben. Du bist eine magische Seele, Kass!«, Jays Stimme schien euphorisch. Wie ein plötzlicher Sinneswandel. »Du musst es trainieren, Kass. Versuch es gleich nochmal. Vielleicht kannst du uns hier rausholen!«

Ich verstand, worauf er hinauswollte. Er wollte versuchen, ob jemand die Barriere durchdringen konnte, wenn ich es erneut schaffte, dass sich die Wand vor mir auflöste. Er wollte aus dem Gefängnis ausbrechen. Aber das konnten wir doch nicht tun?

»Du willst ausbrechen?«, zischte ich entsetzt zurück.

»Willst du deinen Eltern nicht helfen? Willst du nicht herausfinden, wer du wirklich bist?«, entgegnete er. Ich hielt inne. War ich dazu bereit, aus einem Gefängnis auszubrechen, Flüchtige zu werden und zu riskieren, dass jeder Soldat der Nation hinter mir her sein würde, nur, um meine wahre Identität herauszufinden? War ich bereit, einem Inhaftierten und gleichzeitig einer schwarzen Seele mein Vertrauen zu schenken? War ich bereit für meine Eltern, die nicht meine Eltern sein konnten, zu kämpfen?

Ja.

Verdammt nochmal, ja. Das war ich.

Drei weitere Tage vergingen, in denen nichts mit uns geschah. Drei weitere Tage, in denen ich meine neue Gabe trainieren konnte. Drei Tage, die meine Eltern – die Andrew und Leah – im Gefängnis verbrachten. Aber Materie verschwinden zu lassen war einfacher gesagt als getan, vor allem als frisch gebackene magische Seele, die noch im Anfangsprozess ihres neuen Lebens stand. So sehr ich versuchte, mich zu konzentrieren, um dasselbe Szenario zu erzeugen, wie schon einmal, scheiterte ich kläglich. Ich wusste nicht, was der Auslöser dafür gewesen war und wie ich ihn erneut *heraufbeschwor*.

»Sind hier keine Kameras, die uns beobachten?«, hatte ich Jay gefragt und ließ mein Blick durch meine Zelle und den Flur schweifen.

»Nein, wir sind nur in U-Haft und außerdem sind am Ende der Gänge Soldaten postiert«, hatte er geantwortet und ich fragte mich, woher er das wusste. Ob er schon einmal im Gefängnis war? Konnte ich Jay wirklich vertrauen, wenn ich doch wusste, dass er ein inhaftierter Verbrecher war, dem schon bald ein Prozess gemacht werden würde? Vertraute er *mir* überhaupt, wenn er mir nie sagte, weshalb er hier war?

Ich ließ mich erschöpft auf die Liege sinken. Ich hatte jetzt schon eine gefühlte Ewigkeit wieder trainiert und nur ein einziges Mal durchfuhr mich ein sachtes Kribbeln, aber die Mauer blieb. Ich seufzte niedergeschmettert.

»Kass«, sagte Jay, seine Stimme eine Melodie in meinen Ohren. Ich lächelte. »Erinnere dich an das Gefühl, dass du verspürt hast, als es passiert ist. Versuche, dasselbe Gefühl wieder zu erlangen, denselben Gedanken. Woran hast du gedacht?«

An dich, Jay. An dich habe ich gedacht. Ich wollte unbedingt zu ihm, wollte ihn sehen, wollte die Mauer überwinden und dann geschah es. Es war mein starker Wille, der die Energie in mir zum Explodieren brachte. Neuer Mut wallte sich in mir auf. Das Gefühl, zu wissen, wie ich es erneut schaffen könnte, erfüllte mich mit Zuversicht. Ich stand auf und ging zur Mauer. Ich legte beide Hände an die Wand und atmete tief ein und aus. Dann sprach ich in Gedanken zu mir selbst. Sagte mir, dass ich stark genug war, es mit der Materie vor mir aufzunehmen, und konzentrierte mich auf das, was mich hinter der Wand erwarten würde. *Ich will dich sehen, Jay. Jetzt.*

Und dann geschah es. Zwischen meinen Händen begann, die Mauer zu verschwinden, immer weiter und weiter bis es die Größe einer Tür hatte. Ich lachte vor Glück, als Jay sich mir gegenüberstellte und lächelte. »Ich wusste doch, du kannst das«, flüsterte er. Seine Augen funkelten trotz der dunklen Farbe. Sein schiefes Lächeln bereitete mir ein Kribbeln auf der ganzen Haut. Wärme stieg in meine Wange angesichts seines intensiven Blickes. Unsere Augen lösten sich keine Sekunde voneinander.

Dann versuchte er es. Ich sah, wie er langsam seine Hand hob und sie mir entgegenstreckte. Langsam kam er auf die unsichtbare Materie zu, die eigentlich eine undurchdringbare Wand sein sollte. Aber ich beobachtete, wie seine Hand die Barriere durchbrach und dann spürte ich seine Hand an meiner Wange. Die Zeit schien still zu stehen. Ich war wie gefesselt unter seiner Berührung.

Ich wusste nicht, was mich innerlich zum Explodieren brachte. Die Freude, dass es funktionierte, der Scham, dass er sehen und fühlen musste, unter welcher Hitze meine Wangen standen, oder die Schmetterlinge, die in meinem Bauch wild durcheinanderflogen, als er sachte meine Wange streichelte.

Ich hätte ihn am liebsten aufgehalten, als er seine Hand zurückzog, aber die Angst, dass sich die Mauer zu früh wiederaufbauen würde, hinderte mich daran.

Er lächelte. »Dann sollten wir uns jetzt einen Plan überlegen, wie wir diesem Laden den Rücken zukehren.«

Wir waren uns einig, dass unser Fluchtplan nachts stattfinden sollte. Und wir waren uns sicher, dass es noch heute Nacht passieren sollte. Wir durften keine Zeit verlieren. Natürlich hatte ich Angst, dass ich noch nicht bereit dafür war, auf Kommando Materie zum Auflösen zu bringen, aber der Gedanke an Andrew und Leah, die wegen mir im Gefängnis saßen, gab mir Kraft und Zuversicht.

Um achtzehn Uhr wurde das Essen gebracht, fünfzehn Minuten später wieder abgeholt. Ich versuchte mich weiterhin als niedergeschmetterte Tochter eines frisch gebackenen Verbrecherpaares zu zeigen und glaubte, ziemlich überzeugend zu wirken. Um einundzwanzig

Uhr fand ein Schichtwechsel der Soldaten statt, den wir ebenfalls abwarteten. Die digitale Uhr, die im Flur hing, tickte lauthals in meinen Ohren, obwohl sie keinen Mucks von sich gab. Panik und Angst schnürten mir die Kehle zu. Ich rieb mir überfordert von der Situation über das Gesicht.

Und dann, Millionen von Jahren später, zeigte die Uhr 22:30 Uhr an und meine Zeit war gekommen. Das erste Mal versuchte ich nun, eine Reihe von Eisenstangen aufzulösen, die nur durch drei Querstreben verbunden waren. Ich atmete tief aus, schüttelte mich und ging dann auf mein neues Ziel zu. *Bitte lass es funktionieren!*

Die Eisenstangen fühlten sich kühl an unter meinen Händen. Ein Schauer lief mir über den Rücken, aber ich ließ mich davon nicht aus der Ruhe bringen. Konzentration war die Devise. Wir hatten nicht viel Zeit, wenn ich erst einmal auf der anderen Seite war.

Ich spürte die Fähigkeit in meinen Adern pulsieren. Die Energie, die in mir schlummerte, wollte freigelassen werden. Meine Gedanken galten der Materie vor mir, die sich flackernd auflöste und mir einen Durchgang zur anderen Seite ermöglichte. Ich zappelte nicht lange und schlüpfte durch die Barriere in den Flur des Gefängnistraktes. Es fühlte sich an, als würde man Wackelpudding durchdringen. Kurze Zeit hatte ich das Gefühl, in einem Meer von klebriger Masse stecken zu bleiben. Aber ich konnte schneller wieder Luft holen als gedacht und plötzlich stand ich, eine vorläufig festgenommene weiße Seele, beinahe auf freiem Fuß. Ich lachte vor Freude, aber als ich Jays wütenden Blick sah, schlug ich mir die Hand vor den Mund. Wie dämlich konnte ich nur sein! Wir durften keine Zeit verlieren!

Deshalb widmete ich mich schnurstracks Jays Zelle. Mein Atem ging schnell, Panik durchfuhr mich, dass ich es nicht schaffen könnte und Soldaten mich erwischen würden. Schweißperlen bildeten sich auf meiner Stirn, meine Hände zitterten. *Ich kann das nicht*, sagte eine Stimme in mir. *Du bist nicht stark genug.* Ich schüttelte überfordert den Kopf; nicht jetzt, Kass. Nicht jetzt.

Aber denn legten sich zwei Hände über die meinen. Jays Augen bohrten sich in meine. Sein Blick zuversichtlich. »Du kannst das, Kass. Ich glaub an dich.« Seine Stimme war ein Flüstern, aber fest. Seine starken Hände, die sich behutsam um meine geschlossen hatten, lösten ein Feuer in mir aus. Wilde Entschlossenheit brodelte in mir auf.

Ich hol dich da raus, Jay, sagte eine zweite Stimme in mir. Das kühle Eisen zerkleinerte sich in meinen Gedanken zu Abermillionen von einzelnen Teilchen, die von meiner Fähigkeit verändert wurden. Die Energiewellen, die ich auf das Eisen übertrug, lösten die Form des Eisens auf und boten eine überwindbare Barriere. Ich beobachte Jay dabei, wie er beeindruckt auf den Flur trat. Nachdem ich losgelassen hatte, bauten sich die

Eisenstangen wieder vor mir auf. Dann sah ich zu Jay, der lächelnd vor mir stand. Tausend Gefühle und Wünsche wirbelten in mir auf, aber ich stand wie angewurzelt vor ihm, konnte nichts sagen und nichts tun, überwältigt von seiner Anwesenheit.

»Na los, kleine Magierin. Verschwinden wir von hier«, flüsterte er, lächelte und nickte den Gang hinunter. Ich erwiderte mit einem Nicken und zusammen liefen wir auf leisen Sohlen los. Einen genauen Fluchtweg hatten wir uns nicht überlegt, aber da wir durch meine Fähigkeit so gut wie jedes Hindernis durchdringen konnten, sollte es keine Schwierigkeit sein, einen Ausgang zu finden.

An der Gabelung drückten wir uns an die Wand und Jay lugte um die Ecke. Ich sah mich um, weil es mir seltsam vorkam, dass keine Sicherheitskameras in diesem Trakt angebracht waren. Ich war mir sicher, dass sie uns irgendwo beobachteten und sofort der Alarm ausgelöst wurde und Million von Soldaten hinter uns her waren. Aber ich entdeckte keine Kameras.

»Gut, die Luft ist rein. Die Soldaten stehen wahrscheinlich hinter der Tür da vorne«, flüsterte Jay. Die Stille kam mir unheimlich vor.

»Wie können wir sie umgehen?«, fragte ich.

»Wahrscheinlich gar nicht. Und vor allem erwarten uns auf dem Flur draußen auch Kameras und wenn jemand sieht, dass wir ausgebrochen sind, wird sofort

Alarm geschlagen«, antwortete er.

»Ja, und was machen wir jetzt?«, fragte ich wieder. Verzweiflung packte mich. Wir würden es niemals hier raus schaffen. Vorher würden die Soldaten uns erschießen! Sie werden uns sehen, das wusste ich, wir mussten einfach nur schneller sein als sie und meine Gabe zum Einsatz bringen. Aber wie?

Dann kam mir eine Idee.

»Jay«, flüsterte ich und tippte ihm auf die Schulter. Er drehte sich fragend zu mir um. »Als ich hierhergebracht wurde, habe ich gesehen, dass es neben dem Hauptgebäude noch einen kleinen Anbau gibt, der mit diesem verbunden ist. Wenn wir auf das Dach gelangen, könnten wir von da aus Richtung Zaun.«

Er lächelte. »Keine schlechte Idee, Kass. Nur gibt es dort keine Fenster, durch die wir auf das Dach springen könnten.«

Jetzt war ich diejenige, die lächelte. »Durch Fenster springen ist Old School, Jay.« Dann verstand er und nickte. Er wusste, wie wir dorthin gelangen würden. Nur mussten wir an den beiden Soldaten vorbei.

Neben der Tür legte ich wieder Hand an und eröffnete uns einen Weg zur anderen Seite. Jay schlüpfte energisch hindurch und ich folgte ihm. Sofort entdeckten uns die Soldaten und rannten auf uns zu.

»Hey! Stehen bleiben!«, rief einer von ihnen.

»Sie flüchten!«, rief der andere, wobei er sich ans Ohr

fasste. Wahrscheinlich um weitere Soldaten zur Hilfe zu rufen. Ich wollte Jay bereits mitziehen, gepackt von der Angst und dem Adrenalin in mir, aber ich hatte ganz vergessen, dass er ebenfalls eine Ausbildung zum Soldaten angefangen hatte. Mir blieb vor Entsetzen der Mund offenstehen, als ich sah wie Jay die beiden mit ein paar Schlägen außer Gefecht setzte. Er war flink und vor allem stark. Als sich die beiden Männer wimmernd auf dem Boden wälzten, kam Jay auf mich zu gerannt und zog mich mit. Aus dem Flur waren bereits wilde Rufe von anderen Soldaten zu hören. Jay und ich rannten um unser Leben. Mein Atem ging schnell, Panik überrollte mich. Wer hätte schon gedacht, dass ich irgendwann einmal aus einem Gefängnis ausbrechen würde, und das gemeinsam mit einer schwarzen Seele?

Wir hasteten durch die Gänge und als von vorne eine Gruppe von Soldaten uns den Weg versperrte, mussten wir wohl oder übel einen Umweg nehmen. Ich wusste nicht, wie viele von ihnen nun hinter uns her waren. Dann ertönte der kreischende Alarm und rotes Licht füllte die vorher nur vom Mondlicht erhellten Gänge. Allein die Angst trieb mich vorwärts.

»Hier lang!«, schrie Jay und bog scharf rechts ab. Ich stolperte und fiel auf die Knie. Aus den Augenwinkeln vernahm ich die Soldaten, die uns dicht auf den Fersen waren. Ich rappelte mich mit Jays Hilfe auf, ignorierte die Schmerzen und lief weiter. Warum nahm ich diese nervenzerreißende Flucht überhaupt auf mich? Das Bild meiner Eltern vor meinen Augen ließ meine Zweifel sofort in Luft auflösen. Jegliche Bedenken waren wie weggeblasen und ich eilte mit neuer Energie hinter Jay her.

Ein letztes Mal bogen wir links ab und liefen geradewegs auf eine Wand zu, die keine Fenster hatte. Das musste unser Ausgang sein.

»Jetzt bist du dran!«, rief Jay. Mir war übel vor Aufregung. Was wenn ich es nicht schaffte? Was, wenn die Panik mich hinderte? Was, wenn wir gegen die Mauer rannten, ohne dass sie sich auflöste?

Was pflegte ich mir zu sagen? *Optimismus, Kass.*

Ich schnappte mir Jays Hand und ein wohliges Gefühl breitete sich in mir aus, trotz der Gefahr, der wir ausgesetzt waren. Die Soldaten hinter uns befahlen uns, stehen zu bleiben, aber ich blendete sie aus. All meine Aufmerksamkeit lag nun auf der Mauer vor mir. Die Distanz zur Wand wurde immer geringer, die Zeit knapper. Ich schloss kurz die Augen, sammelte meine Konzentration, produzierte Schübe von Energie in mir, die ein Kribbeln auslösten. Als ich die Augen wieder öffnete, registrierte ich an der Wand links neben mir einen Wasserspender und mir kam eine zündende, aber riskante Idee.

Kurz bevor wir die Wand erreichten, streckte ich meine Hand aus, konzentrierte mich allein auf die Materie vor mir und stellte mir vor, wie sich ein Teil der Wand vor uns in Wasser verwandelte. Und dann war es soweit. Ich schloss die Augen und sprang.

Wogegen auch immer.

Zehn

Ich hielt die Luft an. In Sekundenschnelle waren meine Klamotten von oben bis unten durchnässt. Die kühle Nachtluft, die um meine Ohren peitschte, während wir geradewegs auf das Dach zusprangen, brachte mich zum Frösteln. Im Sprung ließen Jay und ich uns los. Wasserspritzer folgten uns und knallten auf das Dach des kleinen Gebäudes. Adrenalin pumpte durch meinen Körper. Als meine Füße das Dach berührten, versuchte ich mich abzufangen, hatte aber zu viel Schub und musste mich abrollen. Dabei schürfte ich mir die Arme auf und auch der Schmerz in meinen Knien explodierte von Neuem.

Es war also tatsächlich möglich. Ich konnte feste Materie nicht nur auflösen, sondern sie auch verändern. Ich hatte die festen Teilchen der Wand zu Wassermolekülen transformiert. Was konnte ich mit meiner Fähigkeit wohl noch?

Jay tauchte neben mir auf, rief mir irgendetwas zu und half mir auf. Ich war wie gelähmt vom Schmerz, hörte und registrierte nichts. Panisch blickte ich mich um. Jay legte mir seine Hände an die Wangen und fokussierte mich. Ich versuchte mich, auf ihn und seine Worte zu konzentrieren. Allmählich kam ich wieder zur Besinnung.

»Wir müssen weiter, Kass. Na los!«, rief er. Ich nickte, um ihm zu zeigen, dass ich verstand, und schnell überquerten wir das Dach. Der Alarm war auch draußen zu hören, aus den Augenwinkeln sah ich Gruppen von Soldaten aus dem Haupteingang stürmen. Wir mussten uns beeilen!

Am Rand des Daches sahen wir hinunter: Müllcontainer. Und irgendwer hatte sie offenstehen lassen. Na wunderbar…

»Wir haben keine Wahl!«, unterbrach Jay meine Gedanken, packte meine Hand und sprang. Ich hatte kaum Zeit, mich vorzubereiten. Sekunden später prallten wir bereits in Müllsäcke. Der Gestank war unerträglich. Ich spürte bereits, wie meine Kräfte mich verließen. Nur mit Mühe hievte ich mich aus dem großen Müllcontainer und plumpste unsanft auf meine Füße. Wütende Schreie der Soldaten waren zu hören. Sie kamen immer näher.

Jay und ich rannten weiter. Jetzt gab es nur noch ein Hindernis, das es zu überwinden galt. Der Zaun, über den wir nicht klettern konnten, war wieder meine Aufgabe. Es war dunkel und ich konnte kaum sehen, wohin wir liefen.

»Da sind sie!«, schrie ein Soldat und trieb seine Männer vorwärts. Ich sah kurz zurück und erblickte eine ganze Truppe von Soldaten, die alle hinter uns her waren. Wenn wir es nicht rechtzeitig schafften, hatten wir keine Chance, ganz gleich, wie gut Jay kampftechnisch war.

Der Zaun war unser Ticket nach draußen. Ich hatte nur einige Sekunden Zeit, bis die Soldaten uns erreichten. Ich legte beide Hände an das kühle Metall, um die Leistung meiner Fähigkeit zu maximieren.

»Bleib ganz ruhig«, flüsterte Jay und nickte mir zu, bevor er sich auf die ersten Soldaten stürzte, die uns bereits erreicht hatten. Mit geschmeidigen, schnellen Bewegungen schaltete er einen nach dem anderen aus.

»Toller Ratschlag«, sagte ich mehr zu mir, als zu den anderen und konnte die sarkastische, bittere Note in meiner Stimme nicht unterdrücken. Aber in diesem Moment gab es Wichtigeres zu tun, als sich unnötig aufzuregen. Ich seufzte, strich mir hastig die Haare aus dem Gesicht und widmete mich dem Zaun.

»Okay, lass es einfach funktionieren«, betete ich und kniff die Augen zusammen.

Der pure Wille pumpte die Kraft und Energie durch meinen Körper. Meine Hände verkrampften sich unter der Flut an magischen Pulsen, die durch jede Ader strömten. Ich blendete die wilden Schreie und lauten Schritte aus. Konzentriert widmete ich mich dem Metall des Zauns und nahm jeden einzelnen Bestandteil davon in mich auf. Ich ließ meine Fähigkeit frei und veränderte die Materie, bis sie durchdringbar war. Ohne zu zögern, schlüpfte Jay hindurch. Bevor ich ihm folgen konnte, packte eine starke Hand meine Schulter. Ich wurde ruckartig zurückgezogen und krallte mir Jays Arm, um nicht zu Boden zu gehen. In Sekundenschnelle registrierte er, dass mich jemand gefasst hatte, und zog mich mit solcher Wucht zu sich, dass ich dem Soldaten aus den Fingern glitt und ich unaufhaltsam gegen Jay knallte. Gerade rechtzeitig, denn im gleichen Moment hatte sich das Material des Zauns in seine Ursprungsform zurückmaterialisiert.

Die Soldaten blieben abrupt stehen.

»Da! Habt ihr es gesehen! Sie ist eine von ihnen, getarnt als weiße Seele!«, rief der, der ganze vorne am Zaun stand. *Getarnt.* Warum musste ich meine wahre Identität verstecken? Ich wollte es unbedingt wissen. Durch meine Gabe hatten wir uns Zeit verschafft. Die Soldaten, allesamt weiße Seelen, hatten keine Fähigkeiten und mussten das Gelände durch das Tor verlassen. Jay und ich rannten los.

»Wiedersehen, Jungs«, rief Jay ihnen zu und lachte. Auch ich lachte, obwohl meine Arme und Knie schmerzten. Wir hatten es tatsächlich geschafft. Wir waren dem Gefängnis entkommen.

Immer im Schatten der Häuser bahnten wir uns einen Weg zu mir nach Hause. Natürlich war es der erste Ort, an dem die Soldaten uns suchen würden, aber es war auch der einzige Ort, an dem ich etwas über meine Vergangenheit herausfinden konnte. Die Soldaten hatten bestimmt schon Alarm geschlagen und uns auf die Fahndungsliste gesetzt. Jeder im Sektor der weißen Seelen wusste jetzt, dass ich verhaftet wurde. Auch Felicitas.

»Ist dir eigentlich nichts Besseres eingefallen als *Wasser*? Ich friere«, zischte Jay hinter mir. Wir schlichen gerade durch den Garten unserer Nachbarin Mrs. Jordan, einer netten, alten Dame mit Buckel und Vorliebe für Katzen. Sie hörte zwar sowieso schlecht, aber es konnte nicht verkehrt sein, sich unauffällig zu verhalten.

»Bitte?«, rutschte es mir patzig heraus. »Sei doch froh, dass ich es überhaupt geschafft habe.« Und *dass ich dich mitgenommen habe*, fügte ich in Gedanken hinzu. Eine Welle von Wut erfasste mich. Genervt rollte ich mit den Augen. Nicht einmal ein kleines Dankeschön hatte er für mich übrig, stattdessen schnaubte er nur und blieb still. Egoist.

Wir kletterten über den niedrigen Zaun, der unsere Grundstücke trennte, und flitzten leisen Schrittes zur Hintertür unseres Hauses. Schon von außen sah das Haus verlassen aus. Kein Wunder, es war niemand da. Meine Eltern saßen im Gefängnis und das wegen mir. Schuldgefühle packten mich. Tränen sammelten sich in meinen Augenwinkeln, aber ich blinzelte sie weg. Währenddessen schnappte Jay sich einen Stein, schlug ein Loch in das Glas der Tür und öffnete sie von innen.

»Alles okay?«, flüsterte er und suchte meinen Blick. Der Mondschein spiegelte sich in seinen Augen. Wäre ich nicht auf der Flucht, hätte ich mich soeben darin verlieren können.

Ich nickte. »Ja.« Ich sah ihm an, dass er nicht von meiner Antwort überzeugt war. Schließlich hatte ich auch gelogen. Nichts war okay. Mein ganzes Leben wurde in so kurzer Zeit auf den Kopf gestellt, dass ich nicht mehr wusste, wo oben und wo unten war. Es graute mir, das Haus zu betreten, aber ich hatte keine Wahl. Wenn ich Leah und Andrew helfen und das Geheimnis über mein wahres Ich lüften wollte, musste ich jetzt darein und nach Antworten suchen.

Leise schlüpften wir ins Haus. »Bleib du hier unten. Ich gehe nach oben. Durchsuch jeden Schrank, jede Schublade. Nimm alles auseinander. Aber mach kein Licht!« Hektisch verteilte ich strikte Anweisungen und raste dann die Treppe hinauf. Dabei überhörte ich nicht, wie Jay schmunzelnd antwortete: »Jawohl, Madame!« Ein Lächeln stahl sich auf mein Gesicht, aber in Sekundenschnelle war die Anspannung wieder da. Als Jay den ersten Schrank aufriss, betete ich innerlich an eine höhere Macht: *Bitte, lass uns etwas finden!*

Ich hatte keine Ahnung, wo ich suchen sollte, daher riss ich willkürlich jede Schublade auf, die es gab. Ich durchsuchte alles, was ich in die Hände bekam. Ich arbeitete mich Zimmer für Zimmer vorwärts, aber mein

Erfolg blieb aus. Ich fand meine Geburtsurkunde in einem Schrank im Büro meines Vaters, aber dort wurde ich als Tochter von Leah und Andrew McCarthy und als weiße Seele eingetragen. Hatte jemand dieses Papier gefälscht? Gab es irgendwo das Original? Existierte es überhaupt noch?

Niedergeschlagen ließ ich mich in den Schreibtischstuhl fallen. Jay raste die Treppe hinauf. Er kam kopfschüttelnd ins Büro. »Ich habe nichts gefunden«, sagte er mit einem Achselzucken. Es war aussichtslos. Ich würde nie herausfinden, wer ich wirklich war. Kopfschmerzen hinderten mich daran, weiter nachzudenken. Meine Kopfhaut brannte, als würde die nackte Sonne darauf scheinen. Ich rieb mir die Schläfen, aber es half nichts.

»Kass!«, stoß Jay plötzlich heraus. Er umkreiste den Schreibtisch und kniete sich neben mich. Dann nahm er mein Gesicht zwischen seine Hände und drehte es dem Mondschein entgegen. Er begutachtete mich, als hätte ich eine Nasenoperation hinter mir. »Deine Haaransätze! Und deine Augen! Sie werden Türkis!«

Plötzlich bimmelten bei mir alle Alarmglocken. Mein Puls beschleunigte sich. Vergessen waren Jays weichen Hände, sein intensiver Blick, seine magische Anwesenheit. Vergessen war die Vorsicht. Ich sprintete aus dem Raum und raste zum Badezimmer. Ich schaltete das Licht an und betrachtete ich mich Spiegel. Er hatte

Recht. Anzeichen einer magischen Seele machten sich bei mir erkennbar. Das konnte doch nicht wahr sein! Warum? Warum ich? Warum musste ich mich verstecken? Warum lebte ich nicht als magische Seele? Weshalb hatte man mich hierhergebracht und vollgepumpt mit Tabletten? Warum tarnten sie mich als weiße Seele? Was war passiert?

Leahs Worte hallten in meinem Gedächtnis wider. *Dein Spiegelbild zeigt dir immer dein wahres Ich.*

Natürlich! Warum war ich nicht schon eher auf die Idee gekommen? Leah hatte mir einen Hinweis mitgegeben, wo ich suchen sollte. Sofort testete ich meine Vermutung und nahm vorsichtig den Spiegel aus der Halterung. Aber dahinter verbarg sich nichts.

Mit wild klopfendem Herzen hastete ich zurück ins Büro. Jay saß auf dem Schreibtischstuhl und las sich meine Geburtsurkunde durch.

»Urgh! Ich bin so dämlich!«, schimpfte ich und schlug mir mit der Hand gegen die Stirn. Ruckartig sah er auf. »Bevor meine Mutter abgeführt wurde, hat sie mir einen Rat gegeben. Ich verstehe nicht, warum mir das nicht eher eingefallen ist. Sie hat gesagt: *Und wenn du jemals an dir selbst zweifelst, denk an meine Worte: Dein Spiegelbild zeigt dir immer dein wahres Ich. Es gibt dir Kraft.* Na los. Sehen wir hinter allen Spiegeln nach, die es hier gibt. Ich bin mir sicher, wir werden etwas finden.«

Fündig wurden wir im Zimmer meiner Eltern. Hinter

ihrem Spiegel verbarg sich ein Safe, der sich nur mit einem Code öffnen ließ. Es mussten sechs Zahlen sein. Ich wusste, wie viel meinen Eltern ihre Hochzeit bedeutete. Sie sahen es als Zeichen eines vertrauten Bündnisses, das eine Entscheidung fürs Leben war. Sie hatten sich gefunden und nie wieder losgelassen. Schnell tippte ich das Datum ihrer Hochzeit ein, mit einem dumpfen Klicken öffnete sich die Tür. Jay zog verblüfft eine Augenbraue in die Höhe, aber ich sagte nichts dazu. Viel wichtiger war jetzt, was wir finden würden. Nur das zählte.

Es lag nur eine einzige Mappe in diesem Safe. Und darin lag nur ein einziges Blatt. Es war eine von Hand ausgefüllte Geburtsurkunde.

NATION DER SEELEN

Geburtsurkunde

SEKTOR DER MAGISCHEN SEELEN

Kassandra Cunningham
* 10·08·2105
♀

Abstammung

Rebecca Cunningham · magische Seele
Andrew McCarthy · weiße Seele

Seelenstatus
vorläufig unbekannt

Ich schluckte. Mir fiel das Blatt aus der Hand. Das konnte nicht sein. Das durfte nicht wahr sein. Rebecca Cunningham, oberste Dezernentin des Rates, sollte meine Mutter sein? Und Andrew mein Vater? Eine magische und eine weiße Seele? Das war verboten! Ich war ein verbotenes Kind!

Meine Beine zitterten und konnten mich nicht länger tragen. Ich sackte zu Boden. Jay war sofort an meiner Seite. Seine Arme umschlungen mich, mein Kopf sank auf seine Brust. Die Tränen liefen wie ein Wasserfall. Ich fühlte mich leer, benommen, wie in Trance. Die Welt schien still zu stehen.

Jay griff nach der Geburtsurkunde, die mir aus der Hand gefallen war. Ich fühlte die Wärme seiner Wange an meiner Stirn, die sanften Bewegungen seiner Hände, die mich hielten. Langsam kam ich wieder zur Besinnung und horchte auf seine Worte.

»…Hör mal, was hier auf der Rückseite steht. Die Ärzte sind davon ausgegangen, dass die Gene der magischen Seelen stärker sind als die der weißen Seelen. Aufgrund dieser Theorie und der Tatsache, dass sie gegen das Gesetz verstoßen hatten, entschlossen sie sich dich als weiße Seele mit Seelenfehler aufwachsen zu lassen. Die Tabletten sollten den Anteil der magischen Seele in dir unterdrücken. Leah McCarthy hat sich bereit erklärt, als deine Mutter eingetragen zu werden.«

Leah. Sie wusste, welche Folgen ihre Entscheidung

haben konnte und hatte sich dennoch darauf eingelassen. Und jetzt saß sie deswegen im Gefängnis. Die oberste Dezernentin hatte etwas Verbotenes getan und versuchte nun es zu vertuschen. Und für ihre Tat saß nun eine unschuldige Frau im Gefängnis.

Das konnte ich nicht zulassen.

Ich musste versuchen, meine Eltern aus dem Gefängnis zu holen. Leah und Andrew. Meine Eltern.

Ruckartig setzte ich mich auf. Meine Lebensgeister kehrten wieder zurück. »Wir holen sie da raus«, platzte es aus mir heraus. Entschlossenheit flammte in mir auf. Eine Welle von Gerechtigkeitssinn.

»Du bist gerade entkommen und willst jetzt schon wieder zurück?«, fragte Jay schockiert.

»Nein«, sagte ich und schüttelte den Kopf. »Wir werden nicht dem Gefängnis einen Besuch abstatten, sondern *ihr*.« Ich zeigte mit dem Finger auf die Geburtsurkunde.

Jay lächelte. »Dann sollte sie schon mal den Tee aufsetzen.«

In diesem Moment war es mir gleich, wie viele Hindernisse sich uns in den Weg stellen würden bei unserem gefährlichen Versuch in die Nähe von Oberster Ratsdezernentin Cunningham zu gelangen. Der Wille zählte und der Mut, diese Gefahr auf sich zu nehmen. Jay und ich schnappten uns einen Rucksack, in dem wir wichtige

Dinge für eine mehrtägige Reise einpackten. Ohne groß darüber nachzudenken, stopfte ich eilig alles in den Rucksack, was mir irgendwie wichtig erschien. Ich zog mir trockene Kleidung an und traf unten auf Jay, der bereits auf mich wartete.

»Wir können nicht in dieser Kleidung im Hauptsektor rumlaufen«, bemerkte er.

»Ganz richtig«, antwortete ich beiläufig. »Gut, dass ich da schon eine Idee habe.« Wir machten uns auf den Weg und ließen mein Zuhause hinter uns. Die Route, die wir nahmen, war zwar länger als der direkte Weg, aber dafür waren wir im Schatten der Häuser und Bäume sicherer. Als wir uns gerade durch einen Garten schlichen, richtete sich meine Aufmerksamkeit auf den Flatscreen, den ich durch die Fensterfront des Hauses erblicken konnte. Gerade liefen die Nachrichten. Ich schluckte, als Bilder von Jay und mir auf dem Bildschirm erschienen. Jetzt schalteten sie also doch die Öffentlichkeit ein. Wir mussten verdammt vorsichtig sein.

Im Moment waren wir auf der Fahndungsliste die Nummer eins und hatten oberste Priorität. Wir durften uns keinen Fehler erlauben.

Entlang der Hausfassade schlichen wir zur Straße.

Bevor ich in den Schein einer Straßenlampe treten konnte, riss Jay mich am Arm zurück und drückte mich grob mit dem Rücken an einen großen Baum. Er stellte sich vor mich, so nah, dass ich seinen Herzschlag spüren konnte. Sein Atem ging schnell. Seine schwarze Kleidung verbarg die meine und wir verschmolzen mit dem Schatten. Ich hatte ein Déjà-vu. Die Situation erinnerte mich an meine grandiose Idee im Club, als ich ihm half, unentdeckt zu bleiben.

Ich sah zu ihm hoch. Er zitterte in den nassen Klamotten. Sein Blick war fest; der Gefahr bewusst. Er starrte auf die Straße und wartete. Ich wusste nicht, was er gesehen oder gehört hatte, aber es dauerte nicht lange bis ich es herausfand.

Ein Jeep mit Soldaten fuhr um die Kurve direkt auf uns zu. Mein Herzschlag setzte aus und ich hielt den Atem an. Jay lehnte sich noch weiter vor, sodass ich meine Stirn an seine Brust lehnen konnte.

Ich wagte nicht, mich zu bewegen, aber mir kam es vor, als würde der Jeep langsamer werden, als er an dem Baum vorbeifuhr, hinter dem wir uns versteckten. Jay duckte sich, sodass seine Wange die meine berührte. Ich spürte seinen Atem an meinem Hals und ein Schauer lief mir den Rücken hinunter. Ich kämpfte innerlich mit meinen Gefühlen. Seine Nähe trieb mich in den Wahnsinn, aber die Angst war stärker. *Gib auf!* Eine Stimme in mir zwang mich in die Knie, doch Jay schenkte mir Halt. Er nahm meine Hand und unsere Finger verschränkten sich ineinander. Ich konzentrierte mich allein auf seine Nähe. Ich sah nur uns, nicht die Gefahr und als der Jeep davon raste, wünschte ich mir beinahe, er würde umdrehen und zurückkommen. Aber nur beinahe.

»Weiter«, flüsterte Jay und richtete sich wieder auf. Hastig wandte ich mich ab und ließ seine Hand los.

Ich zwang mich, bei der Sache zu bleiben und führte uns durch die Schatten zu unserem Ziel. Als wir das Haus erreichten, war ich außer Atem. Mit pochendem Herzen schlichen wir an der Häuserwand entlang Richtung Garten. Ich schnappte mir kleine Hölzer und Steinchen, die ich im Schein des Mondes entdecken konnte, und begann, verborgen im Schatten, gegen das Fenster mit dem Balkon zu zielen. Jay folgte meinem Beispiel.

Nach kurzer Zeit sah ich ein neugieriges, aber verwirrtes Gesicht am Fenster. Schnell trat ich ins Licht und gab mich zu erkennen. Jay hielt sich zurück. Wenn Felicitas sah, dass er dabei war, würde sie die Tür niemals öffnen. Ihre Augen wurden groß, als sie mich entdeckte, aber sie öffnete die Balkontür und trat hinaus.

»Was zur Hölle tust du hier?«, zischte sie. »Und was ist passiert, verdammt nochmal?« Ohne ihr zu antworten, gab ich Jay mit einem Kopfnicken zu erkennen, dass er mir folgen sollte. Ich begann am Holzspalier neben dem Balkon hinaufzuklettern. Als wir jünger waren, sind Felicitas und ich oft hier hochgeklettert, um in ihr Zimmer zu gelangen. Deshalb stellte das Holzgerüst kein Hindernis für mich dar. In Windeseile war ich oben auf dem Balkon angekommen. Felicitas hatte die Arme verschränkt.

»Er bleibt draußen«, sagte sie wütend zu mir, als Jay elegant über das Geländer gesprungen war und sich neben mir platzierte. Ich zuckte hilflos mit den Schultern, als er mich genervt ansah. Ich folgte Felicitas in ihr Zimmer, die energisch die Tür hinter mir schloss.

»Bist du denn von allen guten Geistern verlassen?«, raunzte sie mich an. Sie war geladen bis zum Anschlag und ich glaubte schon, sie um Hilfe zu bitten, wäre vergebens.

»Du verstehst das nicht, Felicitas«, sagte ich so ruhig wie möglich. »Weißt du, von dem einen auf den anderen Moment ist mein ganzes Leben eine komplette Lüge. Ich muss einfach die Wahrheit erfahren.«

»Also stimmt es? Du bist eine magische Seele?«, fragte sie. Sie hatte die Arme wieder verschränkt. Ich nickte nur, weil ich es selbst noch nicht fassen konnte. »Wie konntet ihr aus dem Gefängnis flüchten?«

»Soll ich es dir zeigen?«, fragte ich mit einem kleinen Schmunzeln im Gesicht, weil ich wusste, wie neugierig sie war. Ich ging zur Tür und schon nach wenigen Sekunden konnten wir in den Flur blicken. Felicitas' Kinnlade klappte herunter. Ihre Augen waren groß. Ich lächelte in mich hinein.

So aufregend meine neu errungene Fähigkeit auch

war, durften Jay und ich keine Zeit verlieren. Felicitas war meine einzige Hoffnung. Ich ließ die Tür los und das Spektakel war vorbei. »Krass«, flüsterte Felicitas völlig überwältigt.

»Hör zu, Felicitas«, sagte ich behutsam, ging zu ihr und legte ihr meine beiden Hände auf die Schultern. »Ich muss herausfinden, wer ich wirklich bin, verstehst du? Und dafür brauche ich – brauchen wir – deine Hilfe. Du hilfst mir doch, oder?«

»Warum er?«, flüsterte sie mit einem leidenden Blick.

»Er kann mir helfen«, versicherte ich ihr. »Vertrau mir. Bitte.« Felicitas atmete tief ein und aus, dann gab sie sich geschlagen.

»Na gut. Was willst du?«, fragte sie. Ich drückte sie kurz an mich.

»Danke! Du bist die Beste!«, sagte ich und war mit einem Mal überglücklich und voller Hoffnung. Felicitas lächelte. »Also, Jay und ich müssen in den Sektor der magischen Seelen. Deshalb hatte ich gehofft, du würdest eure Verkleidungskiste für uns plündern.« Ich lächelte und setzte einen süßen Hundeblick auf. Felicitas brummte Unverständliches vor sich hin, ganz und gar nicht glücklich mit der Vorstellung, ihre teuer errungenen Verkleidungen an uns abzugeben.

Einmal im Jahr feierten wir *Das Fest der Sektoren*. An diesem Tag durfte sich jeder als magische oder schwarze Seele verkleiden. Felicitas verkleidete sich gerne als magische Seele, weil sie oft träumte, selbst eine zu sein. Und jetzt war ausgerechnet ich, ihre beste Freundin, eine magische Seele und bat sie mir ihre Verkleidungen zu borgen.

Felicitas verschwand und ich blieb allein im Zimmer zurück. Jay lugte kurz in das Zimmer und sah mich fragend an. Ich hob den Daumen, dann lächelte er.

Felicitas sah unzufrieden aus und ich nahm es ihr nicht übel. Es war mehr als verständlich. Sie hatte einen weißen Karton in der Hand, stellte ihn auf das Bett und öffnete ihn.

»Also, pass auf. Ich habe hier einmal Kontaktlinsen für dich – solange du noch nicht vollkommen mutiert bist – und von meinem Bruder habe ich welche für deinen Verbrecherfreund besorgt. Dann habe ich hier Haarfärbemittel in Türkis. Davon könnt ihr ruhig viel benutzen, es schadet dem Haar nicht. Außerdem Hose, T-Shirt, Lederjacke, Boots und Socken für ihn. Und für dich Hose, Top, Blazer, Sneakers und Socken. Mehr kann ich euch nicht anbieten.« Sie verteilte alles auf dem Bett, um mir ihre kleine Sammlung zu zeigen. Ich wäre beinahe in Tränen ausgebrochen, so dankbar war ich ihr.

»Danke, Felicitas. Du hast etwas gut bei mir«, versicherte ich ihr und nahm sie noch einmal in den Arm.

»Schon gut. Dafür sind Freundinnen ja da. Aber wehe die Soldaten kriegen raus, dass ich euch geholfen habe!

Dann bin ich dran!«

»Keiner wird etwas erfahren!«, schwor ich und nickte eifrig. Ich packte zuerst die Sachen in einen zusätzlichen Rucksack, den Felicitas mir lieh, bevor ich vorsichtig fragte: »Könntest du mir noch einen Gefallen tun?« Ich bereitete mich darauf vor, dass es Donnerschläge hagelte, und kniff vorsichtshalber die Augen zu.

Aber Felicitas schien eher genervt als wütend. »Was?«, fragte sie schroff.

»Wir sind bei der Flucht aus dem Gefängnis nass geworden. Ich konnte meine Kleidung schon wechseln, aber er muss da draußen frieren.« Entschuldigend zuckte ich mit den Schultern. Ich wusste, dass ich Felicitas wohlmöglich in den Wahnsinn trieb und ich hätte verstanden, wenn sie nein gesagt hätte, aber sie nickte seufzend.

»Ihr habt Glück. Mein Bruder hat gerade seinen Kleiderschrank ausgemistet und alles rausgeschmissen, was ihm nicht mehr passt. Da mein Bruder ein bisschen größer ist als er, könnten ihm die Sachen passen. Warte kurz.« Mit den Worten verschwand sie erneut. Ich ging zur Balkontür und öffnete sie.

»Ich habe alles, was wir brauchen. Komm rein, Felicitas holt trockene Klamotten für dich«, sagte ich mit einem zaghaften Lächeln.

»Wie großzügig«, gab er mürrisch zurück, statt sich zu bedanken. Innerlich versprach ich mir, ihm das Wort

Danke zu tätowieren. Vielleicht lernte er es so besser.

Als Felicitas das Zimmer betrat, zuckte sie kurz zusammen, als sie bemerkte, wie Jay ihr Zimmer musterte und ihre Sachen begutachtete. Aber sie lächelte gequält und schmiss ihm die weißen Klamotten aufs Bett, statt sie ihm zu geben. »Bitteschön«, sagte sie zähneknirschend.

»Vielen herzlichen Dank«, antwortete Jay und bemühte sich, freundlich zu klingen. Ich sah zwischen den beiden hin und her und nach einer Sekunde war ich mir sicher, dass die beiden niemals Freunde werden würden. Schade eigentlich.

»Na los, gehen wir raus. Dann kann er sich umziehen. Aber die schwarzen Klamotten nimmst du mit! Und schmeißt sie nicht im Umkreis von hundert Kilometern hier irgendwo in die Müllcontainer! Verstanden?«, befahl Felicitas und zeigte mit dem Finger auf Jay. Ich nickte zustimmend. Jay zuckte nur mit den Schultern. Felicitas seufzte genervt und zog mich mit auf den Balkon. Jay zog die Vorhänge zu, aber er schenkte mir ein Lächeln, bevor er dahinter verschwand. Ich lächelte zurück.

»Warum eine schwarze Seele, Kass?«, redete Felicitas erneut auf mich ein. »Du könntest doch wirklich jeden haben. Warum ausgerechnet er?«

»Was hast du denn gegen schwarze Seelen?«, wollte ich wissen.

»Hat er dich schon so sehr beeinflusst, dass du die Wahrheit nicht mehr erkennst? Schwarze Seelen sind gefährlich, Kass! Das haben wir schon als Kinder gelernt!«, protestierte sie. Ich schüttelte fassungslos den Kopf.

»Das ist nicht wahr, Felicitas. Was man uns über schwarze Seelen erzählt hat, ist eine dreiste Lüge. Mehr nicht. Sie sind nicht gefährlicher als wir auch. Oder hast du Beweise dafür?«, konterte ich zurück.

Sie schüttelte überfordert den Kopf. »Aber er ist ein Inhaftierter, Kass. Und ich wette mit dir, er hat dir nicht einmal erzählt, warum er hergekommen ist. Und du willst ihm vertrauen! Einem Gesetzesbrecher!«

Sie hatte recht. Jay erzählte mir nicht, warum er in den Sektor der weißen Seelen eingedrungen war. Aber vielleicht hörte sich das alles schlimmer an, als es in Wahrheit war. Als ich nichts antwortete, lachte sie.

»Wusste ich's doch!«, fügte sie noch hinzu. Ich beschloss, Jay zu fragen. Wenn wir das zusammen durchstehen wollten, mussten wir ehrlich zueinander sein. Und außerdem war ich neugierig.

Bevor Felicitas weiter auf mich einreden konnte, ging der Vorhang auf und Jay trat, in weiß gekleidet, auf den Balkon. Felicitas rollte mit den Augen.

»Versprich mir einfach, dass du vorsichtig bist, okay?«, flüsterte sie und blickte mich besorgt an.

Ich nickte mit dem Kopf. »Versprochen.« Dann umarmte ich sie. Ich schulterte den Rucksack und ging zum Geländer. Jay folgte mir, wurde aber von Felicitas aufgehalten.

»Und du!«, sagte sie und zeigte wieder mit dem Finger auf ihn. »Pass mir auf meine beste Freundin auf. Wenn ihr irgendetwas passiert, kriegst du es mit mir zu tun. Klar?«

»Verstanden«, antwortete Jay und nickte. Dann kletterten wir am Holzspalier wieder zurück in den Garten.

»Alles Gute, Kass«, rief Felicitas flüsternd zum Abschied.

»Danke, Felicitas!«, rief ich zurück und lächelte. Jay packte meine Hand und zusammen verschwanden wir im Schatten der Bäume.

Auf geht's…

Elf

Wir machten uns auf den Weg zur Grenze. Wieder vermieden wir es, öffentliche Verkehrsmittel zu nehmen, und liefen im Schutz der Häuser und Bäume immer weiter. Jedes Mal, wenn wir einen Jeep oder ein Auto hörten, duckten wir uns und warteten zwei Minuten, bevor wir wieder loseilten.

Jay informierte mich, dass er zu einer ganz bestimmten Stelle am Grenzzaun wollte. Er hatte bereits alles durchdacht, wie wir auf die andere Seite gelangen würden, aber seine Pläne behielt er vorerst für sich. Nach einiger Zeit hörte ich von Weitem die dumpfen Bässe der *E-Hall*. Wir mieden die Menschenmassen und liefen ein paar Blocks entfernt Richtung Grenze.

Im Schatten eines großen Gebäudes kurz vor dem Zaun versteckten wir uns zwischen Müllcontainern. Jay sah mich eindringlich an. »Okay, hör zu. Der Zaun ist so konzipiert, dass er Alarm schlägt, wenn ihn jemand berührt. Wir müssen diesen Mechanismus erst deaktivieren, bevor wir auf die andere Seite können «

Ich war überwältigt von seinem Wissen. »Woher weißt du das alles?«

»Ich bin schon zweimal über die Grenzzäune. Schon vergessen?«, erwiderte er und lächelte. *Soll mich das jetzt beruhigen?* Das tat es nämlich nicht, eher kamen wieder Zweifel in mir auf. Jay erzählte mir nicht, was er hier im Sektor der weißen Seelen vor hatte, er verriet mir nicht, weshalb er in Kauf nahm, ins Gefängnis zu kommen. Im Grunde wusste ich überhaupt nichts über ihn, im Grunde war er ein Fremder für mich, im Grunde sollte ich ihn sogar fürchten. Bliebe die Frage, warum ich über all das hinweg sah.

»Du wartetest hier, ich gehe zur Zentrale und stelle den Alarm ab. Die Soldaten werden zusammengetrommelt, wenn jemand den Kontakt unterbricht. Wenn hier die Luft rein ist, läufst du los und drehst dich nicht mehr um. Du gehst durch diesen Zaun und rennst weiter ohne anzuhalten. Klar? Dann solltest du irgendwann zu deiner rechten Seite eine kleine Holzhütte mitten im Wald entdecken. Dort treffen wir uns, okay?« Jay sah mich erwartungsvoll an. Er wartete auf meine Antwort. Ich räusperte mich.

»Und du? Ist die Alleingänger-Masche nicht etwas gefährlich?«, erwiderte ich. Er schüttelte schmunzelnd den Kopf.

»Mach dir keine Sorgen um mich. Ich kann das. Ich verspreche dir, wir sehen uns auf der anderen Seite.« Ich antwortete nicht. Mir war der Plan nicht ganz geheuer. »Schaffst du es, den zweiten Rucksack auch noch zu nehmen? Dann bin ich schneller und vor allem leiser.«

Ich nickte, weil ich wusste, dass Jay den Rucksack auf

seiner Mission nicht gebrauchen konnte.

»Gut, dann geht es jetzt los. Versprich mir, dass du einfach geradeaus rennst. Und wenn dir ein Baum im Weg steht, dann zauberst zu ihn weg, statt dran vorbei zu gehen. Verstanden?«

»Ja«, sagte ich mit kräftiger Stimme. Ich wollte ihm keine unnötigen Sorgen bereiten.

»Alles klar, Kass«, sagte er, nickte und stand auf. »Wir sehen uns auf der anderen Seite.« Dann lief er davon.

Unwillkürlich fühlte ich mich leer. Allein gelassen. Es war still; nur das leise Reden zweier Soldaten war zu hören. Ich musste warten, bis sie ihre Plätze verließen. Dann war meine Zeit gekommen. Dann musste ich um mein Leben rennen. Ich suchte mir eine etwas gemütlichere Position zwischen den Container aus und wartete.

Warum musste mir das passieren? Ich war auf das alles gar nicht vorbereitet. Aber wer ging schon davon aus, zur gesuchten Verbrecherin zu werden? *Optimismus, Kass. Es kann nur besser werden.*

Ich bereitete mich darauf vor, jede Sekunde losrennen zu müssen. Aber als die Sirene losheulte und die Soldaten alarmiert davoneilten, verpasste ich beinahe meinen Einsatz.

»Einbruch in die Zentrale!«, schrie einer der Soldaten. »Los, los, los, los!« Jeder Soldat, der in der Nähe postiert war, war plötzlich in Aufruhr. Genau wie ich. Innerlich explodierte ich vor Angst. Mein Herz schlug so schnell, dass es mir in der Brust schmerzte.

Dann waren sie weg. Etwas unbeholfen raffte ich mich auf und rannte los.

Ich schlängelte mich zwischen den Müllcontainern hindurch und lief geradewegs auf den Zaun zu. Ich blickte hektisch von links nach rechts, aber Jay hatte Recht. Alle Soldaten waren auf dem Weg zur Zentrale. Wie sollte er das alleine schaffen? Instinktiv hielt ich inne. Sollte ich ihm helfen? Ein schlechtes Gewissen nagte an mir, dass ich ihn ganz allein habe gehen lassen. Wenn ich nur etwas hartnäckiger gewesen wäre, dann hätte er mich vielleicht mitkommen lassen. Dann könnte ich ihm nun zur Seite stehen. Na ja, ob das überhaupt förderlich wäre?

Jay hatte es bereits schon einmal geschafft, den Soldaten zu entkommen. Er würde es auch dieses Mal schaffen. Ich erreichte den Zaun. Was, wenn ich einen Stromschlag bekam, wenn ich ihn berührte? *Quatsch! Rede kein Blödsinn, Kass. Los jetzt!* Ich ermahnte mich selbst und tat das, was mir vor ein paar Wochen noch nicht einmal im Schlaf eingefallen wäre: ich berührte den Grenzzaun und war dabei ihn zu passieren. »Verdammt, Kass«, entfuhr es mir. Diese ganze Situation wirkte so irreal, aber diese Angst, die sich in mir breit machte, konnte nur echt sein. Also war die ganze Situation echt.

»Wir brauchen Verstärkung!« Ich hörte einen Soldaten

und reflexartig stieg Panik in mir auf. Was, wenn er mich entdeckte? Ich legte Hand an und rief die Quelle meiner Fähigkeit auf. Mein Herz pochte, Schweiß rinn mir die Stirn hinab. Stück für Stück veränderte ich die Materie und eröffnete mir einen Durchgang.

Und dann kam eine Truppe Soldaten hinter dem Gebäude hervor.

Ohne groß darüber nachzudenken, stolperte ich durch den Zaun und fiel in hohes Gras.

Auf der anderen Seite des Grenzzauns.

Ein Schmerz durchfuhr mich, aber das Adrenalin und die Panik waren stärker. Sofort duckte ich mich und legte mich flach auf den Boden, um mich in der Dunkelheit zwischen den Gräsern zu verstecken.

»Los, Soldaten! Die Flüchtigen müssen sich in der Nähe der Zentrale aufhalten! Findet sie! Nehmt sie fest! Und wenn sie sich nicht ergeben, dann schießt verdammt nochmal!«, rief jemand mit einer dunklen, drohenden Stimme. Gut möglich, dass es General Rowley war. Ich erinnerte mich, dass General Rowley uns in der Schule besucht hatte. Jedes Jahr besuchte er die zehnten Klassen und erzählte uns, wie gefährlich das Leben sei und umso wichtiger es war, dass wir uns an Regeln hielten. Alles, was er mir damals weismachen wollte, kam mir heute wie eine reine Lüge vor. Wut brodelte in mir, aber ich schluckte sie runter. Ich wartete, bis ich keine Schritte mehr hörte, und wagte es dann, den Kopf zu heben und nach Soldaten Ausschau zu halten. Die Luft war rein.

Sofort rappelte ich mich wieder auf – was mit den zwei Rucksäcken gar nicht so leicht war – und rannte los. Je weiter ich rannte, desto dunkler wurde es. Ich rannte, als würde es um mein Leben gehen. Ging es das nicht auch? Das Feld, das sich hinter dem Zaun erstreckte, schien mir endlos zu sein. Einmal stolperte ich über einen Stein und fiel ungehindert auf Hände, Gesicht und Knie. Vor mir befand sich der Wald, der den Sektor der magischen Seelen von unserem trennte. Konnte ich denn überhaupt noch von *unserem* sprechen? Konnte ich mich noch einem Sektor zuordnen? Wenn die handgeschriebene Geburtsurkunde der Wahrheit entsprach, dann war ich ein Niemand. Ich gehörte nirgendswo dazu. Oder konnte ich durch mein baldiges Aussehen als magische Seele gezählt werden? Ich wusste es nicht, deshalb war es Zeit, herauszufinden, wer ich wirklich war.

Irgendwann, nachdem meine Atmung einem Hecheln ähnelte und meine Muskeln schon überbeansprucht waren, erreichte ich den Wald. Wie Jay es mir befohlen hatte, rannte ich einfach geradeaus, ganz gleich, was mir im Weg war. Ich sprang über liegende Baumstämme, rannte durch Büsche und duckte mich vor tiefhängenden Ästen. Die Hindernisse ließen mich langsamer werden, aber ich motivierte mich, nicht aufzugeben. Und schon bald stand mir der erste Baum im Weg. Ich bereitete mich darauf vor, meine Fähigkeit anzuwenden und einen Durchgang zu schaffen. Aber noch bevor ich ihn berührte, wusste ich, dass ich zu schwach war und meine Konzentration nachgelassen hatte. Ungehindert knallte ich gegen den Baumstamm und taumelte rückwärts. Ich stolperte und landete auf dem harten Waldboden. Wie konnte ich nur so dämlich sein und gegen einen Baum rennen?

Ich seufzte, atmete tief ein und aus und hievte mich langsam wieder auf die Beine. Im Schutz der Bäume wurde auch die Sicht schlechter, die Dunkelheit schien mich zu verschlucken. Als eine Eule heulte, zuckte ich zusammen und presste mir die Hände auf mein wildschlagendes Herz. Ich ignorierte die leichten Kopfschmerzen und das Schwindelgefühl und rannte wieder los. Die Geräusche an der Grenze waren mit jedem Meter, den ich lief, schwächer geworden und nun endgültig verstummt. Aber ich durfte mich von der Ruhe nicht täuschen lassen. Die Wahrscheinlichkeit, dass die Soldaten bereits hinter mir her waren, war ziemlich hoch. Die panische Angst, die sich bei diesem Gedanken breit machte, pushte mich weiter vorwärts.

Vor dem nächsten Baum blieb ich stehen. »Verzeih mir, Jay«, flüsterte ich, zuckte mit den Schultern und umrundete den Baum. Wie konnte er nur davon ausgehen, dass ich die Kraft hatte, meine neu gewonnene

Fähigkeit einzusetzen?

Ich eilte weiter, mit neuer Energie. Nach einer Weile lugte ich immer wieder zur rechten Seite, um die Hütte ausfindig zu machen, von der Jay gesprochen hatte. Unser Treffpunkt. Wo er wohl war? Ob Jay in Sicherheit war? Konnte er entkommen? Oder haben sie ihn geschnappt? Das schlechte Gewissen nagte wieder an mir, weil ich ihn einfach alleine gelassen hatte. Jay war stark, er würde es schaffen. Ich redete es mir immer wieder ein, bis die Worte zu einem Echo in meinem Kopf wurden.

Dann entdeckte ich eine Hütte. Weil weit und breit kein anderes Gebäude in Sicht war, ging ich davon aus, dass es die richtige Hütte war, auf die ich zusteuerte. Sie stand mitten im Wald, kein einziger Weg führte zu ihr und verlassen sah sie erst recht aus. Verdammt, war das gruselig. Ein Schauer lief mir den Rücken hinunter, als ich mich schwer atmend der Hütte näherte. Es war mucksmäuschenstill, die Atmosphäre glich einer Szene in einem Thriller. Mit wild klopfendem Herzen erreichte ich die Veranda. Zwei Stufen führten zu ihr hinauf, die knarrten, als ich sie empor stieg. Ruckartig hielt ich in der Bewegung inne und lauschte. Aber es blieb still, zu still.

»Jay?«, flüsterte ich. Ich hatte gehofft, er würde vor mir da sein. Dann war nicht ich diejenige, die auskundschaften musste, ob sich jemand oder etwas in dieser

Hütte aufhielt. Aber Jay war noch nicht da. Ich atmete tief aus und griff zitternd nach der Türklinke. Wieder die Eule. Ich hielt inne. Mein Herz pochte.

Knarzend öffnete sich die Tür. Im Inneren der Hütte war es stockdunkel. Ich konnte nichts, wirklich gar nichts sehen. Deshalb entschied ich, erst meine Taschenlampe aus dem Rucksack zu nehmen, bevor ich eintrat. Ich setzte beide Rucksäcke ab, kramte meine Taschenlampe hervor und schaltete sie an. Ich wartete, ob etwas zu hören war, aber es wirkte verlassen. Niemand schien hier zu sein. Jay musste die Hütte auf seiner *Reise* zum weißen Sektor gefunden haben. Reise? Flucht? Ich wusste nicht, weshalb Jay die Gefahr auf sich genommen hatte. Ich wusste nicht, was er bei uns zu suchen hatte, aber ich wusste, dass er es mir nicht sagen wollte. Aber ich wollte es wissen. Ich musste herausfinden, wer Jay wirklich war, was seine Absichten waren. Aber zuerst musste ich mich in dieser Gott verdammten Hütte umsehen.

Zitternd setzte ich die ersten Schritte in die Hütte. Einen Rucksack auf dem Rücken, den anderen in der Hand blieb ich mitten im Raum stehen und leuchtete umher. Die Hütte war nur spärlich eingerichtet. Ein Bett, ein Tisch mit zwei Stühlen, eine kleine Küchenzeile und ein Schrank. Hinten rechts gab es einen kleinen, abgetrennten Waschbereich. Außerdem gab es einen Kamin, den ich nur zu gern entzündet hätte. Aber die

Gefahr, dass jemand den aufsteigenden Rauch entdecken könnte, war zu groß.

Nachdem ich mich ausgiebig vergewissert hatte, dass nichts und niemand mich hier drin überwältigen konnte, machte ich mich auf die Suche nach Kerzen. Solange ich noch alleine war, wagte ich es nicht, die Lampe anzuschalten, die über mir an der Decke hing. Wer wusste schon, woher diese Hütte ihren Strom nahm und wer das überprüfen konnte. Vielleicht bemerkte es jemand und schickte direkt eine Truppe Soldaten zu dieser Hütte. Nein, Kerzen schienen mir sicherer zu sein.

Ein Feuerzeug hatte ich in meinen Rucksack geschmissen und glücklicherweise fand ich in einer Schublade noch zwei Kerzen. Alles war überdeckt mit einer Staubschicht und ich hustete. Auf dem Tisch entdeckte ich einen Kerzenständer. Ich postierte die Kerze darauf und zündete sie an. Dann setzte ich mich auf den Stuhl und wartete. Ich wagte es nicht, mich zu rühren. *Jay ist schon auf dem Weg hierher. Er wird es schaffen.*

Das hoffte ich zumindest.

Ungeduldig rieb ich meine Hände aneinander. Zehn Minuten, zwanzig Minuten, dreißig Minuten. Nichts passierte. Jay tauchte nicht auf. *Er hat es nicht geschafft.* Ich seufzte. Der Gedanke, dass er gefasst wurde, weil er mir helfen wollte, trieb mich in den Wahnsinn. Schuldgefühle klebten an mir wie die Kaugummis unter den

Tischen unserer ehemaligen Schule.

Eine Stunde. Eine verdammte Stunde wartete ich schon. Wieso kam er nicht? Was war passiert? Hatten sie ihn wirklich gefasst? Hatten sie ihn *erschossen*? General Rowley hatte seinen Soldaten das OK gegeben. Sie hätten uns erschießen dürfen. Das konnte alles nicht wahr sein. Überfordert ließ ich meinen Kopf in die Hände sinken. Ich betete. Jay musste es einfach schaffen. Ohne ihn würde ich diese Flucht nicht überstehen. Aber das Warten nahm kein Ende.

Eine Stunde und achtunddreißig Minuten später waren meine Gliedmaßen eingeschlafen und es rumpelte an der Rückwand der Hütte. *Jay*, war mein erster Gedanke. Aber keine Sekunde später wurde mir bewusst, dass es auch jemand oder etwas Anderes gewesen sein konnte. Bei der aufsteigenden Panik stellten sich mir die Nackenhaare auf. Ich ergriff den Edelstahlhaken vom Kaminbesteck und postierte mich hinter der Tür. Die Kerze ließ ich brennen, damit ich sofort erkennen konnte, wer die Hütte betrat. *Falls* jemand die Hütte betrat. Mein Herz pochte und das Blut rauschte in meinen Ohren.

Schritte. Ja, es waren Schritte auf der Veranda. Von Jay? Oder von Soldaten? Ich traute mich nicht, aus dem Fenster zu sehen, sondern verharrte in meiner Angriffsposition. Und dann wurde die Klinke heruntergedrückt. Ich zitterte. *Komm runter, Kass!* Ich ermahnte mich, aber als sich die Tür öffnete, schlug mein Herz noch schneller. Ich hob den Edelstahlhaken, bereit, ihn zu nutzen.

Jemand trat ein. Eine Person erschien hinter der Tür, groß, weiße Kleidung, ohne etwas zu sagen, ich hob den Haken, jetzt oder nie…!

»Kass?« Ich ließ die Arme wieder sinken. Erst jetzt fielen mir die schwarzen Haare auf. Erleichtert seufzte ich und Jay drehte sich zu mir um. »Da bist du ja!« Ich wusste nicht, warum, aber ich musste lachen. Diese Situation war so absurd. Ich hätte beinahe Jay niedergeschlagen! »Was ist los?«, fragte er und suchte meinen Blick. Er hatte es geschafft, er hatte es wirklich geschafft, wir hatten es geschafft! Ich lächelte, weil ich nicht fähig war, irgendetwas zu sagen. Ich war einfach nur glücklich. Seufzend lehnte ich meine Stirn gegen seine Brust. Die Angst, die ich die ganze Zeit verspürt hatte, war verschwunden und ein Glücksgefühl packte mich. Jay berührte meine Hand, in der ich immer noch den Haken hielt. Er nahm in mir aus der Hand und ich sah zu ihm hoch.

»So eine bist du also«, bemerkte er und lächelte. Ich lächelte mit ihm. Es gab keine Worte, die beschreiben konnten, wie erleichtert ich in diesem Moment war. Neue Hoffnung und Energie flammten in mir auf. Jays Ankunft war wie ein Geschenk für mich.

»Wieso hast du so lange gebraucht?« Wir setzten uns gemeinsam an den Tisch.

»Ich musste eine falsche Fährte legen. Die Soldaten waren mir eine ganze Zeit lang auf den Fersen. Ich musste einen kleinen Umweg laufen.« Er ließ sich zufrieden zurück und streckte sich. Ich nickte.

»Wieso?«, fragte er nach einer Zeit. »Hast du dir etwa Sorgen um mich gemacht?« Er lehnte sich vor und beäugte mich. Ein schiefes Lächeln zierte sein Gesicht.

Ich ließ ungläubig die flache Hand auf den Tisch knallen. Die Kerze wackelte, fing sich aber wieder. Ich nicht. »Ja, verdammt«, fuhr ich ihn an. »Ich saß hier über eineinhalb Stunden und habe gebetet, dass sie dich nicht abgeknallt haben! Weißt du eigentlich, was für eine Panik ich hatte?« Ja, vielleicht hatte ich ein wenig übertrieben, aber ich hatte wirklich Angst um ihn. Nicht zu wissen, was mit ihm war, hatte mir den letzten Nerv geraubt. Aber Jay lächelte nur, stand auf und holte weitere Kerzen. Er bewegte sich in der Hütte, als wäre er schon einmal hier gewesen. Also hatte ich mit meiner Vermutung recht. Warum auch immer Jay seinen Sektor verlassen hatte, er war auf seiner Reise hier vorbei gekommen.

Gemeinsam stellten wir noch weitere Kerzen auf und gönnten uns einen kleinen Snack. Im Schein der Kerzen wirkte sein Gesicht nicht annähernd so düster, wie bei Tageslicht. Das T-Shirt spannte sich über seinen ausgeprägten Bizeps. Seine dunklen Augen passten perfekt in das Bild seines kantigen, aber makellosen Gesichts. Seine dunklen Haare ließen ihn attraktiv wirken, gefährlich attraktiv. Warum war er nur so verdammt sexy? »*Kass, du sabberst!*«, hätte Felicitas jetzt gesagt. In mich hinein lächelnd widmete ich mich wieder meinem Essen.

»Wir bleiben bis morgen früh hier«, sagte er nach einer Weile vollkommener Stille. »Dann machen wir uns fertig für den Sektor der magischen Seelen. Wir lassen alles hier, was uns als weiße oder schwarze Seele entlarven könnte. Wir müssen irgendwie herausfinden, wo sich das Haus von Oberster Ratsdezernentin Cunningham befindet. Natürlich wird es in der Nähe des Ratsgebäudes sein, aber das Territorium ist gewaltig.« Er stopfte sich ein Stück Brötchen in den Mund. Ich nickte und nahm einen Schluck Wasser. Nachdem wir fertig gegessen hatten, verstauten wir alles im Rucksack, immer auf eine sofortige Flucht bedacht.

»Wir sollten uns ausruhen«, schlug Jay vor.

»Ja, Kräfte sammeln für morgen«, stimmte ich zu. Jay informierte mich, dass der Waschbereich nicht sehr hygienisch sei und ich besser unser Wasser zum Ausspülen nutzen sollte. Auch die Toilette sollte ich nicht benutzen. Wider Willen ging ich dafür nach draußen. Wer hätte gedacht, dass es jemals so weit kommen würde?

Ich beeilte mich, wieder in die Hütte zu gehen, weil mir die Dunkelheit unheimlich war. Im Licht der Kerzen fühlte ich mich sicherer, vor allem, wenn Jay mir dabei ein Lächeln schenkte. Nachdem ich fertig war, ging er nach draußen und ich begutachtete das Bett. Ich starrte darauf, bis mir irgendwann auffiel, dass es nur *ein* Bett gab. Und ich war mir sicher, dass Jay nicht vor hatte, auf dem Boden zu schlafen, genauso wenig wie ich. Ich wusste nicht, ob ich mich freuen sollte, neben Jay einzuschlafen oder ob Felicitas' Stimme, die mir zurief, dass Jay ein Verbrecher war, mir die Freude nehmen sollte. Aber der Gedanke brachte mich zum Lächeln und ein warmes Gefühl breitete sich in mir aus.

Ich bemerkte den Spiegel an der Wand, der bereits einen Riss hatte, und näherte mich ihm. Das, was ich sah, erschreckte mich. Ich wusste ja, dass sich mein Ansatz bereits verfärbt hatte, aber jetzt waren meine Haare schon zur Hälfte Türkis. Und meine Augen? In meinen Augen konnte man keinen einzigen Schimmer Silber mehr sehen. Wahrscheinlich würde ich morgen nur noch die Kleidung anziehen müssen und sofort war ich nicht mehr Kassandra McCarthy. Ich zuckte zurück. Andrew und Leah schlichen sich in meine Gedanken und sofort schmerzte es. Ich musste die beiden unbedingt aus dem Gefängnis holen. Ich war es ihnen schuldig.

Ich zuckte erneut, als Jay neben meinem Spiegelbild erschien. Ich hatte ihn gar nicht kommen hören. Im Spiegel sahen wir uns direkt in die Augen. Auch er sah nicht mehr aus wie Jay Coleman, denn die weiße Kleidung, die er trug, verzerrte das Bild seines wahren Ichs.

»Ich weiß einfach nicht mehr, wer ich bin«, flüsterte ich nach einer Weile und sah wieder an mir herab.

»Ich auch nicht«, antwortete er.

»Warum?«, fragte ich und drehte mich zu ihm um. Erst jetzt bemerkte ich, wie nah er mir war. Ich musste den Kopf anheben, um in seine Augen sehen zu können. »Du bist Jay Coleman, durch und durch eine schwarze Seele. Aber ich? Ich bin ein Niemand. Ich kann mich zu keinem Sektor zuordnen.«

»Findest du das nicht gut?« Seine Frage irritierte mich.

»Was? Was… was meinst du damit?«, fragte ich ungläubig.

»Willst du wirklich in eine… Kategorie geschoben werden? Willst du nicht frei sein und auch mit anderen zusammen leben? Gefällt dir nicht der Gedanke, die Nation wäre eins und die Grenzen würden nicht mehr existieren?« Ich wusste nicht, was ich dazu sagen sollte. Ich hatte noch nie darüber nachgedacht. Es gab immer nur die Nation mit den drei Sektoren. Und das System lief doch gut? Klar, ich wusste durch die Informationen meiner Professoren, dass die Nation uns Seelen schon jahrelang belogen hatte, aber ein Leben mit nur einem Sektor? Wäre das überhaupt möglich?

Bevor ich etwas antworten konnte, blockte Jay ab. »Ist ja auch egal«, murmelte er und wandte sich ab. Ich wollte ihn aufhalten, wusste aber nicht, wie. Ich war zu überwältigt von seinen Worten. Hatte diese Denkweise vielleicht etwas damit zu tun, dass er in den Sektor der weißen Seelen gekommen war?

»Das Bett ist nicht bequem, aber für unsere derzeitige Situation purer Luxus«, erklärte er und schlug die Decke zurück. Staub wirbelte mir entgegen. Als Jay meinen Blick bemerkte, mit dem ich wieder das Bett fixierte, schien er zu verstehen. »Hast du ein Problem damit, mit mir in einem Bett zu schlafen?«

»Quatsch….ich, äh… nein«, stotterte ich etwas zu hastig und lief rot an. Hoffentlich sah man es im Schein der Kerzen nicht.

Jay lächelte. »Gut.« Er pustete alle Kerzen aus und kam mit der letzten zurück zum Bett. Ich hatte mich bereits aufs Bett gesetzt und zugedeckt. Ohne Bedenken krabbelte er zu mir unter die Decke. »Dann mal gute Nacht.« Ein Lächeln, ein Nicken und dann war es dunkel. Das Bett knarzte unter seinen Bewegungen, während Jay es sich gemütlich machte. Er drehte mir den Rücken zu, deshalb atmete ich einmal tief aus und machte es ihm gleich. Immer darauf bedacht Abstand zu halten. Obwohl der Gedanke, ihn zu berühren, ein warmes Gefühl in mir auslöste. Hatte ich nicht eben noch geschwärmt, neben ihn einschlafen zu dürfen?

Ich beschloss, einfach die Augen zu schließen und zu schlafen. Jay schien kein großes Interesse an mir zu zeigen, da er bereits gleichmäßig atmete. Ich dagegen konnte mich nur auf die Stille, die Dunkelheit und den fremden Ort konzentrieren. Ruhe war für mich in diesem Moment ein Fremdwort. Wie konnte Jay nur so… entspannt bleiben?

Ich versuchte, auf Jays Atmung zu achten. Ich versuchte mich damit zu beruhigen, dass wir die erste Hürde überstanden hatten.

Leichter gesagt als getan. Ich seufzte.

»Wir schaffen es, Kass. Gemeinsam.« Seine Stimme zerriss die Stille nur für einen kleinen Moment. Aber dieser Moment ließ mich lächeln, er ließ mich hoffen. Ich spürte, wie er sich zu mir umdrehte. Seine Hand legte sich zögernd auf meine Schulter. Mit seinem Daumen malte er sanfte Kreise. »Schlaf, Kass. Ich passe auf dich auf. Versprochen.« Ich spürte, dass er sich wieder zurückziehen wollte, daher fasste ich all meinen Mut zusammen und griff nach seiner Hand. Für eine Sekunde hielt ich inne, bis ich mir sicher war, dass ich das hier wirklich wollte. Das Atmen fiel mir mittlerweile schwer und heiße Schauer liefen mir über den Rücken. Aber ich ließ mich davon nicht beirren und zog ich ihn sanft näher zu mir. Seinen Arm legte er um mich, unsere Hände verschränkten sich ineinander. Ich fühlte seine Stirn an meinem Hinterkopf, fühlte seinen heißen Atem in meinem Nacken, aber vor allem spürte ich das Schlagen seines Herzens.

Zwölf

Als ich die Augen öffnete, sah ich geradewegs in Jays Gesicht. Er war noch am Schlafen, die Augen geschlossen. Sein Gesichtsausdruck wirkte zufrieden. Ich wusste nicht, wer dieser Junge hier vor mir war, aber ich wusste, dass ich ihn verdammt nochmal mochte. Zusammen mit ihm fühlte ich mich stark.

Ich rieb mir über die Augen und gähnte. Das Bett war nicht das bequemste, wie Jay bereits erwähnt hatte, aber für eine Nacht war es das Beste, was uns passieren konnte. Vor allem, weil wir hier unentdeckt geblieben waren. Erinnerungen an die letzte Nacht zauberten mir ein Lächeln ins Gesicht. Ich kämpfte gegen den Drang an, die Strähne, die in Jays Gesicht gefallen war, zurückzustreichen. Wie es wohl wäre, sein Gesicht zu berühren?

Aber bevor ich auch nur die kleinste Bewegung vollführen konnte, öffneten sich seine Augen mit einem Ruck. Er wirkte irritiert. Er klimperte ein paar Mal mit den Augen, bevor er mich wieder musterte. Aber was dann kam, hatte ich so eigentlich nicht erwartet.

»Ach du Scheiße«, flüsterte er. *Bitte was?!*

Jetzt war ich diejenige, die irritiert war. Ich verlangte ja nicht, dass er mir freudestrahlend einen Kuss auf die Wange drückte, aber ein *Guten Morgen* war doch nicht zu viel verlangt, oder? Ich zuckte zurück.

Aber seine Augen blieben groß, als wäre er erstaunt oder überrascht, vielleicht sogar geschockt.

»Sieh dich an«, forderte er mich auf. Ich war immer noch verwirrt, aber die Tatsache, dass ich möglicherweise irgendetwas im Gesicht hatte, ließ mich aufspringen und zum Spiegel rennen.

Ich wusste nicht, ob ich erleichtert oder geschockt sein sollte. Meine Haare waren nun endgültig Türkis. Kein Stückchen meines Lebens als weiße Seele war mehr übrig. Bis auf die Kleidung, die ich aber bald schon ablegen würde. Vorsichtig betastete ich mein Gesicht und meine Haare. War das also mein wahres Ich? War ich eine magische Seele? Oder würde ich immer eine weiße Seele bleiben, obwohl ich anders aussah? Gehörte ich überhaupt irgendwo dazu?

Jay tauchte an meiner Seite auf. Er betrachtete mein Spiegelbild, als wäre ich eine Fremde. Aber er lächelte. »Ich finde, es steht dir.«

Unwillkürlich musste auch ich lächeln. Jeglicher Zweifel verflog mit seinem Kompliment. Berührt sah ich zu Boden.

»Kass«, sagte er, legte seine Hand an mein Kinn und drückte es sanft in seine Richtung. Er war mir so nah, dass ich seinen Atem spüren konnte. Seine dunklen Augen leuchteten, sie fixierten mich auf eine Art, die mich erschauern ließ. »Du würdest mir auch gefallen, wenn du keinem Sektor angehören würdest. Weil ich *dich* mag, deine inneren Werte und Gefühle, deine Denkweise und deinen Mut. All das macht dich einzigartig.« Ich war wie in Trance, in einer riesigen, rosafarbenen Seifenblase, die die Zeit still stehen ließ. Mein ganzer Körper kribbelte und meine Wangen glühten. Er war mir so nah, es wäre ein Leichtes gewesen, ihn zu küssen. Ich, eine weiße oder auch magische Seele, die jeden Tag eingetrichtert bekommen hatte, wie gefährlich schwarze Seelen waren, wollte in diesem Moment nichts Anderes, als sich in Jay Coleman, einer schwarzen Seele und einem gesuchten Verbrecher, zu verlieren und seine Berührungen zu genießen. Ich war schon dabei, mich ihm zuzuwenden, während unsere Gesichter sich immer weiter näherten und…

»Wir sollten uns fertig machen.« Er ließ mein Kinn los und wandte sich ab. Er widmete sich seinem Rucksack, in dem sich unsere neuen Outfits befanden. Beschämt tat ich es ihm gleich und beschäftigte mich anderweitig. Wie konnte ich Dummerchen nur davon ausgehen, dass er mich küssen wollte? Mit Sicherheit hatte er in seinem Sektor eine Freundin, die viel besser zu ihm passte. Aber würde er mir dann solche Komplimente machen? Würde er mir derart nahe kommen?

Ich packte mir meine Zahnbürste und eine Flasche Wasser und ging nach draußen. Die Luft war kühl, Boden und Pflanzen noch feucht. Die frische Morgenluft, die mir die Haare aus dem Gesicht fegte, ließ mich klar denken. Und schlagartig kam die Erkenntnis zurück, wie dämlich ich mich verhalten hatte. Krampfhaft unterdrückte ich einen Schrei. Ich Idiot!

Um auf andere Gedanken zu kommen, begann ich, meine Zähne zu putzen. Plötzlich verschluckte ich mich, hustete und spuckte alles wieder aus. Überfordert schüttelte ich mit dem Kopf. *Ich kann da nicht wieder rein gehen*. Ein beklemmendes Gefühl breitete sich in mir aus.

Nachdem ich länger als genug draußen verharrt hatte, wagte ich doch die Hütte wieder zu betreten. Jay war bereits umgezogen und suchte Frühstück aus meinem Rucksack. Die Kleidung, die Felicitas für ihn herausgesucht hatte, passte ihm perfekt. Unter dem engen T-Shirt zeichnete sich sein muskulöser Oberkörper ab. Schnell sah ich weg, um mich nicht noch peinlicher darzustellen, als ich es sowieso schon getan hatte. Jay hatte meine Kleidung aufs Bett gelegt. Ich wartete noch, bis er die Hütte zum Waschen verließ und zog mich dann schnell um. Diese elendige Stille zwischen uns nervte mich schon jetzt. Was wohl in seinem Kopf vorging? Wie er wohl jetzt über mich dachte, nachdem ich mich wie ein Trottel benommen hatte? Was er wohl über die letzte Nacht dachte?

Meine alte Kleidung verstaute ich in dem Rucksack, in dem bereits Jay seine weißen Klamotten gepackt hatte.

Auch meine Kontaktlinsen legte ich dazu, da ich für sie keine Verwendung mehr hatte. Ich würde Felicitas neue kaufen, schließlich waren sie ihr Heiligtum. Ich wartete, bis Jay fertig war und seine Zahnbürste wieder im Rucksack verstaut hatte. Dann nahm ich die Sprühflasche, die seine Haare Türkis färben würde.

»Soll ich dir helfen?«, fragte ich teilnahmslos und hielt die Flasche hoch. Er nickte nur. Na wunderbar. *Du bist so ein Genie, Kass!* Wie lange diese Bedrücktheit anhalten würde?

Wir suchten uns einen Platz etwas abseits der Hütte. Ich überprüfte, aus welcher Richtung der Wind kam, und begann dann nach und nach seine schwarzen Haare Türkis zu färben. Wie Felicitas uns geraten hatte, sparte ich an keiner Stelle. Schließlich war es nicht einfach, seine dunklen Haare zu färben.

»Halt dir die Augen zu«, sagte ich irgendwann, damit ich seine Augenbrauen besprühen konnte. Er nickte wieder, aber bevor er meiner Forderung nachging, sah er mich intensiv an. Es kam mir fast vor, als wollte er mir etwas sagen, hatte aber keine richtigen Worte dafür. Die türkisfarbenen Augen wirkten fremd, weil das Leuchten seiner dunklen Augen etwas Besonderes hatte, aber ich wusste trotzdem, dass er immer noch Jay Coleman, die schwarze Seele war. Ganz gleich, wie er sich veränderte.

Als er wortlos weg sah und die Augen abschirmte, begann ich – ebenfalls wortlos – seine Augenbrauen zu besprühen. Die Stille zwischen uns machte mich wahnsinnig. Konnte ich irgendetwas sagen, dass es zwischen uns wieder normal wurde? Dafür musste ich erst einmal erfahren, was in ihm vorging. Und vor allem, was er fühlte.

»Okay, fertig«, sagte ich zum Abschluss. Jetzt sah er tatsächlich aus wie eine magische Seele, nur, dass er keine Fähigkeit besaß. Unwillkürlich breitete sich Anspannung in mir aus. Heute würden wir die Stadt der magischen Seelen betreten. Unerlaubt, verkleidet, als gesuchte Verbrecher.

»Danke«, sagte er und tatsächlich quälte er sich ein Lächeln hervor. Ich nickte.

Wir frühstückten – stillschweigend – dann packten wir den einen Rucksack zum Mitnehmen und den anderen versteckten wir im Schrank. Wir versuchten es so aussehen zu lassen, als wären wir nie hier gewesen. Mit einem letzten Blick schloss Jay die Tür der Hütte und damit war es besiegelt: jetzt oder nie.

Jay lief schnellen Schrittes vor mir her, als wäre es nicht das erste Mal gewesen, dass er diese Strecke hinter sich ließ. Irgendwann platzte ich vor Neugier. Zudem konnte es ja nicht mehr schlimmer werden, seit diese peinliche Anspannung zwischen uns war. Also fragte ich.

»Jay«, sagte ich und blieb stehen. Er lief noch ein paar Schritte, aber dann bemerkte er, dass ich nicht mehr hinter ihm war und drehte sich zu mir um. Er zog fragend eine Augenbraue in die Höhe. Ich atmete tief aus. »Warum hast du deinen Sektor verlassen?«

Jetzt war es raus. Eine Last fiel von mir ab, ich konnte wahrlich spüren, wie erleichtert ich mich fühlte, endlich gefragt zu haben. Ganz im Gegenteil zu Jay. Ich sah, wie er den Unterkiefer anspannte und nervös den Blick abwandte. Die schlimmsten Szenarien eröffneten sich vor meinen Augen – schließlich war ein Verbrecher – und ich war mir nicht mehr sicher, ob ich es wirklich wissen wollte. Was, wenn dadurch unsere ganze gemeinsame Flucht litt? Was, wenn er plötzlich abhaute?

Mit einem Ruck sah er mich wieder an. »Ist das so wichtig? Ist deine Familie nicht wichtiger? Wir sollten keine Zeit verlieren, Kass.«

Ich hatte bereits befürchtet, dass er auf diese Art antworten würde. Ich verstand nur nicht, was er Schlimmes getan haben musste – abgesehen von der Grenzüberschreitung – dass er mir nicht die Wahrheit sagen konnte. Schnell wägte ich voneinander ab: Sollte ich weiter nachhaken oder lieber den Mund halten?

Ich wollte es wissen. »Ich möchte dir vertrauen können, Jay. Aber das kann ich nicht, wenn ich nicht weiß, wer du wirklich bist.«

Seine türkisfarbenen Augen strahlten, aber seine Gesichtszüge waren angespannt. Ihm gefiel dieses Gespräch ganz und gar nicht. Aber für mich war es wichtig. Er wusste alles über mich – so gut wie – aber ich wusste überhaupt nichts über ihn und sein Leben. Verstand er das denn nicht?

Jay nickte. Dann kam er auf mich zu, blieb nur Zentimeter vor mir stehen und nahm meine Hände in seine. Sein Blick war wieder intensiv. »Ich werde es dir erzählen, Kass. Versprochen. Wenn das alles vorbei ist.« Er schluckte. »Wir dürfen jetzt keine Zeit verlieren. Ich erzähle dir alles, alles was du wissen willst, von ganz vorne. Aber vorerst kümmern wir uns um dich.« Ich hätte mir gewünscht, dass er noch weiterreden würde. Denn ich schwebte im siebten Himmel, während seine Daumen zärtlich über meine Handrücken streichelten und ich mich in seinen Augen verlieren konnte. Aber direkt nachdem ich zustimmend genickt hatte, ließ er mich los und führte unsere Tour durch den Wald fort. Ich seufzte, dann beeilte ich mich, um seinen Vorsprung wieder aufzuholen.

Es war schon Mittag, als wir eine bepflasterte Straße entlang liefen und endlich eine Haltestelle einer Schwebebahn erreichten. Hier am Rand des Sektors fuhren die Schwebebahnen nicht so häufig wie in der Stadt, deshalb hatten wir noch zwanzig Minuten Zeit um ein kleines Mittagessen einzunehmen und über unseren Plan zu reden.

»Ist es nicht etwas riskant, öffentliche Verkehrsmittel zu benutzen?«, fragte ich, nachdem ich einen großen

Schluck Wasser getrunken hatte.

»Deswegen fahren wir auch nicht bis in die Stadt. Wir steigen ein paar Stationen vorher aus und gehen dann zu Fuß«, antwortete Jay und stopfte sich ein Stück Brot in den Mund.

»Weißt du denn überhaupt, in welche Richtung wir müssen?«, fragte ich weiter.

»Das Ratsgebäude ist auf jedem Stadtplan verzeichnet. Der Sektor der magischen Seelen hat reihenweise Screens, auf denen öffentliche Stadtpläne gespeichert sind. Wenn wir wollen, rechnet er uns sogar die kürzeste Strecke bis dorthin aus«, antwortete er und zuckte mit den Schultern. Mir war es ein Rätsel, woher Jay die ganzen Informationen hatte. Nur durch seine erste Reise zum Sektor der weißen Seelen? Oder verheimlichte er mir etwas?

Als die Schwebebahn einfuhr, wurde mir etwas mulmig im Bauch. Was, wenn uns jemand trotz Verkleidung erkannte? Was, wenn wir nicht unentdeckt blieben? Sie hätten uns direkt gemeldet und dann hieß es: bye, bye, liebe Freiheit. Obwohl, konnte man Flucht als Freiheit bezeichnen?

In der Schwebebahn saßen nur wenige Fahrgäste, bestimmt würden nach und nach weitere einsteigen. Jay und ich suchten uns einen Platz am Ende der Schwebebahn in der Nähe der Tür, um sofort aussteigen zu können, wenn es nötig sein sollte. Die Fahrt verlief schweigend, denn Jay studierte den Fahrplan auf einem kleinen Bildschirm, der in der Schwebebahn angebracht worden war.

»*National Soul Square* steigen wir aus«, sagte er nach einer Weile und lehnte sich zufrieden zurück. »Noch neun Stationen.«

»Meinst du nicht, der Platz wimmelt nur so von magischen Seelen, die uns erkennen könnten?«, fragte ich irritiert.

»Je mehr Seelen, desto besser kann man untertauchen«, antwortete er und zuckte mit den Schultern.

»Wie du meinst«, murmelte ich und lehnte mich ebenfalls zurück. Die Strecke durch den Wald war gar nicht so leicht gewesen, meine Beine fühlten sich schon jetzt ziemlich schwer an und meine Füße schmerzten trotz der gemütlichen Sneakers. Jay schloss die Augen, als wäre es stinknormal, dass wir hier im Sektor der magischen Seelen mit der Schwebebahn fuhren. Vielleicht sollte ich mich ihm anpassen, schließlich war es der beste Weg, unentdeckt zu bleiben. Aber bei jedem neuen Fahrgast, der mir geradewegs in die Augen sah, glaubte ich, er würde mich erkennen. Doch niemand machte einen verdächtigen Eindruck. Und so gelangten wir unauffällig, aber mit wild klopfendem Herzen (ich jedenfalls, von Jay würde ich es nicht behaupten) zur Station *National Soul Square*.

Eine Unmenge magischer Seelen tummelte sich an der

174

Station. Keiner achtete auf den anderen, weshalb ich durchgängig von links nach rechts geschubst wurde. Jay mit seinem breiten Kreuz schien weniger Probleme damit zu haben, sich durch die Masse zu quetschen. Ich versuchte in seinem Schatten zu bleiben, damit ich einfach hinter ihm her flitzen konnte, aber schon bald wurde der Abstand zwischen uns größer und ich befürchtete, dass er außer Sichtweite geraten könnte.

Ich packte reflexartig nach seiner Hand. Er blieb ebenso ruckartig stehen wie ich.

Wie wäre es, wenn du das nächste Mal erst darüber nachdenkst, was du tust, bevor du handelst, liebe Kass?

Er drehte seinen Kopf und sah erst zu seiner Hand, die von meiner fest umklammert wurde, und dann zu mir. Es war ein fragender Blick, aber was mir einen Schock versetzte, war die Kälte in seinen Augen. Ja, ihm schien meine Handlung ganz und gar nicht zu passen. Für mich schien aber der Moment still zu stehen. Seine Hand fühlte sich kräftig an. Ein warmes, wohliges Gefühl breitete sich in mir aus, ein Kribbeln in meinem Bauch. Auch meine Wangen glühten. Ich hätte ewig so stehen bleiben können, wenn nicht…

»He, aus dem Weg!«, schrie ein großer Mann neben mir, schubste mich zur Seite und drängte sich zwischen Jay und mir durch. Ich rempelte jemanden hinter mir an und als ich zurücksah, blickte mich eine junge Frau finster an. Sie hatte sich den Kaffee – wahrscheinlich wegen mir – übergeschüttet. Wer hatte auch in so einem Getümmel einen Kaffee ohne Deckel in der Hand?

»Sag mal, geht's noch?«, fauchte sie. »Sieh dir meine Bluse an! Sie ist völlig hinüber!«

»Entschuldigung, ich…« Ich wollte der Frau gerade alles erklären, als jemand meine Hand packte und mich mitzog. Es war Jay.

Es war Jays Hand. *Oh-oh…*

Er bahnte sich schnellen Schrittes einen Weg durch die Menge und ehe ich verarbeiten konnte, was gerade passiert war, standen wir schon mitten auf dem *National Soul Square*. Ich musste zugeben, der Sektor der magischen Seelen war unserem Sektor um einiges voraus. Die Gebäude waren supermodern, die Seelen, die uns entgegenkamen, wunderschön und die Technik unglaublich fortschrittlich. Ich drehte mich im Kreis und staunte nicht schlecht. Ich musste aussehen wie das Mädchen, das ich war, bevor man mir gesagt hatte, dass ich Seelengeschichte studieren sollte. Das fröhliche Geburtstagskind in der Welt mit rosa Zuckerwatte und glitzernden Einhörner. Als ich Jays Blick bemerkte, der mich grinsend beobachte, musste ich lachen.

»Findest du das nicht unglaublich? Sieh dir diesen Sektor an! Unfassbar!«, johlte ich. Ich hätte noch stundenlang die Umgebung erkunden können, aber Jay holte mich in die Wirklichkeit zurück.

»Na los, wir müssen weiter«, sagte er und ging voraus.

Ich hechtete hinter ihm her und stolperte mehrere Male über meine eigenen Füße, weil meine Augen Interessanteres sahen als den Weg vor mir. Wir gelangten in eine Seitenstraße, in der nicht ganz so viel los war. An einer Hauswand war ein Screen angebracht, auf den wir geradewegs zusteuerten. Jay tippte flink ein paar Mal auf den riesigen Bildschirm und schon öffnete sich ein Stadtplan des Sektors. Ein großer, roter Punkt zeigte unseren derzeitigen Standort an. Jay deutete mit dem Finger auf unser Zielterritorium.

»Uff«, entfuhr es mir. »Das ist aber noch eine ganze Tagesstrecke.« Er studierte noch eine Weile die Karte, dann schloss er sie und nickte die Straße hinunter.

»Gehen wir da lang. Ich denke, wir sollten doch lieber Nebenstraßen nutzen, da die Wachen aus dem Sektor der weißen Seelen bestimmt schon Alarm geschlagen und uns in der gesamten Nation zur Fahndung ausgeschrieben haben. Wir müssen verdammt vorsichtig sein.« Wenn er über unsere derzeitige Situation sprach, wurde mir jedes Mal wieder bewusst, dass wir flüchtige Verbrecher waren, dessen Leben am seidenen Faden hing. Ein Schauer lief mir den Rücken hinunter. Wie es Andrew und Leah wohl gerade ging?

Ich schluckte. »Dann los.«

Wir gingen nebeneinander die Straße entlang, ohne ein Wort zu sagen. Wir mieden öffentliche Plätze, Hauptstraßen und Verkehrsmittel und schlängelten uns einen Weg zu Fuß durch die Gassen vom Sektor der magischen Seelen. Als wir nicht drum herum kamen, eine Hauptstraße zu überqueren, mischten wir uns unter die wartende Menge an einer Ampel. Es war eine gigantische Geräuschkulisse, die es im Sektor der weißen Seelen so niemals gegeben hätte. Ich kam aus dem Staunen gar nicht wieder heraus, doch dann zog Jay mich ruckartig an sich und ich gelangte prompt in die Realität zurück. Wir waren uns so nah wie am Abend in der *E-Hall*. Er lehnte sich zu mir herunter und drehte mich von der Straße weg. Sein Gesicht war meinem so nah, dass ich seinen schnellen Atem hören konnte.

»Was ist los?«, flüsterte ich.

»Ein Jeep der Soldaten«, flüsterte er zurück. Mein Herzschlag beschleunigte sich schlagartig um das Dreifache. Wenn uns einer von ihnen erkannte, waren wir erledigt. Innerlich begann ich zu beten. Welch höhere Macht es auch war, die mich erhörte, ich betete, dass sie uns half. Blanke Panik kratzte an meinen Nerven, als ich den Jeep aus den Augenwinkeln sehen konnte. Schweißperlen bildeten sich auf meiner Stirn.

Jay hob seine Hand und streichelte mir sanft über die Wange. Verdammt, dieser Kerl hatte wirklich Nerven. Plötzlich waren es nicht mehr die Soldaten, die mich fertig machten, sondern er. Und dieses Gefühl war alles andere als schlimm. Ein Kribbeln durchfuhr mich. Ich fühlte mich elektrisiert. Seine falschen, türkisfarbenen

Augen fixierten mich und er grinste, als er meine An-spannung bemerkte. Ich musste knallrot geworden sein.

Dann war der Jeep weg und die Ampel zeigte *Gehen*. Als wäre nichts gewesen, löste sich Jay aus unserer Hal-tung und ging mit der Menge mit. Ich wäre am liebsten stehen geblieben und im Boden versunken, aber die Leute hinter mir rissen mich mit. Wie konnte es sein, dass ihm unsere gemeinsamen Momente so gar nicht zu berühren schienen? War ich vielleicht die einzige, die etwas fühlte? Mochte er mich überhaupt? Oder half er mir nur, damit er dem Gefängnis entfliehen konnte? Letzteres verbannte ich direkt aus meinem Kopf. So war er nicht. So durfte er nicht sein. Vielleicht fühlte er ja auch etwas, nur war er gut darin, es zu verbergen? Aber warum sollte er es verbergen? War ich vielleicht doch nicht sein Typ?

Mit Millionen Fragen im Kopf trottete ich hinter ihm her über die Hauptstraße und folgte ihm auf direktem Weg in die nächste Nebenstraße, in der so gut wie gar nichts los war. Er hatte sich ein paar Mal umgedreht, wahrscheinlich um sicher zu stellen, dass ich noch in der Nähe war. Aber ich wäre am liebsten ganz weit weg. Denn dieser Typ trieb mich in den Wahnsinn mit sei-nem geheimnisvollen Getue. Es wurde langsam Zeit, dass wir Klartext sprachen.

Bald jedenfalls.

Wortlos gingen wir weiter und der Tag neigte sich

dem Ende zu. Als die Sonne schon tief am Horizont stand, passierte es. Wir gingen gerade eine breitere Straße entlang, als hinter einem Gebäude ein Soldat mit einem tragbaren Monitor in der Hand hervor kam. Er hielt es so passend, dass wir die Fahndungsmeldung darauf erkennen konnten und mit ihr die zwei Bilder von Jay und mir.

Zum Umkehren war es bereits zu spät. Jay packte mich und schlang seinen Arm um meine Schultern. Er spielte perfekt das verliebte Paar, das sich bestens in der Gegend auskannte, in der es sich gerade befand, aber mein Körper versteifte sich. Mir war speiübel. Wir versuchten unsere Gesichter von dem Soldaten abzuwenden, aber das war leichter gesagt als getan. Mein Herz setzte für einen Moment aus, als wir an dem Soldaten vorbeikamen. Die Zeit schien still zu stehen, das Blut rauschte in meinen Ohren.

Ich spürte seinen Blick, der uns fixierte. »Hey ihr, einen Moment bitte.«

Er hatte uns erkannt. Ich wollte bereits stehen bleiben, aber Jay zog mich weiter mit. Er tat so, als würde er sein Gesicht in meinen Haaren vergraben und hätte den Soldaten gar nicht bemerkt. Aber ich spürte seine Anspannung, als er mir zuflüsterte. »Einfach weitergehen.« Nur ein paar Meter, dann konnten wir hinter einer Hausecke verschwinden.

»Hey ihr!«, rief der Soldat hinter uns. »Soldat Jameson

von der Nationalarmee! Ich befehle Ihnen, stehen zu bleiben!« Aus purer Angst brach ich beinahe in Tränen aus. Ich spürte bereits, wie meine Augen feucht wurden. Aber Jay wollte ganz und gar nicht stehen bleiben. Er drückte mich geradewegs um die Ecke, packte meine Hand und begann zu rennen.

»Los!«, rief er mir zu. Wir rannten um unser Leben.

»Hier Jameson. Ich habe zwei Verdächtige!«, rief der Soldat hinter uns. Wahrscheinlich meldete er seine Vermutung über Funk seinen Kollegen. Verdammt, wir waren aufgeflogen! Mein Herzschlag pulsierte, Panik pumpte Adrenalin durch meine Adern. Ich rannte so schnell ich konnte, immer in der Hoffnung Jay hätte einen Plan. Wir überquerten irgendwelche Straßen und wurden beinahe von Autos überfahren. Sie blieben mit quietschenden Reifen stehen und die Fahrer stiegen wutentbrannt aus, aber wir ignorierten sie.

»Hier lang!«, rief Jay und führte mich durch eine enge Gasse. Seinem Verhalten nach wusste er genau, wohin er wollte und wie er dahin gelangte. Aber in diesem Moment war es mir egal, woher er das wusste, denn ich wollte einfach nur dem Soldaten entkommen, der hinter uns her war. Als ein Jeep das Ende der Gasse versperrte und Soldaten mit Waffen aus dem Wagen stiegen, riss Jay mich schnell in eine andere Richtung. Die Soldaten schrien lauthals nach uns. Ich knallte gegen die Hauswand und schürfte mir einen Arm daran auf, aber die

Panik war zu groß, als dass ich Schmerzen verspüren könnte. Hinter mir hörte ich die Soldaten. Dann fielen Schüsse. Instinktiv duckte ich mich und hielt schützend die Arme über meinen Kopf, obwohl ich wusste, dass es nichts nützte.

»Stehen bleiben! Sie sind festgenommen«, rief einer der Soldaten. Jay blieb neben Mülleimern stehen, die in der Gasse standen, und schmiss sie den Soldaten in den Weg. Dann rannten wir weiter.

Es funktionierte! Wir konnten einen Vorsprung ergattern und verschwanden schnell um die nächste Hausecke. Die Gegend, in der wir uns mittlerweile befanden, sah baufällig und alt aus. Jay zerrte mich in ein Hochhaus hinein, dessen Tür aus marodem Holz bestand. Ich wagte nicht zu fragen, wo wir waren, denn Jay sprintete bereits die Treppe hinauf. Es roch schimmelig. Ich verzog angewidert das Gesicht, aber die Angst, die mich immer noch packte, ließ mich diese Nebensächlichkeiten kurz übersehen. Ich eilte ihm hinterher bis in die vierte Etage, da blieb er vor einer Tür stehen und zerrte eilig einen Schlüssel aus seiner Hosentasche. Woher hatte er den denn jetzt bitte? Unwillkürlich fragte ich mich, womit ich noch alles rechnen musste. Sein Glas mit Geheimnissen wurde von Mal zu Mal voller. Bevor ich aber weiter darüber nachdenken konnte, war die Tür schon offen und er zog mich am Arm mit in die Wohnung. Der schimmelige Geruch war hier nicht mehr wahrzunehmen. Nur vereinzelt standen Möbelstücke in der Wohnung. Es schien, als würde hier seit langem keiner mehr wohnen.

»Komm, wir müssen uns verstecken!«, rief Jay hastig und zog mich mit ins Schlafzimmer, wo er den Kleiderschrank öffnete und erst mich hinein schubste und sich dann selbst neben mich zwängte.

»Meinst du, die haben gesehen, wo wir rein sind?«, flüsterte ich, die Angst ins Gesicht geschrieben.

»Ich glaube schon. Und sie werden jede einzelne Wohnung auf den Kopf stellen«, antwortete er zwischen tiefen Atemzügen.

»Dann werden sie uns doch finden!«, rief ich panisch und strich mir mit den Händen über das Gesicht.

»Nicht, wenn wir Glück haben«, sagte er nebensächlich und blickte starr gegen die Schranktür. *Wenn wir Glück hatten?* Was zum Teufel...?

»Und haben wir Glück?«, fragte ich. Meine Stimme wurde zu einem heiseren Quieken. Ich stand kurz vor einem Nervenzusammenbruch.

»Könnten wir, wenn du endlich mal deine Klappe halten würdest!«, schrie er und packte meine Hand. Sein Blick war wütend. Mit einem Ruck riss ich mich los und knallte dabei mit meinem Ellbogen gegen den Schrank. Ich fluchte.

Er legte genervt den Kopf zur Seite. Ich zuckte nur mit den Schultern, wandte mich von ihm ab und strich behutsam über die pochende Stelle. Sehr einfühlsam von ihm.

Da hörte ich die dumpfen Schritte. Die Soldaten kamen die Treppen hinauf, verteilten sich, riefen sich gegenseitig etwas zu. Jay sollte Recht behalten: Sie wussten, wo wir waren und durchsuchten alles, um uns zu finden. Ich legte den Kopf in den Nacken, schloss die Augen und begann zu beten.

Wann sollte dieser Horror endlich ein Ende finden? Meine Nerven lagen blank, mein Kopf schmerzte, meine Kraft war ausgeschöpft.

Wir sollten uns einfach ergeben. Es hatte keinen Sinn mehr. Es war vorbei.

Die Tür der Wohnung wurde gewaltsam geöffnet, als mir die erste Träne über die Wange lief. Ich fühlte nichts mehr, alles an mir schien taub zu sein. Die Zeit war eingefroren, die Welt rauschte an mir vorbei, als wäre ich in einer anderen Dimension. Ich hatte endgültig keine Kraft mehr dafür. Die Tränen liefen wie ein Wasserfall über meine Wangen. Dann erreichten die Soldaten das Schlafzimmer.

In Zeitlupe hob ich meine Hand, damit ich den Schrank öffnen und mich ergeben konnte. Ich wollte nicht mehr, ich hatte keine Kraft mehr wegzurennen. Aber Jays Hand war schneller als meine. Mit einem starken Griff packte er meine Hand und verschränkte seine Finger mit meinen. Ich sah zu ihm hoch, gerade-

wegs in seine Augen, die durch das Türkis der Kontaktlinsen verfälscht wurden. Seine wahren Augen gefielen
mir viel besser. In seinem Blick konnte ich ein Flehen
erkennen. Ein Flehen, das ich durchhalten sollte. Nicht
nur für mich, Leah und Andrew, sondern auch für ihn.
Für ihn stand genauso viel auf dem Spiel wie für mich.
Wie selbstsüchtig war ich, dass ich in diesem Moment
nur an mich gedacht hatte? Er hatte schon so viel für
mich getan, dass ich es ihm schuldig war, jetzt nicht zu
versagen.

Ich wagte mich nicht zu bewegen, aber Jay drehte sich
zu mir. Seine freie Hand fand meine Wange und wischte behutsam die Tränen weg. Meine Haut fühlte sich
heiß unter seiner Berührung an. Sanft legte er seine
Stirn gegen meine, seine Hand verweilte an meiner
Wange. Wir waren uns so nah, dass sich unsere Lippen
schon beinahe berührten.

Ich wusste nicht, was da draußen vor sich ging, weil
ich in diesem Moment nur Augen für ihn hatte. So wie
er für mich. Die Zeit schien für uns still zu stehen. Eine
Bombe hätte direkt neben mir hochgehen können und
ich hätte es nicht bemerkt, weil ich von seiner Ausstrah-
lung gefangen war.

»Hier sind sie nicht – Rückzug!«

Dann waren sie fort.

Und wir allein.

Dreizehn

Ich hatte mich auf dem Sofa niedergelassen, die Wangen noch feucht von den Tränen. Ich bewegte mich keinen Zentimeter, weil ich tief in Gedanken versunken war.

»Du musst etwas essen, Kass.« Ich konnte seine Stimme hören, aber ich war unfähig zu antworten. Draußen war es bereits dunkel und ich wusste immer noch nicht, wo wir waren und wie viel wir von unserer Strecke schon geschafft hatten. Schritte näherten sich, dann setzte sich Jay direkt vor mich auf den kleinen Couchtisch. Seine Augen suchten die meinen. »Wir schaffen das, Kass. Das habe ich dir versprochen.«

»Hast du das?«, krächzte ich gedankenverloren.

»Und wenn nicht, dann habe ich das gerade getan«, antwortete er fix und nahm meine Hände in seine. Sie fühlten sich weich an, eine Wärme breitete sich in mir aus, aber sie erreichte mein Herz nicht.

Ein leises Klopfen ließ uns hochschrecken, dann öffnete sich die Wohnungstür. Bevor ich darüber nachdenken konnte, wirbelte ich herum, schnappte mir den erst besten Gegenstand und stellte mich in Angriffsposition. Jay hielt mich zurück. Vorsichtig nahm er mir meine provisorische Waffe aus der Hand und schüttelte fragend den Kopf, als wäre ich nun vollkommen durch geknallt.

»Jay? Jay Coleman? Ich weiß, dass du hier bist.« Eine dunkle Stimme raunte durch die Wohnung. Erschrocken sah ich zu Jay. Wer wusste hier von ihm? Aber sein Blick war kalt. Ohne mir eine Erklärung abzuliefern, ging er durch das Wohnzimmer Richtung Flur.

»Clint?«, flüsterte er. Dann fing er plötzlich an zu lächeln. »Clint, alter Mann!«

»Ah, Jay, mein Sohn. Ich fass es nicht. Hast du es echt geschafft?« Eine magische Seele betrat mit offenen Armen unser Wohnzimmer und umarmte Jay, als wären sie dicke Kumpel. Wer zum Teufel war diese Seele? Und woher kannten sie sich?

»Sag, konntest du deinen Auftrag ausführen?«, fragte Clint Jay und strahlte. *Auftrag?* Jay warf mir einen flüchtigen Blick zu, da registrierte auch Clint meine Anwesenheit.

»Nicht hier«, hörte ich Jay flüstern und drückte Clint in den Flur zurück.

»Wer ist denn die nette Lady?«, lachte Clint im Flur, dann verstummte er. Mit leisen Schritten näherte ich mich dem Flur, aber ich konnte die beiden nicht verstehen. Alles, was ich hörte war ein geheimnistuerisches Murmeln. Nach gefühlten fünf Minuten war es mir gleich, ob sie mich bemerkten oder nicht, und ich stiefelte mitten in den Gang. Sie standen vor der Wohnungstür und unterhielten sich flüsternd mit finsteren

Blicken, als läge eine Gefahr in der Luft. Oder, als dürfte ich nicht hören, worüber sie diskutierten.

Clint bemerkte mich zuerst. Er nickte Jay zu und verließ dann Hals über Kopf die Wohnung. Jay schloss die Tür hinter ihm ab. Er sah mich entschuldigend an, aber ich hatte genug von den ganzen Geheimnissen. Ich wollte jetzt wissen, was hier los war, nicht irgendwann, wenn alles vorbei war.

»Kass… hör mir zu…«, flüsterte Jay, als er auf mich zukam. Ich wandte mich ab und ging zurück zum Sofa. Dort stützte ich die Hände auf die Rückenlehne. Irgendetwas verheimlichte Jay mir, dass so wichtig war, dass er es mir nicht sagen konnte. Aber wenn wir länger ein Team bleiben wollten, sollte er schleunigst mit der Wahrheit raus rücken. Ich hatte endgültig genug.

Als ich seine Anwesenheit hinter mir spürte, drehte ich mich zu ihm um. Mein Blick war kalt. »Die Wahrheit, Jay. Jetzt.«

Er schluckte und wich meinem Blick aus. »Ich kann nicht«, flüsterte er. In seinen Augen konnte ich Schuldgefühle sehen, aber die interessierten mich nicht. Ich wollte ihm vertrauen, aber mit Millionen von Geheimnissen war das ein Ding der Unmöglichkeit.

Ich nickte. »Gut.« Ich ging an ihm vorbei, rammte mit meiner Schulter seine und schnappte mir den Rucksack, der auf dem Tisch lag. Dann nahm ich noch meine Jacke und eilte Richtung Tür. Ich hatte die Nase gestrichen voll.

»Was hast du vor?«, rief er und sprintete hinter mir her.

»Ich gehe, Jay. Ich habe keine Lust mehr auf deine ganzen Lügen und Geheimnisse. Ich habe versucht, dir zu vertrauen, aber wenn du es nicht kannst, will ich es auch nicht mehr. So etwas beruht auf Gegenseitigkeit!«, antwortete ich wütend und schloss die Tür auf. Als ich sie öffnen wollte, knallte er sie wieder zu und versperrte mir den Weg.

»Du kannst jetzt nicht gehen«, meinte er und fixierte mich mit einem starren Blick.

»Du kannst mich hier nicht festhalten«, antwortete ich.

»Sie observieren dieses Gebäude. Wenn du da raus gehst, bist du geliefert. Wir müssen ein paar Tage hier bleiben!«

»Auf keinen Fall!«, sagte ich und schubste ihn aus dem Weg. Aber er war schnell. Bevor ich die Tür öffnen konnte, stand er mir wieder im Weg. Ich schnaubte genervt.

»Was willst du, Kass?«

»Die Wahrheit, Jay. Nur die Wahrheit!«

»Du willst die Wahrheit?« Seine Stimme war wütend, seine Augenbrauen verärgert zusammen gezogen. »Die kann ich dir geben.«

Was dann passierte, ging viel zu schnell, als dass ich es

richtig registrieren konnte. Jay packte mich, schob mich grob bis zur gegenüberliegenden Wand und dann lag sein Mund auch schon auf meinem. Seine Lippen fühlten sich weich an, obwohl in diesem Kuss all seine Ängste, Sorgen und Verzweiflung steckten. In mir explodierte es und die Hitze, die sich in mir ausbreitete, erreichte zum ersten Mal auch mein Herz. Seine Hand lag behutsam auf meiner Wange, die unter seiner Berührung zu glühen begann. Der Moment war viel zu schnell wieder vorbei. Schwer atmend löste er sich von mir und legte seine Stirn gegen meine.

»Versteh doch, Kass. Ich habe mich in dich verliebt. Ich will nichts mehr, als dich beschützen. Aber je mehr du weißt, umso gefährlicher wird es für dich. Bitte, vertrau mir. Ich bitte dich darum.«

Ich war so gefesselt von diesem Moment, dass ich einfach nickte, um ihn nicht zu zerstören. Vielleicht würde ich es irgendwie schaffen, ihm die Wahrheit zu entlocken, aber dieser Moment war zu schön, als das ich ihm jetzt widersprechen könnte. Alles, was ich wollte, war, dass er es noch einmal tat. Nur ein einziger weiterer Kuss, in dem auch ich mich verlieren konnte. Aber anstatt mir näher zu kommen, nickte Jay und brachte einen Meter Abstand zwischen uns. Er sah schuldig zu Boden.

»Es tut mir leid, das musst du wissen.« Er sah mir nur flüchtig in die Augen, dann schnappte er sich meinen

Rucksack, den ich im Eifer des Gefechts fallen gelassen hatte, und wandte sich ab. Verdammt, ich konnte ihn jetzt nicht einfach gehen lassen! Er hatte gerade all den Mut zusammen genommen und sich entschuldigt. Er hat gebettelt und gefleht. Ich musste darauf reagieren.

Flink griff ich nach seinem Arm und zog in wieder zurück zu mir, bis sich unsere Körper berührten. Eindringlich musterte ich sein Gesicht, bevor ich lächelte. »Das hätten Sie schon viel eher tun sollen, Mr Coleman«, flüsterte ich und erneut trafen unsere Lippen aufeinander. Der Kuss war sanft und zärtlich, aber gleichzeitig auch magisch und intensiv. Endlich konnte ich ihn berühren, ohne mir hinterher den Kopf darüber zerbrechen zu müssen. Endlich wurde seine Nähe Wirklichkeit. Endlich konnte ich meinen Gefühlen freien Lauf lassen. Mit einem Lächeln auf den Lippen löste ich mich wieder von ihm und suchte den Weg zurück ins Wohnzimmer.

Verdammt, die ganze Zeit hatte ich mir seine Zuneigung gewünscht und jetzt war es tatsächlich noch überwältigender als in meinen Gedanken.

Wer hatte schon gedacht, dass ich mich mal in eine schwarze Seele verlieben würde.

Wir blieben mehrere Tage in der Wohnung. Jedes Mal, wenn ich es wagte, Jay anzusehen, konnte ich seine Schuldgefühle wahrnehmen. Sie spiegelten sich in seinem Ausdruck wider. Aber jedes Mal, wenn er auch mich ansah, lächelte er und kaschierte seine wahren Gefühle. Ich wusste, er tat es für mich, aber am liebsten hätte ich ihm sagen wollen, dass er sich genau wie ich fallen lassen konnte, dass er mir zeigen konnte, was er fühlte, dass ich für ihn da war. Aber ich blieb stumm, aus Angst, etwas Falsches zu sagen.

Am achten Tag – wenn mein Verstand mich nicht täuschte, war es der achte nach unserer Ankunft in der Wohnung – setzten Jay und ich uns an den Küchentisch, um einen Plan zu schmieden. Von draußen schienen einzelne Sonnenstrahlen in die Wohnung, aber die triste Einrichtung ließ sie schwach wirken.

»Okay, von hier aus ist es nicht mehr weit bis zum Ratsviertel«, erklärte Jay und zeigte mit dem Finger auf die Papierkarte, die vor uns auf dem Tisch lag. Er hatte sie in einem der Schränke gefunden – oder er wusste, dass sie dort lag. Letzteres war natürlich wahrscheinlicher. »Aus Sicherheitsgründen haben sie die Mitglieder des Rates und alle, die eine höhere Rolle im System spielen, auf einem begrenzten Territorium zusammengebracht. Sie wohnen und arbeiten dort. Ob das unbedingt sicherer ist, ist eine andere Frage, aber darum geht es ja auch nicht. Jedenfalls sollen sie auf diesem Territorium besonders bewacht und geschützt vor Angriffen sein.«

»Also einfach klopfen und rein spazieren ist nicht?«,

fragte ich und zog eine Augenbraue in die Höhe. Jay legte den Kopf zur Seite und schenkte mir einen Blick, als hätte ich die dümmste Frage der Welt gestellt. Ich lächelte.

»Ein bisschen Ernsthaftigkeit, wenn ich bitten darf«, brummte Jay, konnte sich das Lächeln aber nicht verkneifen. *Ziel erreicht, Kass.*

»Irgendwelche produktiven Vorschläge?«, fragte ich, um meine Ernsthaftigkeit zu präsentieren. Jay beäugte mich kurz streng, schenkte dann aber der Karte seine Aufmerksamkeit. Während er sie studierte, runzelte er angestrengt die Stirn. Ich versuchte, mir jede Einzelheit seines Gesichtes einzuprägen. In den letzten Tagen musste ich seine Haarfarbe an einigen Stellen wieder bearbeiten, obwohl ich so gern den wahren Jay wieder gesehen hätte. Den gefährlichen, geheimnisvollen Jay, diese wunderbare, mutige, schwarze Seele…

»Wir müssen uns hineinschleichen, mit Hilfe deiner Superkräfte«, schlug er vor und riss mich aus meinen Gedanken.

Ich setzte mich auf. »Das sind keine Superkräfte. Nur eine magische Fähigkeit«, korrigierte ich ihn.

»Nur ist die Frage, wo wir deine verehrte Frau Mama am besten abpassen sollten. Bei ihr Zuhause oder im Büro oder…«, überlegte er weiter, ohne auf meine Aussage einzugehen. Ich glaubte, er ignorierte mich, da ich sowieso keine guten Ideen beitragen konnte. Ich verzog verärgert das Gesicht.

»Findest du nicht, wir sollten uns am Empfang anmelden? Wir können doch nicht einfach dort einbrechen«, präsentierte ich meine Bedenken. Seine Augen suchten die meinen, dann fing er plötzlich an zu lachen.

»Du flüchtest aus einem Gefängnis, überquerst unerlaubt die Grenze und versteckst dich vor den Soldaten, aber kannst nicht in das Ratsviertel einbrechen?«, gluckste er und ließ sich vor Lachen in den Stuhl fallen. Ich sah beschämt zur Seite. Im Grunde hatte er Recht. Wir hatten bereits so viele Vergehen begangen, dass dieses eine mehr oder weniger auch keine Auswirkungen mehr haben konnte. Der Gedanke an all die Straftaten, die ich bereits verübt hatte, ließ mich schaudern. Mein Magen zog sich unangenehm zusammen und schlagartig war mir schlecht. Ich war eine wirklich schlechte Tochter, aber tat ich nicht das Richtige? Tat ich es nicht für die Freiheit meiner Eltern? War ich nicht auf der guten Seite?

»Ist das Ratsviertel nicht von einem elektrischen Zaun umgeben? Das habe ich mal in der Schule gelernt. Ich kann den Zaun dann unmöglich anfassen. So kommen wir dort nicht rein«, wandte ich ein und wechselte das Thema. Jay amtete tief aus und setzte sich wieder auf.

»Kein Problem. Wir suchen einfach den Stromkasten und kappen die Leit...« Bevor er zu Ende redete, wurden seine Augen plötzlich riesengroß. Er sah mich an, als hätte er einen Geist gesehen. Mit einem Mal landete die Faust auf dem Tisch. »Das ist es! Wir verursachen einen Stromausfall! Wenn der Hauptstrom ausfällt, werden aus Sicherheitsgründen alle Angestellten in ein Gebäude gebracht, weil man immer davon ausgehen muss, dass ein Anschlag auf die Ratsmitglieder verübt wird. Es wird ein Heidenchaos sein und zudem schalten wir damit auch die Kameras aus. So können wir ungehindert auf das Gelände gelangen und uns irgendwo verstecken, um dann deine Mutter abzupassen.« Er breitete die Arme aus, als hätte er den Einfall des Jahrhunderts gehabt. Mir gefiel zwar die Aussicht nicht, eine mögliche Massenpanik auszulösen, aber der Plan an sich konnte funktionieren.

»Auf dem Gelände wimmelt es nur so von magischen Seelen, die allesamt Fähigkeiten besitzen. Gibt es dort nicht irgendwen, der unsere Gedanken hören kann oder unsere Anwesenheit spürt oder die Zukunft voraussagen kann? Die schnappen uns, bevor wir uns auch nur dem Ratsviertel genähert haben«, gab ich zu bedenken und legte den Kopf zur Seite.

Jay presste angespannt die Lippen aufeinander. »Das Risiko müssen wir eingehen.«

Ich atmete tief ein und aus. Unser Plan war halsbrecherisch und gefährlich. Wir riskierten erneut, gefasst zu werden, und wer wusste schon, ob ein Entkommen in diesem Sektor überhaupt möglich war. Ich schauderte.

»Ich finde, wir sollten deine Mutter…«

»Jay!«, unterbrach ich ihn. Er schreckte zurück und sah mich mit großen Augen an. Ich verzog wütend die Augenbrauen. »Nenn. Sie. Nicht. Meine. Mutter. Sie ist nicht meine Mutter und wird es niemals sein. Mein Name ist Kassandra McCarthy und nicht Kassandra Cunningham, klar?« Es fühlte sich falsch an. Über eine fremde Frau zu sprechen und sie meine Mutter zu nennen, fühlte sich falsch an. Leah war achtzehn Jahre lang meine Mutter und daran würde sich nichts ändern. Sie hatte sich für mich eingesetzt, jetzt war die Zeit gekommen, in der ich den Spieß umdrehte. Sie zählten auf mich, meine Eltern.

Jay nickte. »Alles klar, Kass. Ich bin der Meinung, wir sollten *Ms Cunningham* in ihrer Wohnung aufsuchen, weil dort am wenigsten Wachpersonal positioniert sein wird. Trotzdem sollten wir uns darauf einstellen, dass wir einige Gegner ausschalten müssen.« Er faltete die Hände und sah mich erwartungsvoll an.

»Gut«, sagte ich und erhob mich von meinem Stuhl. »Dann solltest du als angehender Soldat mir ein paar Griffe zeigen. Alles rein zur Selbstverteidigung versteht sich.« Jay sah mich grinsend an. Bei seinem Lächeln konnte ich mir meines nicht verkneifen. Dann nickte er und stand auf.

»Nun gut, Rekrut. Dann zeig mal, was du drauf hast!«

Jay zeigte mir ein paar nützliche Techniken, wie ich mich verteidigen konnte, wie ich mich aus festen Griffen meiner Angreifer befreite, wie ich sie mit nur wenigen Schlägen ausschaltete und wie ich meine Deckung aufrecht hielt. Ich hatte das Gefühl, einen anderen Jay kennen zu lernen. Einen Jay, der aufging in dem, was er tat. Ein Jay, der völlig in seinem Element war. Wäre all dies nicht geschehen, wäre Jay ein grandioser Soldat geworden.

Aus einem Schrank hatte Jay eine Handfeuerwaffe geholt und mir in die Hand gedrückt. Bei dem Anblick der Waffe wurde mir übel, aber ich wusste, es führte kein Weg daran vorbei. Jeder Soldat auf dem Ratsgelände würde mit wenigstens einer Waffe ausgestattet sein und nicht zögern, sie einzusetzen. Wir hatten keine Wahl als uns ebenfalls damit auszurüsten.

Jay stellte sich hinter mich. Ich spürte seinen Atem an meinem Hals kitzeln. Ein wohliger Schauer lief mir dabei über den Rücken und die Gefühle unseres Kusses überfluteten mich. Seine Stimme holte mich in die Realität zurück.

»Alles klar. Du zielst auf das Glas, das auf dem Schrank steht, aber drückst nicht ab. Keine Angst, die Waffe ist nicht geladen, ich habe die Munition entfernt«, flüsterte er. Seine Stimme war eine Melodie in meinen Ohren. Er zeigte mir die Handhabung der Waffe und erklärte mir die wichtigsten Dinge, die ich beachten sollte.

Nachdem ich die Übung gefühlte Millionen Mal durchgeführt hatte, beendete Jay meinen Workshop zur Selbstverteidigung und Waffennutzung. »Du hast dich gut geschlagen, Rekrut«, meinte er und lachte.

»Ey«, motzte ich lachend und schubste ihn leicht weg. »Für die kurze Zeit, die uns bleibt, war ich wirklich *überragend*.«

»Ich weiß«, antwortete er. Seine Stimme wurde ernst und sein Blick haftete an mir. »Ich weiß... dass du überragend bist. Das bist du wirklich, Kass. All das, was du auf dich nimmst, nach allem, was dir passiert ist... Ich kenne niemanden, der so stark ist wie du, und ich muss gestehen, ich habe großen Respekt davor. Deine Eltern werden stolz auf dich sein.« Ich stockte. Ich war so überrascht, dass ich einen Kloß im Hals verspürte. Waren das wirklich Worte aus Jay Colemans Mund?

Ich schluckte. »Danke«, sagte ich im Flüsterton. Ich musste aussehen, als hätte ich einen Geist gesehen. Seinem Blick nach zu urteilen, sah er aus, als erwartete er eine gleichgewichtige Antwort von mir, aber ich war unfähig, etwas zu sagen. Er nickte mit dem Kopf und lächelte die Enttäuschung weg.

»Ich werde uns dann mal etwas zu essen machen«, sagte er, packte unsere Gebrauchsutensilien vom Tag weg und begann, in der Küche herum zu werkeln. *Na großartig, Kass. So kriegst du ihn!* Ich widerstand dem

Drang, mir eine Ohrfeige zu geben, und deckte den Tisch. Wie oft wir noch am diesem Tisch zum Essen sitzen würden? Mein Gefühl sagte mir, es würde eines der letzten Male werden.

Vierzehn

Jay hatte in Erfahrung gebracht, dass in dieser Woche noch wichtige Ratsversammlungen stattfanden, die wir nicht stören wollten. Daher entschieden wir uns dazu, unseren Einbruch Samstag zu verüben. Ich erschrak davor, wie leicht es mir mittlerweile fiel, wie eine Verbrecherin zu denken und zu reden. Aber ließ mir diese Welt eine andere Wahl, wenn sie mir einfach meine Eltern nahm?

Aber noch mehr graute es mir davor, meiner leiblichen Mutter gegenüberzustehen. Oberste Ratsdezernentin Cunningham war mir zwar keine fremde Person, aber ich sah ihr noch nie mit diesem Wissen in die Augen. Wie würde sie reagieren, wenn sie mich sah und ich ihr meine Identität offenbarte? Würde sie mich glücklich in die Arme schließen? Würde sie mich abweisen? Wie würde ich reagieren?

Ich saß auf dem kleinen Balkon der Wohnung und sah in den Sternenhimmel. Seit ein paar Tagen hatte Jay mir erlaubt, die geschützten Räume für kurze Zeit zu verlassen, damit ich frische Luft bekam. Aber ich musste stets auf der Hut sein. Die Nacht war frisch, der Himmel klar und die Sterne funkelten jeder für sich wie ein kleiner Diamant. Eine Brise jagte mir einen Schauer über den Rücken und ich erzitterte, als Jay sich hinter mir räusperte.

»Darf ich mich zu dir setzen?«, fragte er. Ich lächelte und nickte. Er quetschte sich zu mir auf die kleine Bank, die auf dem Balkon stand, und achtete sorgsam darauf, genug Platz zwischen uns zu lassen. Ich hatte die meiste Zeit das Gefühl, dass er unsere Küsse ignorierte, dass er all die Gefühle, die in mir brodelten, nicht empfand, dass er mich nicht so sehr wollte, wie ich ihn. Ich seufzte enttäuscht.

»Worüber denkst du nach?«, fragte er und lehnte sich lässig auf seine Knie. Er sah zu mir hoch, wobei ihm eine Strähne seiner gefärbten Haare ins Gesicht fiel. Ich zügelte mich und unterdrückte den Wunsch, sie zur Seite zu streichen.

»Darüber, dass mein ganzes Leben eine einzige Lüge war«, sagte ich stattdessen und schweifte mit meinem Blick wieder in die Ferne. Am Horizont erblickte ich die erleuchtete Skyline des magischen Sektors. Wie gerne wünschte ich, dass sich all meine Probleme einfach in Luft auflösten? Konnte nicht eine Sternschnuppe vorbeihuschen und mir einen Wunsch erfüllen?

»Das stimmt doch so gar nicht, Kass. Vielleicht hat man dir Informationen vorenthalten, die dich in deinem bisherigen Leben anders geprägt hätten, aber es geht doch nicht darum, wer man ist, sondern darum, was man tut. Und was man dafür alles aufs Spiel setzen würde.«

»So wie du?«, platzte ich heraus. Innerlich gab ich mir selbst eine Ohrfeige. Jetzt versuchte Jay mich zu trösten und ich erkannte seine Bemühungen nicht an. Ich sog scharf die Luft ein, als er sich aufsetzte und meinem Blick in die Ferne folgte. Nach einer grausamen Ewigkeit wandte er sich mir wieder zu.

»Ja, genau. So wie ich. Ich würde alles dafür tun, um dir zu helfen. Und dafür setze ich genauso viel aufs Spiel wie du. Unsere Taten sind das, was uns auszeichnet, Kass. Vergiss das nicht«, kommentierte er mit angespannter Stimme. Seine Augenbrauen zog er enttäuscht zusammen. Eine Flut von Gefühlen erfasste mich, als ich in seine Augen sah, die nicht die seinen waren. Hauptsächlich Reue, aber auch Frust und Wut, Dankbarkeit und… Liebe.

Jay nickte, stand auf und wandte sich dem Gehen zu, weil ich ihm keine Antwort gegeben hatte. Seine gebeugte Haltung zeigte, wie sehr ihn meine Reaktion mitgenommen hatte und ich wusste, dass ich etwas dagegen unternehmen musste. Bevor er im Zimmer verschwinden konnte, hielt ich ihn zurück und packte seine Hand.

»Jay.« Er blieb ruckartig stehen und drehte sich wieder zu mir um. Ich stand auf und stellte mich direkt vor ihn, entschlossen, ihn in meine Gedanken einzuweihen. Einfach, weil er Jay Coleman war. »Ich weiß, was du alles für mich aufs Spiel setzt. Ich weiß, dass es deine freie Entscheidung war, mir zu helfen und dich keiner dazu gezwungen hat. Und ich weiß, wie gefährlich das mit uns ist. Mir ist bewusst, dass wir in dieser Welt keine Zukunft haben, dass wir uns eigentlich niemals über den Weg laufen durften. Aber was ich noch viel sicherer weiß ist, dass ich meine Gefühle für dich nicht länger verstecken will, dass ich mit dir zusammen sein will und das alles nur mit dir zusammen durchstehen will, weil ich dich brauche, Jay. Ich brauche dich und ja verdammt… ich liebe dich.«

Die Welt schien für einen Moment stillzustehen. Ich zitterte am ganzen Körper und war selbst überrascht über meine Worte, aber ich wusste, wie gut es tat, all das auszusprechen, was mir auf dem Herzen lag. Jays unnatürlichen Augen funkelten im Licht des Mondes, sein Ausdruck war von Schmerz, Liebe und Überraschung gezeichnet. Ich wusste, dass wir in diesem Moment dasselbe wollten. Wir waren uns so nah, dass wir dieselbe Luft atmeten. Er war derjenige, der auch die letzten Zentimeter zwischen uns überwand. Seine Lippen legten sich leidenschaftlich, aber liebevoll auf die meinen. Ich schloss die Augen und gab mich diesem Kuss ganz hin. Mit jedem Atemzug wurden wir fordernder, Jays Hände streichelten zärtlich über meinen Rücken, ich vergrub meine Hände in seinen Haaren. Eine Explosion von neuen Gefühlen wütete in meinem Inneren und ließ mich immer leidenschaftlicher werden. Jays Hände rutschten immer weiter in die Tiefe, bis er mich mit einem Ruck hochhob und ich die Beine um seine Hüfte schwang. Langsam trug er mich zurück ins Zimmer, legte mich auf dem Bett ab, beugte sich über mich und hörte nicht auf, mich zu küssen. Und ich wusste in diesem Moment, dass ich niemals jemand anderen wollen würde als Jay Coleman, die schwarze Seele, in die ich mich *unwiderruflich* verliebt hatte.

An diesem Morgen erwachte ich das erste Mal in Jays Armen und es war ein verdammt schönes Gefühl. Der letzte Abend hatte etwas zwischen uns verändert und ich hatte das Gefühl, dass Jay mir endlich die Beachtung und Aufmerksamkeit schenkte, die ich mir die letzten Tage und Wochen so sehr gewünscht hatte. Wann immer es ging, berührte er mich, mal sachte und unauffällig, mal direkt und gewollt. Ich konnte mir das Lächeln in den nächsten Tagen kaum verkneifen, bis der Samstag anbrach und wir uns vorbereiteten.

An diesem Tag machte ich mir vor Panik beinahe in die Hose. Ich war vollkommen aufgewühlt und stand dermaßen unter Strom, dass ich nicht still sitzen bleiben konnte. Jay redete behutsam auf mich ein, aber vergeblich. Ich lief auf Hochtouren.

Wir färbten Jays Haare erneut und suchten uns bequeme Kleidung aus Felicitas' Vorrat. Wir verzichteten darauf, einen Rucksack mitzunehmen, damit wir ausreichend Bewegungsfreiheit hatten. Die Waffe steckte Jay hinter seinen Hosenbund mit der Bemerkung, es wäre sicherer, wenn er sie anfangs bei sich behielt. Ich nickte eifrig, weil ich ihm in diesem Punkt hundertprozentig zustimmte. Allein der Anblick ließ mich erzittern. Am liebsten würde ich nichts mit Waffen zu tun haben, aber ein kleiner Abschnitt meines Gehirns wusste, dass es besser war, wenn wir eine dabei hatten.

Bevor ich die Geburtsurkunde ordentlich faltete, las ich mir sie erneut durch. War es wirklich richtig, was wir vorhatten? Tränen sammelten sich in meinen Augen. Ich blinzelte schnell, faltete das Blatt zusammen und verstaute es sicher in der Innentasche meiner Jacke. Ich musste meinen Eltern helfen, sie zählten auf mich. Insgeheim versprach ich mir, alles zu tun, damit wir erfolgreich waren. Aber mit Jay an meiner Seite hatte ich schon einmal das Unmögliche geschafft und die Grenze passiert. Ich wusste, dass wir auch jetzt unschlagbar sein würden.

Oder?

Fünfzehn

Mit Anbruch der Dunkelheit verließen wir die Wohnung. Es war ungewohnt einen Fuß vor die Tür zu setzen, da ich mich bereits an unsere Behausung und das Leben darin gewöhnt hatte. Mit einem mulmigen Gefühl im Bauch schlichen wir die Treppe hinunter. Durch das Fenster konnte ich bereits den Mond erkennen, der hoch am Himmel stand. Es war so still im Treppenhaus, dass mir ein Schauer über den Rücken lief. Jay öffnete leise die Hintertür des Hauses und sah erst nach rechts und links, bevor er mir ein Zeichen gab und wir den Schutz des Gebäudes hinter uns ließen. Ich konnte kaum vernünftig atmen, so aufgeregt war ich. Allein der Gedanke an Leah und Andrew ließ mich weiter voranschreiten.

Wir schlichen uns durch die dunklen Seitengassen des magischen Sektors. Es war eine unheimlich ruhige Nacht, nur vereinzelnd waren noch Autos auf den Hauptstraßen und das Gelächter von Spaziergängern zu hören. Bei jedem kleinsten Geräusch zuckte ich zusammen. Ich wusste gar nicht, dass ich so schreckhaft war.

In weniger als einer halben Stunde erreichten wir den Zaun des Ratsviertels. Bereits vom Weiten sahen wir die vielen Soldaten, die am Zaun patrouillierten. Im Schutz eines Gebäudes blieben wir stehen.

»Wie sieht der Plan aus?«, flüsterte ich und versuchte nebenbei, meine Atmung zu beruhigen. Jay sah einmal um das Gebäude herum und drehte sich dann wieder zu mir. Seine Augen leuchteten im Schein des Mondes.

»Alles klar, ich werde dem ganzen Territorium dann mal den Strom abklemmen. Dadurch wird automatisch der Notstrom auf den Wegen draußen Richtung Hauptgebäude angestellt. Die Soldaten kriegen außerdem die Nachricht, dass der Strom vom Zaun ausgefallen ist und die meisten werden zur Evakuierung der Ratsmitglieder geschickt. Das ist deine Chance. Such dir eine Stelle in der Nähe von Ms Cunninghams Haus und dann ab durch den Zaun. Geh keine Umwege, aber sei vorsichtig. Ich folge dir so schnell es geht.«

»Müssen wir uns wirklich trennen?«, antwortete ich und schlang mir beide Arme um den Körper. Jay trat einen Schritt vor und nahm meinen Kopf zwischen seine Hände.

»Mir gefällt das genauso wenig wie dir, aber du weißt, dass unsere Chancen dann besser stehen. Sollten sie mich kriegen, kannst du es trotzdem noch schaffen. Pass auf dich auf, Kass.« Jays unnatürlichen Augen funkelten. In diesem Moment hätte ich ihm wahrscheinlich alles geglaubt. Daher nickte ich und versuchte mich in einem zuversichtlichen Lächeln.

»Das werde ich. Sei vorsichtig, ja?«, antwortete ich.

Er nickte. Unsere Blicke sprachen Bände: es war für keinem von uns leicht, den anderen gehen zu lassen.

Ich griff nach seiner Hand und zog ihn näher zu mir. Keiner von uns wusste, was uns in den nächsten Stunden erwarten würde, und diese Aussicht machte mir Angst.

Ich hob den Kopf, um in seine Augen sehen zu können. Ein Kribbeln durchfuhr mich. Im Schein des Mondes überwand ich auch die letzten Zentimeter, die uns trennten, und legte meine Lippen sanft auf die seinen. Es war jedes Mal wieder ein Feuerwerk der Gefühle, das in mir tobte. Jay packte mein Gesicht mit beiden Händen, als wäre es ein Abschiedskuss, aber dieses Gefühl verbannte ich aus meinen Gedanken. Behutsam löste ich mich von ihm.

»Wir sehen uns auf der anderen Seite«, flüsterte ich die Worte, die er bereits benutzt hatte. Jay streichelte mir sanft über die Wange und mit einem letzten Lächeln war er fort.

Ich hatte ein Déjà-vu-Gefühl. Wieder war ich diejenige, die darauf wartete, erneut eine Grenze zu überschreiten, um die Liste meiner Verbrechen zu erweitern, während jemand anderes mir den Weg frei schaufelte. Die Dunkelheit machte mir zu schaffen und vor allem die Gewissheit, dass ich für die nächste Zeit auf mich allein gestellt war. Bei jedem kleinsten Geräusch zuckte ich zusammen und lauschte. Mein Herz schlug dabei um das vielfache und meine Nerven waren bis zum Zerreißen gespannt. Ich atmete hektisch ein und aus und rieb mir nervös über das Gesicht, aber es half nichts: Ich war dabei, durchzudrehen.

Einerseits wusste ich nicht, ob Jay es schaffen würde, oder ob man ihn bereits geschnappt hatte, bevor er seinen Auftrag ausführen konnte. Was würde ich dann tun? Was, wenn der Strom nicht abgeschaltet wurde und ich plötzlich *wirklich* allein mit all meinen Sorgen war? Was sollte ich dann tun?

Andererseits stand ich mir selbst im Weg. Ich machte mich unnötig verrückt, obwohl ich mir sicher war, dass Jay klug genug war, um sich nicht schnappen zu lassen. Ich musste ihm vertrauen. Aber vor allem musste ich stark sein, anstatt mich wie ein wimmerndes Kind hinter einem Gebäude zu verstecken.

Ich atmete entschlossen aus und schlich bis zur Hausecke. Meiner Intuition nach konnte es nicht mehr lange dauern. Ich entschloss, meine Position beizubehalten, weil sich einer Karte nach das Haus von Oberster Ratsdezernentin Cunningham keine drei Blocks nördlich von hier befinden sollte. Es war zwar riskant, zwischen den Häusern durchzugehen, aber immerhin konnte ich mich in deren Schatten verstecken, falls ich jemandem begegnen sollte.

Von meiner Position aus konnte ich drei Soldaten

sehen, die am Zaun patrouillierten und eine potenzielle Gefahr für mich darstellen könnten. Ich konnte nur hoffen, dass alle drei zur Evakuierung abgezogen wurden oder sich eine Möglichkeit ergeben würde, in der ich unentdeckt an ihnen vorbeihuschen konnte. Durch meine Fähigkeit, die ich in den letzten Wochen intensiv trainiert hatte, sparte ich enorm Zeit. Schließlich musste ich nicht über den Zaun, sondern konnte einfach mitten durch. Wie praktisch!

Neue Hoffnung packte mich. Unser Plan würde funktionieren. Er musste funktionieren!

Ich hatte unbewusst bis dreißig gezählt, als es passierte. Für einige Sekunden war das Territorium in Dunkelheit getränkt und erschrockene Rufe von Soldaten zerrissen die stille Nacht. Dann sprang der Notstrom an, der alles in ein gefährliches Rot tauchte. Meine drei Soldaten sahen sich orientierungslos um und kommunizierten über Headsets, die unauffällig in ihren Ohren steckten.

Mein Herzschlag beschleunigte sich bis ins Unermessliche und meine Atmung ging stockend. Ich stand dermaßen unter Hochspannung, dass ich mich kaum in meinem Versteck halten konnte. Aber ich musste unbedingt abwarten, wie die Soldaten reagieren würden.

Nach nervenzerreißenden Sekunden rannten zwei der Soldaten am Zaun entlang und verschwanden aus meinem Sichtfeld und der dritte klopfte am ersten Haus, um mit der Evakuierung zu beginnen. Das war meine Chance!

Im Schatten des Gebäudes rannte ich zum Zaun und blieb ruckartig davor stehen. Hatte Jay wirklich den kompletten Strom abgestellt? Oder würde ich sofort einen Schlag abbekommen, wenn ich das glänzende Material anfasste?

Optimismus, Kass! Mein alltägliches Mantra schwirrte mir plötzlich in meinem Kopf umher und ließ mich, ohne zu zögern, handeln. Ich legte vorsichtig meine Hände an den Zaun und konzentrierte mich allein auf das Material, das ich an meiner Haut spürte. Das Adrenalin und die Angst, gefasst zu werden, riefen meine Fähigkeit hervor und in null Komma nichts löste sich der Zaun vor mir in Luft auf.

Ich spürte mein Herz schlagen, als ich durch den Zaun schlüpfte und das Territorium des Rates betrat. Ich sah mich kurz um, dann rannte ich durch das rote Licht zum ersten Haus und versteckte mich hinter einem Busch. Ich musste mich erst beruhigen. Was tat ich hier eigentlich? Wie konnte ich in so kurzer Zeit eine Verbrecherin höchsten Grades werden? Wenn ich geschnappt werden würde, drohte mir der Tod.

Ich schüttelte meinen Kopf, um die Gedanken loszuwerden, und rieb mir ein paar Mal über das Gesicht. Ruhe bewahren war nun die Devise.

»Kein Grund zur Sorge. Wir haben nur einen Stromausfall. Bitte begeben Sie sich zum Hauptgebäude, Ms Riverfield.« Eine dunkle Stimme ließ mich zusammen zucken und automatisch kleiner werden. Am Haus gegenüber führte der Soldat gerade Zweite Ratsdezernentin Riverfield die Treppe ihrer Veranda herunter. Ich erkannte sie an ihrem strengen Blick und den großen Augen.

»Wie kann es hier zu einem Stromausfall kommen, Soldat? Das ist unerhört. Und dann auch noch zu dieser Uhrzeit«, fragte sie grimmig.

»Technik ist nicht fehlerfrei, Ms Riverfield. Ich verfolge nur das Protokoll. Bitte entschuldigen Sie diesen nächtlichen Vorfall. Wir werden ihn so schnell wie möglich beheben«, versuchte der Soldat sich für diese Misere, für die er vollkommen unschuldig war, zu entschuldigen. Ms Riverfield schüttelte nur den Kopf und stampfte in einem langen Mantel den anderen Bewohnern des Ratsviertels hinterher. Mehrere Soldaten begleiteten die wichtigsten Seelen unserer Nation.

Als der Soldat den ersten Wohnblock evakuiert hatte, huschte ich so leise wie möglich zum nächsten Haus. Ich atmete schwer, aber ich ließ mich davon nicht aus der Ruhe bringen. Hier schienen sich bereits keine Ratsdezernenten mehr aufzuhalten, daher riskierte ich den Spurt zum nächsten Haus, das meiner Orientierung nach bereits das von Ms Cunningham sein musste.

Aber bevor ich meine Deckung verlassen konnte, stolperte ich wieder zurück und drückte mich mit geschlossenen Augen an einen Baum. »Das Ratsviertel ist evakuiert«, sagte ein Soldat gerade in sein Headset und tauchte auf dem Weg auf. Mein Herz schlug mir bis zum Hals. Hatte er mich gesehen? Hatte er mich gehört? *Nein, nein, nein, nein, nein!* Ich war kurz davor, in Ohnmacht zu fallen, als ich die Schritte des Soldaten deutlicher hören konnte. Ich wagte nicht einmal mit der Wimper zu zucken.

»Verstanden. Zu Befehl, Commander. Ich gehe zum Hauptgebäude«, hörte ich den Soldaten sagen, dann verstummten seine Schritte. Seufzend ließ ich mich am Baum zu Boden gleiten. Meine Stirn war übersät von Schweißperlen, ich konnte kaum Luft holen. Wer war auch so bescheuert und schlich sich auf das Gelände des Rates? Na, ich.

Ich rappelte mich mit zitternden Gliedern wieder auf die Beine, als mir das Blut in den Adern gefror.

»Arme hoch und zu mir drehen!«

Für ein paar Sekunden blieb mir das Herz stehen. Meine Nackenhaare stellten sich auf und mir war plötzlich eiskalt. Warum hatte ich auch gedacht, dass ich mich unauffällig auf das Ratsgelände schleichen konnte?

Ich folgte dem Befehl des Soldaten und drehte mich langsam in seine Richtung. Es war derjenige, den ich gerade eben noch reden gehört hatte und von dem ich gedacht hatte, dass er zum Hauptgebäude ging. Er war noch ziemlich jung, höchstens Mitte zwanzig. Er versuchte furchteinflößend zu wirken und zielte mit dem Lauf seiner Waffe direkt auf mein Herz.

»Kommen Sie aus dem Schatten! Langsam!«, befahl der Soldat. Ich wägte derweil meine Möglichkeiten ab: Ließ ich zu, dass er mich gefangen nahm, oder riskierte ich eine Flucht?

Als ich ihm nicht gehorchte, machte er ein paar Schritte auf mich zu. »Na los!«

Du bist wahnsinnig, Kass!

Bevor er mein Handgelenk packen konnte, machte ich zwei Schritte zur Seite und glitt mühelos durch den Baum. Der Soldat feuerte zwei Kugeln auf mich ab, traf aber nur den Baum. In der Zeit umrundete ich den Baum, holte aus und schlug dem Soldaten mit dem Ellbogen gegen die Schläfe. Er ging mit einem Schmerzensschrei zu Boden. Obwohl es gänzlich gegen meine Natur war, trat ich vorsichtshalber noch einmal zu. Dann schnappte ich mir seine Waffe, flüsterte ein leises *Sorry* und rannte davon.

Ohne darauf zu achten, wo ich landen würde, ließ ich ein Stück der Hauswand vor mir verschwinden und stolperte in das Haus, das ich als das von Ms Cunningham identifiziert hatte. Die Gewalt dem Soldaten gegenüber lag mir noch schwer im Magen und die Waffe, um die sich meine Hand gekrallt hatte, ließ mich würgen. Es war zwar dunkel im Haus, aber der Notstrom von außen erleuchtete einen Teil des Raumes, den ich betreten hatte. Ein kurzer Blick zeigte mir, dass ich in der Küche stand. Ich atmete hektisch und konnte kaum klar denken.

»Kommen Sie jetzt, Ms Cunningham! Haben Sie es nicht gehört, es sind bereits Schüsse gefallen! Wir müssen sofort zum Hauptgebäude und Sie in Sicherheit bringen!« Als ich die Stimme des Soldaten hörte, der bereits Zweite Ratsdezernentin Riverfield evakuiert hatte, versteckte ich mich schnell hinter einem Schrank, der ganz in der Nähe stand. Ich dachte, das Ratsviertel sei bereits evakuiert worden? Oder wollte der junge Soldat mich nur in die Irre führen?

»Einen Moment noch, Soldat Rush. Ich muss die Datei noch abspeichern, ansonsten gehen mir vielleicht wichtige Daten verloren.« Die Stimme von Ms Cunningham – meiner leiblichen Mutter – ließ mich beinahe schluchzen. Schnell presste mich mir die freie Hand auf den Mund und schluckte schwer. Eine Träne lief mir die Wange hinunter.

Schritte polterten durch das Haus. »Hier ist Ihre Jacke, Ms Cunningham.«

»Vielen Dank. Ich bin jetzt auch fertig.« Ich hörte, wie sie ihre Jacke überstreifte und die beiden Richtung Tür liefen. Jemand öffnete die Haustür. »Was ist?«

»Ich habe gerade eine Information über mein Headset erhalten. Wir haben jemanden in der Nähe des Zauns geschnappt. Ein bekannter Verbrecher, der bereits im Sektor der weißen Seelen zur Fahndung ausgeschrieben wurde. Wir gehen davon aus, dass er den Strom abgestellt hat.«

Meine Knie gaben unter meinem Gewicht nach und ich musste mich an dem Schrank neben mir abstützen. Dabei brachte ich eine Vase zu Fall und war nicht fähig, ihren Aufprall zu verhindern. Mit einem lauten Scheppern landete sie auf dem Fußboden der Küche und zerbrach in Millionen von Splittern.

«Bleiben Sie hier!«, befahl Soldat Rush Ms Cunningham und war mit wenigen Schritten in der Küche. Der Strahl seiner Taschenlampe blendete mich, als ich mit erhobener Waffe aus meinem Versteck hervorkam. Mit der anderen Hand versuchte ich meine Augen zu schützen.

»Waffe auf den Boden legen!«, befahl Soldat Rush, als er mich entdeckte. Auch er zeigte mit seiner Waffe auf mich.

»Nein! Sie nehmen Ihre Waffe runter!«, befahl ich im ebenso barschen Ton. Ich konnte die Tränen nicht zurückhalten, weil ich wusste, dass Jay und ich verloren hatten. Egal, was ich jetzt noch tat, ich konnte ihm nicht mehr helfen.

»Soldat Rush von der Nationalarmee! Ich sage es nicht noch einmal! Waffe auf den Boden und Hände hoch!«, wiederholte er. Seine Augen verengten sich zu Schlitzen.

»Soldat Rush! Jetzt warten Sie doch! Sie machen ihr Angst, sehen Sie nicht?« Ms Cunningham erschien hinter ihm in der Küche und in dem Moment ging der Strom wieder an. Die Helligkeit blendete mich kurz, aber ich ließ die beiden nicht aus den Augen. »Sag uns doch erst einmal, wer du bist.«

Ich hätte niemals gedacht, dass ich meiner leiblichen Mutter mit einer erhobenen Waffe gegenüberstehen würde, wenn wir uns das erste Mal sahen. Aber genauso war es nun mal. »Ich werde nur mit Ms Cunningham allein reden!«, forderte ich und schluckte schwer. Die beiden sahen sich kurz irritiert an. Dann flüsterte sie dem Soldaten etwas zu, der daraufhin nickte. Dann ließ er seine Waffe sinken.

»Ist in Ordnung. Wir können gemeinsam in mein Büro im Ratsgebäude gehen. Da können wir in Ruhe reden. Soldat Rush wird uns auf dem Weg dorthin begleiten. Einverstanden?«, schlug Ms Cunningham vor und sah mich mit ehrlichen Augen an.

Ich nickte.

Auf dem Weg zum Ratsgebäude kamen uns die evakuierten Bewohner entgegen, die zurück in ihre Quartiere durften. Sie musterten uns mit einem irritierten Blick, aber sagten kein Wort. Soldat Rush erfuhr, dass ich seinen Kollegen niedergeschlagen hatte und wollte mich unverzüglich festnehmen, aber Ms Cunningham verbat es ihm.

»Hier«, sagte ich und hielt ihm die Waffe friedlich entgegen. »Die ist von ihrem Kollegen.« Ich zuckte mit den Schultern. Mit einem wütenden Blick riss er mir die Waffe aus der Hand und verstaute sie an seinem Gürtel. Dann schüttelte er fassungslos den Kopf und drängte mich unsanft vorwärts.

Das Territorium der Dezernenten war eine der schönsten Gegenden, die ich je zu Gesicht bekommen hatte. Die Gebäude waren modern, die Gärten fein säuberlich angelegt, die Straßen wie frisch geteert. Das Ratsgebäude hatte eine schimmernde Glaskuppel, in der sich das Mondlicht spiegelte. Wir gingen die Treppenstufen zum Haupteingang hinauf, der von mehreren Soldaten bewacht wurde.

»Eine Komplizin?«, fragte einer der Soldaten unseren Begleiter, der ihn mit einem *Vermutlich* abwürgte.

Ms Cunningham führte mich durch eine riesige, mit Marmorfußboden ausgelegte Eingangshalle eine Treppe hinauf. Wir gingen einen Flur zu einer braunen Flügeltür entlang, die sich mit einem Chip automatisch öffnete.

»Soldat Rush, Sie können hier draußen warten«, befahl sie unserem Begleiter, der die Augenbrauen zusammenzog.

»Sind Sie sicher, Ms Cunningham. Schließlich hat sie…«

»Das bin ich«, würgte sie ihn ab und gewährte mir mit einer Geste Eintritt. Als wir beide ihr Büro betreten hatten, schloss sich die Tür automatisch. »Bitte setz dich.« Sie zeigte auf einen türkisfarbenen Sessel, der vor ihrem Schreibtisch stand. Sie nahm dahinter auf ihrem Stuhl Platz und schaltete weitere Lampen in dem großen Raum an. Ich gehorchte ihren Worten und ließ mich erschöpft in den Sessel fallen.

»Du weißt schon, dass es halb zwei morgens ist? Ich habe noch niemanden erlaubt, um diese Uhrzeit ein Gespräch mit mir zu führen. Schon gar nicht einem Einbrecher.« Sie zog eine Augenbraue in die Höhe und musterte mich von oben bis unten. Ich musste schrecklich aussehen, schließlich war ich durch mehre Beete gekrochen und Tränen klebten an meinen Wangen. »Also, wer bist du und was willst du von mir?«

Ich wusste nicht, was ich sagen sollte. Ich wusste nur, dass ich meiner leiblichen Mutter gegenüber saß und kein Wort herausbekam. Ob sie mich erkannte? Ob sie eine Vermutung hatte? Aber ganz gleich, was ich sagte, sie würde wissen, wenn ich log. Schließlich war dies ihre Fähigkeit.

Daher setzte ich mich einfach nur in dem Sessel auf und holte das Stück Papier aus meiner Jacke. Bevor ich mich anders entscheiden konnte, schmiss ich ihr die Geburtsurkunde auf den Tisch und ließ sie keinen Augenblick aus den Augen.

Mit einem fragenden Blick nahm sie das Stück Papier und studierte es. Als sie begriff, womit ich sie konfrontierte, sah sie ruckartig zu mir auf.

»Hallo, *Mutter*.«

Sechszehn

In ihren Augen las ich blankes Entsetzen. »*Kassandra*?«
Es war nur ein Flüstern, denn auch ihr schienen in diesem Moment die Worte zu fehlen. Ich wurde stattdessen
von einer plötzlichen Wut erfasst. Ich hatte dieses Wort
Mutter bloß zu ihr gesagt, um die Situation zu dramati-
sieren. Alles, was sie uns mit ihrem Schweigen angetan
hatte, spulte sich gerade vor meinem inneren Auge ab.
Meine wahre Identität, meine Eltern, die Gefahr, mein
ganzes Leben…

»Was tust du hier? Woher hast du…?« Sie konnte ihre
Frage nicht zu Ende sprechen. Ihr fiel meine Geburtsurkunde aus der Hand und sie musste einen Schluchzer
unterdrücken.

»Nett, dich kennenzulernen… nach *achtzehn* Jahren«,
entfuhr es mir giftiger als gewollt. Sie musterte mich mit
großen Augen.

»Kassandra… Lass mich dir das in Ruhe erklären«,
forderte sie mit einem Schmerz in der Stimme, der mich
zusammen zucken ließ. Wie es wohl war, der eigenen
Tochter nach achtzehn Jahren endlich zu begegnen?

»Du musst mir nichts erklären. Ich will das alles gar
nicht hören. Aber ich brauche deine Hilfe«, wehrte ich
mich gegen ihre Worte und preschte direkt mit einem

Anliegen vor.

Sie seufzte und lehnte sich in ihrem Stuhl zurück. Sie bedachte mich mit einem traurigen Blick.

»Zuerst will ich wissen, was mit Jay passiert ist«, fuhr ich fort.

»Jay?«, fragte sie und zog eine Augenbraue in die Höhe.

»Die Seele, die deine Soldaten eben festgenommen haben«, präzisierte ich.

»Du kennst ihn?«, fragte sie. Ich zuckte unschuldig mit den Schultern. Als ich ihr nicht antwortete, beugte sie sich wieder zu mir. »Er ist ein Verbrecher und wird bis zu seinem Prozess im Gefängnis bleiben.«

Ich schluckte. Jetzt saßen schon drei Seelen wegen mir im Gefängnis. Was hatte ich nur getan, dass ich dermaßen verflucht war?

Ich musste sie retten. Alle.

»Meine Eltern sitzen wegen dir im Gefängnis!«, zischte ich vorwurfsvoll und beugte mich ebenfalls vor. »Und du wirst sie dort wieder rausholen!« Die Wut wallte das Adrenalin in mir hoch.

»Andrew und Leah? Was ist passiert?« Sie sah ernsthaft geschockt aus, aber ich glaubte ihr nicht.

»Na, was wohl?«, rutschte es mir raus. »Die Ärzte haben herausgefunden, dass ich in Wahrheit eine magische Seele bin. Jetzt sitzen meine Eltern für fünfundzwanzig Jahre wegen Identitätsfälschung an ihrer Tochter im

Gefängnis!« Ich konnte nicht anders und schlug mit der Faust auf den Schreibtisch. Sofort meldete sich Soldat Rush von draußen, aber Ms Cunningham wimmelte ihn ab.

»Und das ist alles nur deine Schuld!«, fügte ich wütend hinzu. Ich atmete schwer.

»Nun gut. Beruhig dich, Kassandra«, sagte sie und musterte mich angestrengt. »Wir werden so vorgehen: Ich werde dich von Soldat Rush zu… *Jay* ins Gefängnis bringen lassen, wo ihr beide die Nacht erst einmal verbringen werdet…«

Bevor ich Einwände erheben konnte, würgte sie meine Worte ab.

»Na!«, entfuhr es ihr. »Du bist in allen Augen hier eine Verbrecherin. Es würde zu viel Aufregung verursachen, wenn ich dich bei mir im Haus übernachten ließe. Aber ich verspreche dir, dass ich dir helfen werde. Ich werde Soldat Rush mitteilen, dass ich euch beide morgen früh verhören möchte und dann werden wir alles Weitere klären. Aber vorerst….« Sie zog erneut die Augenbraue hoch und legte den Kopf schräg zur Seite und ich wusste, sie meinte meinen nächtlichen Aufenthalt im Gefängnis.

Als wäre ich nicht gerade aus einem Gefängnis geflohen…

Aber was konnte ich schon tun?

Ich seufzte und nickte niedergeschlagen mit dem

Kopf.

»Keine Sorge, Kassandra«, flüsterte Ms Cunningham und rief unvermittelt nach Soldat Rush.

Das Gefängnis des magischen Sektors glich dem im Sektor der weißen Seelen bis ins kleinste Detail. Nur, dass es eine Nummer größer war. Nachdem ich von oben bis unten auf mögliche Waffen und Kommunikationsmittel untersucht worden war, brachte mich Soldat Rush höchstpersönlich zu meiner Zelle. Glücklicherweise war es nur für eine Nacht und ich musste nicht erneut die Gefahr einer Flucht auf mich nehmen. Und auch Jay würde ich hier wieder herausbekommen. Das hoffte ich zumindest.

Als ich ihn niedergeschlagen an der Zellentür lehnen sah, wären mir beinahe die Tränen gekommen. Er lebte. Wir hatten möglicherweise versagt, aber immerhin waren wir beide noch am Leben. Ich merkte, dass er mein Kommen registrierte, aber er sah mich nicht an. Als wäre ihm unsere Niederlage unangenehm. Er drehte sogar sachte den Kopf zur Seite, als schäme er sich.

Soldat Rush lotste mich mit einem Kopfnicken in die Zelle neben der von Jay und verschwand wortlos. Ich wartete einige Augenblicke, bevor ich problemlos durch die Wand glitt und mich vor Jay aufbaute. Er sah designiert zu Boden. Sie hatten seine Haare gewaschen und die Kontaktlinsen entfernt, auch seine Kleidung war wieder in einem dunklen Schwarz. Das war Jay Coleman, wie ich ihn kannte und liebte. Echt und wahrhaftig, stark und mutig, attraktiv und gefährlich. Ich lächelte.

»Was ist denn das für ein Optimismus, den du hier an den Tag legst, Soldat?«, fragte ich scherzhaft. Jay musterte mich, aber eher verwirrt als unterhalten.

»Was meinst du?«, fragte er mit einem Hauch Wut in der Stimme. Er begann angestrengt in der Zelle auf und ab zu gehen.

»Noch haben wir nicht verloren, Jay«, erklärte ich mich. »Ich habe es geschafft. Ich konnte mit Oberster Ratsdezernentin Cunningham sprechen. *Allein.*« Ich betonte das letzte Wort gewollt stark und lächelte. Plötzlich wurde er hellhörig.

»Was? Ich meine, was hat sie gesagt? Was passiert jetzt? Und warum bist du dann hier?« Die Fragen prasselten nur so auf mich ein. Jay kam energisch auf mich zu und packte mich an beiden Armen. Er schien die Antworten in meinen Augen zu suchen. Statt ihm über meine Bekanntschaft mit meiner leiblichen Mutter zu berichten, hätte ich ihn lieber an mich gezogen und geküsst, seine Wärme genossen und in seinen Armen gelegen. Aber unsere Operation war noch lange nicht zu Ende. Sie hatte gerade erst begonnen.

Ich erzählte ihm alles, was mir passiert war, bis aufs kleinste Detail. Als ich meine Rede beendete, zog er eine

Augenbraue in die Höhe und lächelte.

»Du hast einen Soldaten verdroschen?«, fragte er und grinste vergnügt. »Ich bin beeindruckt.«

»Tja, ich hatte eben einen guten Lehrer«, erwiderte ich und lächelte mit ihm.

Jay und ich unterhielten uns noch lange, aber als ich endgültig zu erschöpft war und nur noch schlafen wollte, stand ich von seiner Liege auf und verabschiedete mich.

»Und du bist dir sicher, dass Oberste Ratsdezernentin Cunningham uns helfen wird?«, fragte Jay, bevor ich durch die Wand verschwinden konnte.

»Sie hat es mir versprochen«, antwortete ich. Jay nickte. Ich drückte ihm einen Kuss auf die Lippen, huschte dann durch die Wand und versuchte in dieser dunklen Zelle zur Ruhe zu kommen.

Optimismus, Kass…

Am nächsten Morgen hatte Soldat Rush Jay bereits so früh geweckt, dass ich nur noch sehen konnte, wie die beiden den Trakt verließen. Ich war so müde gewesen, dass ich keine Zeit mehr hatte, mit Jay darüber zu reden, wie er sich verhalten sollte. Ich konnte nur hoffen, dass er selbst wusste, wie viel von diesem Gespräch abhing.

Ich streckte mich und spritzte mir Wasser ins Gesicht, um richtig wach zu werden. Als das Frühstück kam, würgte ich es irgendwie herunter und spülte mit dem Mineralwasser nach. Die ganze Zeit drifteten meine Gedanken zu Jay und Oberster Ratsdezernentin Cunningham ab, die dabei waren seine Strafe auszuhandeln. Was auf ihn zukommen würde? Konnte ich ihn wirklich retten? Konnte ich meine Eltern retten? Ich wusste es nicht.

Erst gegen Mittag brachten sie Jay zurück in die Zelle. Seine Augen waren starr auf den Boden gerichtet, das Gesicht aschfahl. Er würdigte mich keines Blickes. Und bevor ich mit ihm reden konnte, forderte Soldat Rush mich bereits auf, ihn zu begleiten. Was war nur passiert? Worüber hatten sie geredet? Zu welchem Entschluss waren sie gekommen?

Soldat Rush packte mich grob am Arm und zog mich hinter sich her zum Ausgang. Wir redeten kein Wort. Ich war der festen Überzeugung, dass Soldat Rush mich bereits im Gefängnis schmoren sah. Schließlich war ich eine Gesetzesbrecherin. Aber wozu hatte man Oberste Ratsdezernentin Cunningham als leibliche Mutter?

Als wir das Hauptgebäude erreichten und vor der Tür ihres Büros standen, pochte mir das Herz bis zum Hals. Meine Hände zitterten und ich schwitzte. In den nächsten Minuten würde sich alles entscheiden: Erfolg oder Misserfolg. Es fiel mir schwer einen klaren Kopf zu bewahren.

Soldat Rush klopfte an der Tür und wartete vornehm

eine Regung seiner Vorgesetzten ab. Die Tür öffnete sich automatisch. Er schob mich in den Raum, aber blieb selbst draußen, um Wache zu halten. Ms Cunningham saß an ihrem Schreibtisch und musterte mich, während ich den Raum betrat.

»Kassandra«, sprach sie mich an wie eine Vorgesetzte. »Ich hoffe, du hattest ein paar erholsame Stunden?« Ich blieb vor ihrem Schreibtisch stehen, schließlich hatte sie mir die Erlaubnis, mich zu setzen, noch nicht erteilt. Wut brodelte in mir.

»Soll das ein Witz sein?«, blaffte ich unfreundlich. Sie zog verärgert die Augenbrauen zusammen. Ich musste mich unbedingt wieder unter Kontrolle bekommen.

Sie räusperte sich. »Setz dich, bitte.« Ich folgte ihrer Aufforderung und nahm im selben Sessel wie gestern Platz.

»Gut, hör zu, Kassandra. Ich hatte bereits die Möglichkeit, Einsicht in die Akten deiner Eltern zu erhalten. Ich muss sagen, es sieht wirklich schlecht aus. Aber ich habe dir versprochen, dir zu helfen. Ich werde alle Hebel in Bewegung setzen und veranlassen, dass man deine Eltern frei lässt«, erklärte sie und nickte. Sie faltete zufrieden die Hände auf dem Schreibtisch und suchte eine Regung in meinem Gesicht.

»Das heißt konkret?«, lautete meine Reaktion.

»In spätestens einer Woche sind deine Eltern frei«, antwortete sie und brachte etwas Vergleichbares wie ein

Lächeln hervor. Ich atmete erleichtert aus. Ich hatte es verdammt nochmal geschafft! Meine Eltern würden frei sein! Sie konnten zurück nach Hause! Ein Glücksgefühl überkam mich und ließ mich lächeln. Tränen sammelten sich in meinen Augen. Ich konnte vor Glück kaum sprechen.

»Danke«, krächzte ich. »Wirklich, ich danke Ihnen.« Sie nickte lächelnd. »Aus welchem Grund werden Sie ihre Freilassung veranlassen?«, fragte ich neugierig.

»Lass das meine Sorge sein. Damit sollst du dich nicht länger beschäftigten müssen«, sagte sie gutmütig und lächelte warmherzig.

Aber das Lächeln hielt nicht lang an. Ich zog fragend eine Augenbraue in die Höhe. Sie räusperte sich erneut. »Ich will dir deine Freude nicht nehmen, aber ich muss dir leider sagen, dass es für deinen Freund Jay anders aussieht. Der Rat wird nächste Woche seine Hinrichtung veranlassen.«

Siebzehn

Hinrichtung. Das Wort peitschte wie ein Tornado durch meinen Kopf. Hinrichtung bedeutete Todesstrafe, die Strafe mit der Stufe zehn. Sie wurde nur in den allerschlimmsten Fällen ausgesprochen.

Jay. Sein aschfahles Gesicht. Sein niedergeschlagener Blick. Ms Cunningham hatte ihm bereits von seiner bevorstehenden Strafe erzählt.

Ich sank in mich zusammen. Der Junge, den ich liebte, sollte vorsätzlich getötet werden? Ich schloss die Augen und ließ die Tränen laufen, weil ich keine Kraft hatte, sie zu unterdrücken. Meiner Welt wurde soeben das Licht genommen.

»Es tut mir leid für dich, Kassandra. Aber ich kann nichts dagegen machen.« Die Frau vor mir, die angeblich meine Mutter sein sollte, versuchte mich auf ihre Art zu trösten. Aber natürlich hatte sie keinen blassen Schimmer, wie sie das anstellen sollte, weil sie noch nie im Leben ihre Tochter getröstet hatte. Meine Trauer wandelte sich in Wut und Ärger. Ich wollte Vasen gegen die Wand schmeißen, Stühle durch die Glasfront des Büros werfen, auf alles einschlagen, was mir im Weg stand. Aber ich saß wie eingefroren im Sessel der Obersten Ratsdezernentin und ließ all diese Gefühle über mich einbrechen.

»Kassandra, weißt du überhaupt, wer dieser Jay ist?«, fragte sie und sah mich eindringlich an. Ich öffnete die Augen und sah sie misstrauisch an. Was meinte sie damit? Sie musste meinen Blick interpretiert haben, denn sie nickte verständlich mit dem Kopf. Sie sog scharf die Luft ein, bevor sie mir eine Erklärung ablieferte.

Sie schob die Papiere auf ihrem Schreibtisch beiseite und rief ein Hologramm auf. Es erschienen zwei Bilder: Auf dem einen konnte ich Jay erkennen, die Frau auf dem anderen Bild erkannte ich erst beim genaueren Hinsehen. Sie war die derzeitige Sektordezernentin der schwarzen Seelen. Während ich die Bilder betrachtete, fiel mir die Ähnlichkeit zwischen den beiden auf. Die kantigen Gesichtszüge, die hervorstehenden Wangenknochen, die besonderen Augen. Das konnte unmöglich war sein.

»Jay Tyson Coleman, Sohn von Anita Laura Coleman, Sektordezernentin der schwarzen Seelen und…« Ms Cunnigham legte eine Pause ein, in der ich ungewollt die Luft anhielt. »Gründerin der Widerstandsgruppe *uncolored*.«

»Widerstandsgruppe?«, flüsterte ich ungläubig. Plötzlich passte alles zusammen: Jays Heimlichtuerei, sein Auftrag, seine Präsenz im Sektor der weißen Seelen…

Willst du wirklich in eine Kategorie geschoben werden? Willst du nicht frei sein und auch mit anderen zusammen leben? Gefällt dir nicht der Gedanke, die Nation wäre eins und die Grenzen würden nicht mehr existieren? Jays Worte hallten in meinem Kopf wider und plötzlich verstand ich sie.

»Anita hat eine Gruppe gegründet, die gegen das System der Nation der Seelen kämpft. Verstehst du nicht, Kassandra? Sie wollen den Rat stürzen, wollen die Nation für sich. Sie gefährden jede einzelne Seele mit ihrer Revolution. Du hast Jay im Sektor der weißen Seelen kennengelernt, richtig? Er war dort um Bomben zu legen. Er wollte den Sektor zerstören, Kassandra. Dein Zuhause. Er ist gefährlich und wir müssen ihn ausschalten. Das verstehst du doch, oder?«

»Bomben?«, brachte ich über die Lippen. Ich schüttelte ungläubig den Kopf. Das war nicht der Jay, den ich kennengelernt hatte. Der Jay, der voller Liebe und Tatendrang war. Der Jay, der mir seine Zuneigung geschenkt hatte.

Er hatte mich angelogen. Er hatte mich die ganze Zeit nur benutzt. Ich war nur Mittel zum Zweck. Er hatte mich die ganze Zeit hinters Licht geführt. Er war nicht der, für den ich ihn gehalten hatte.

Die Wahrheit traf mich hart. Ich versteckte mein Gesicht in meinen Händen, weil ich mich für meine Dummheit schämte. Wie konnte ich nur zulassen, dass er mich dermaßen getäuscht hatte?

»Du wirst bis zu seiner Hinrichtung einen besonderen

Schutz als Hauptzeugin erhalten und in den Gästehäusern quartieren. Danach wirst du eine Wohnung im Sektor der magischen Seelen erhalten und hier unter der neuen Identität *Jazlynn White* die Universität besuchen. Die Nation wird dich und deinen Vorfall vergessen und du wirst ein ganz normales Leben führen können. Versprochen.«

Ich nickte nur und registrierte kaum, was sie sagte. Ich hatte das Gefühl am Boden zu liegen und jeder trampelte auf mich herum.

»Warte hier im Büro. Ich werde alles in die Wege leiten. Alles wird gut, Kassandra. Keine Sorge«, versuchte sie mich aufzuheitern und stolzierte anmutig aus dem Büro. Dann war ich allein.

Eine Ewigkeit lang saß ich nur in dem Sessel und starrte aus dem Fenster. Ich konnte immer noch nicht fassen, wer Jay war und was er mir alles verheimlicht hatte.

Irgendwann fiel mein Blick auf den Schreibtisch von Ms Cunningham. Da ich keine Kameras entdecken konnte, riskierte ich es, den Schreibtisch von Ms Cunningham zu durchsuchen. Ich riss nacheinander alle Schubladen auf, aber ich konnte meine Geburtsurkunde nicht finden. Natürlich hatte sie sie versteckt, wohlmöglich sogar verbrannt. Ein Schrank zu meiner Linken weckte meine Aufmerksamkeit. Ich öffnete die große Tür und grinste.

Ein Safe.

Passwortgeschützt.

Gut, dass ich das Passwort nicht brauchte. Ich legte sanft meine Hand auf den Safe und sofort war die Tür nicht mehr zu sehen. Ich durchsuchte rasch die darin liegenden Unterlagen und wurde schneller fündig als gedacht. Ich verstaute das Papier wieder in meiner Jackentasche.

Es war *meine* Geburtsurkunde. Vielleicht konnte ich sie irgendwann noch einmal gebrauchen.

Als hätte ich nichts Verbotenes getan, setzte ich mich wieder und fiel in einen unruhigen Schlaf.

Durch das Öffnen der Tür schreckte ich hoch und sprang sofort auf die Füße. Oberste Ratsdezernentin Cunningham und ein junger Soldat traten ein.

»Kassandra? Ich habe alles geklärt. Soldat Jefferson wird dich zu deinem Gästehaus bringen. Wenn du etwas brauchst, kannst du natürlich immer Bescheid geben.« Mit einer Handbewegung zitierte Ms Cunningham mich aus dem Büro. Ich nickte und bedankte mich anständig, dann verließ ich mit Soldat Jefferson den Raum.

Als wir aus dem Hauptgebäude gingen, stoppte er neben mir abrupt und wandte sich mir zu. »Mein Name ist Brian Jefferson. Ich werde ab sofort Ihr Schutzbeauftragter sein. Ich habe letztes Jahr meine Ausbildung zum Soldaten erfolgreich beendet und versichere Ihnen, dass

Ihnen nichts passieren wird.« Er sprühte über vor Motivation, die mir zurzeit gar nicht in den Kram passte. Seine Hand streckte er mir selbstbewusst entgegen. Es war das erste Mal, dass ich ihn näher betrachtete. Seine Haare rahmten sein schönes Gesicht ein, das durch eine Narbe am rechten Wangenknochen gezeichnet war. Seine türkisfarbenen Augen strahlten Wärme und Barmherzigkeit aus, obwohl er versuchte, wie ein starker Soldat zu blicken. Er war wirklich attraktiv.

»McCarthy«, brabbelte ich flüchtig und ergriff nur kurz seine Hand.

»Nett, Sie kennen zu lernen, Ms McCarthy«, antwortete er förmlich und ließ sich seine Verwirrung nicht anmerken. Er führte mich wortlos zu meiner neuen Unterkunft. Er schloss den Bungalow auf und überreichte mir den Schlüssel.

»Als Ihr persönlicher Schutzbeauftragter werde ich Ihnen nicht von der Seite weichen. Ich halte draußen Wache. Wenn etwas ist, rufen Sie mich. Ich werde da sein.« Ich nickte und flüchtete sofort ins Innere des Hauses. Ich knallte die Tür zu und lehnte mich dagegen. Das erste Mal, dass ich Luft holen und meinen ganzen aufgestauten Gefühlen freien Lauf lassen konnte. Ich rutschte an der Tür zu Boden und schluchzte. Die Tränen überkamen mich wie ein wilder Sturm, der nie gebändigt werden konnte. Ich wusste, dass Soldat Jefferson mich wahrscheinlich hörte und kurz davor war, nach meiner Befindlichkeit zu fragen – so wie es seine Vorschriften sahen – aber er gab keinen Mucks, wofür ich ihn am liebsten umarmt hätte. Ich war kurz daran, Felicitas anzurufen und ihr alles zu erzählen. Ich brauchte sie in diesem Moment, sie als meine beste Freundin, die immer die richtigen Worte fand, um mich zu trösten. Was hätte ich alles dafür gegeben, um sie hier zu haben? Aber ich war allein. Ich wollte im Erdboden versinken und nie wieder hervorkommen.

Nach einer endlosen Zeit, in der das Innere des Bungalows nach und nach abdunkelte, rappelte ich mich wieder auf und lief ziellos durch die Räume. Es war stilvoll, aber funktional eingerichtet. Es fehlte an nichts.

Im Badezimmer verweilte ich. Als ich mein Spiegelbild entgegen blickte, hatte ich das Gefühl, eine Fremde zu sehen. Die letzten Wochen hatten mich verändert – nicht nur äußerlich.

Ich riss mir die Kleider vom Leib und ging unter die Dusche. Durch das kühle Nass auf meiner Haut kam ich langsam wieder zur Besinnung. In einem Handtuch eingewickelt lief ich zurück in das kleine Schlafzimmer und durchsuchte den Schrank. Er war natürlich mit Kleidung in meiner Größe bestückt worden, so wie es sich in der Gesellschaft der Nation der Seelen gehörte. Ich schlüpfte in die frische Unterwäsche, zog Jeans, Pullover und Socken an und flocht mir die Haare. Meine alte Kleidung sammelte ich ein und schmiss sie in den Mülleimer. Eigentlich hatte ich vor, sie Felicitas zurückzugeben, aber wer wusste schon, ob wir uns jemals wiedersahen? Wieder kamen mir die Tränen, als ich die Kleidung im Mülleimer liegen sah. Viele Erinnerungen hafteten daran. Aber ich musste an die Zukunft denken, nicht an die Vergangenheit. Im Leben ging es nur vorwärts, nie zurück. Felicitas würde es verstehen.

Meine Geburtsurkunde steckte nun in meiner neuen Hosentasche. Sicherlich war es nicht verkehrt, das wichtigste Stück Papier in seinem Leben stets bei sich zu haben. Wo hätte ich es auch verstecken sollen? Ich hatte kein Zuhause mehr, jedenfalls konnte ich nicht wieder zurück, obwohl mir meine Eltern fehlten. Wie gerne würde ich sie in die Arme schließen, ihre Gesichter sehen, wenn man sie aus dem Gefängnis entlassen würde!

Das Abendessen wurde mir geliefert, bezahlt hatte es der Rat. Es roch köstlich und auch Soldat Jefferson sah neidisch dem Essen hinterher, als der Lieferant durch die Haustür trat. Weil ich keinen Bissen hinunter bekam, ging ich zur Haustür und bot ihm an, das Essen mit ihm zu teilen, doch er lehnte ab. Die *Vorschriften*.

Das Bett war die reinste Wohlfühloase, aber trotzdem tat ich kein Auge zu. Zu viele Gedanken tobten in meinem Kopf. Ich musste über so vieles nachdenken. Ich wälzte mich von der einen Seite zur anderen. Warum musste mir das passieren? Warum ich?

Irgendwann schlief ich ein.

Achtzehn

Das Frühstück wurde mir pünktlich um acht Uhr geliefert. Es war so reichhaltig, dass drei Seelen davon hätten speisen können. Ich fühlte mich fremd und allein in dem großen Bungalow, obwohl Soldat Jefferson sich draußen immer wieder bemerkbar machte. Ich sah seine Silhouette vor meinem Haus patrouillieren. Wann er wohl eine Pause einlegen durfte?

Nachdem ich ausgiebig gefrühstückt hatte, belegte ich ein Brötchen und spazierte damit zur Haustür. Als ich sie öffnete, schnellte sein Blick sofort zu mir und er salutierte.

»Guten Morgen, Ms McCarthy. Soldat Jefferson zu Ihren Diensten. Ich hoffe, Sie hatten eine angenehme Nachtruhe?«

»Guten Morgen. Danke, die hatte ich.«

»Wie kann ich Ihnen helfen?«, fragte er. Ich zauberte das Brötchen in meinen Händen hervor und hielt es ihm mit einem Grinsen entgegen.

»Frühstück, Soldat?«, fragte ich. Er sah mich mit großen Augen an. Ich wusste genau, dass er mein Angebot nicht annehmen durfte, aber wir konnten die ganzen Reste doch nicht entsorgen. »Schon in Ordnung, Soldat. Ich werde niemanden davon erzählen.« Ich lächelte. Er sah sich flüchtig um. Ich sah das Unwohlsein in seinen Augen, aber er nahm das Brötchen dankend an. Seine türkisfarbenen Augen leuchteten, als er meinen Blick suchte. Mit einem Nicken verabschiedete ich mich und ging zurück in das Bungalow.

Ich vertrieb mir die Zeit mit einem Morgenspaziergang, bei dem Soldat Jefferson stets an meiner Seite war. Das Ratsgelände war groß und prächtig, aber für gemütliche Spaziergänge im Grünen nicht geeignet.

Im Bungalow vertrödelte ich die Zeit mit Nachrichten schauen, politische Bücher studieren und ausruhen. Die Beschäftigung beruhigte mich ein wenig, aber jedes Mal, wenn ich an Jays Hinrichtung denken musste, fühlte es sich an wie ein Schlag in die Magengrube.

Gegen Nachmittag klopfte es an der Haustür. Ich legte das Buch aus der Hand und runzelte die Stirn. Ich wusste nicht warum, aber ich hatte ein ungutes Gefühl, wie eine schlechte Vorahnung. Leise rappelte ich mich vom Sofa auf und schlich mit Socken Richtung Haustür. »Ja, bitte?«, rief ich, weil sich Soldat Jefferson noch nicht gemeldet hatte. Ich wollte nicht die Tür öffnen, bevor ich nicht wusste, wer dort draußen auf mich wartete. Mein Puls raste und ich blieb vorsichtshalber ein paar Schritte von der Tür entfernt.

Es klopfte erneut.

»Ms McCarthy?«, hörte ich die Stimme von Soldat

Jefferson und atmete erleichtert aus. »Eine gewisse *Magnolia Houseman* möchte mit Ihnen reden. Sie sagt, sie kennen sich.« Ich musste mich zügeln, dass ich nicht laut auflachte! Magnolia Houseman? Es wollte bestimmt keine Frau mit diesem Namen mit mir reden. *Magnolia Houseman* war der Name meiner Puppe, die ich zur Geburt von meinen Eltern geschenkt bekommen hatte! Es wäre wirklich purer Zufall gewesen, wenn es wirklich jemanden mit diesem Namen gegeben hätte.

Ich wollte schon die Tür öffnen, zog aber meine Hand ruckartig zurück, als hätte ich mich an der Klinke verbrannt. Wer konnte es sein? Wer wusste von meiner Puppe? Meine Eltern? Felicitas?

Es konnte niemand sonst wissen!

Rasch riss ich die Haustür auf. Aber als ich die Frau mit den türkisfarbenen Haaren und den schimmernden Augen sah, ließ ich enttäuscht die Arme sinken. Die Frau, die mir entgegen lächelte, kannte ich nicht.

»Hallo, Kass«, begrüßte sie mich, als wären wir alte Freundinnen. »Schön, dich zu sehen. Ich hoffe, du freust dich ebenso mich zu sehen.«

Ich runzelte die Stirn. Wer zum Teufel war diese Frau?

Als ich mit meiner Antwort zögerte, fuhr sie nervös fort. »Willst du mich nicht herein bitten? Wir haben uns viel zu erzählen.« Ich wusste nicht, was diese Frau von mir wollte. Aber bevor ich verneinen und die Tür wie-

240

der schließen konnte, sah sie mich mit einem so stechenden und furchterregenden Blick an, dass ich sofort wusste, wer hier vor mir stand.

Sektordezernentin Anita Coleman. Jays Mutter.

Verkleidet als magische Seele. Sie war die einzige, die diesen durchdringenden Blick beherrschte. Der Schock stand mir ins Gesicht geschrieben. Mir wurde heiß und kalt zugleich und mein Puls stieg in unzumutbare Höhen.

Ich stotterte. »Äh… ja. Komm doch herein, *Magnolia*.« Es war so lächerlich, sie mit diesem Namen anzusprechen. Ohnehin die Sektordezernentin der schwarzen Seelen in ein Haus im Sektor der magischen Seelen herein zu bitten, war lächerlich. Und strafbar!

Ms Coleman nickte zufrieden und schob sich an mir vorbei in den Bungalow. Natürlich wollte sie schnell weg von Soldat Jefferson, bevor dieser etwas merken konnte. Ich nickte ihm etwas überfordert zu und schloss leise die Tür. Ms Coleman ging bereits Richtung Küche.

Schnellen Schrittes folgte ich ihr. Als sie wie selbstverständlich ihre Tasche auf dem Tisch abstellte und sich umsah, war ich kurz davor auszurasten. »Was zum Teufel wollen Sie hier?«, brüllte ich aufgebracht im Flüsterton.

»Du hast mich also erkannt?«, wollte sie wissen und zog amüsiert eine Augenbraue in die Höhe.

»Sie können sich nicht einfach als magische Seele verkleiden und hier aufkreuzen! Sie wissen doch, was Ihnen bevorsteht, wenn Sie erwischt werden! Also, was tun Sie hier?«, fragte ich wild gestikulierend.

»Jetzt beruhig doch erst einmal, Kass. Es ist doch alles gut gegangen. Ich muss mit dir reden«, sagte sie im ruhigen Ton und musterte mich.

Ich atmete tief ein und aus, bevor ich fortfuhr. »Woher wissen Sie den Namen meiner Puppe?«, lautete meine Frage.

»Kass«, sagte sie und lächelte. »Wenn ich anfange zu graben, finde ich immer, wonach ich suche. Merk dir das. Aber ich will mich erst einmal vorstellen. Anita Coleman, Sektordezernentin der schwarzen Seelen. Hocherfreut.« Sie hielt mir ihre Hand entgegen. Ich ergriff sie zögerlich.

»Kassandra McCarthy, wie Sie bereits wissen«, stellte ich mich vor.

Plötzlich änderte sich ihr Blick. Das Feuer in ihren Augen erlosch und sie wirkte niedergeschlagen.

»Hör zu«, sagte sie nach einiger Zeit mit eindringlicher Stimme. »Ich weiß nicht, woher mein Sohn dich kennt und verdammt nochmal weiß ich nicht, warum er dir geholfen hat, aber ich weiß, dass du seine letzte Chance bist. Kass, du musst ihm helfen. Ich habe alles versucht, aber ich kann seine Hinrichtung nicht stoppen. Er wird sterben.«

Unwillkürlich zog sich mein Magen zusammen. Das

Thema, das ich seit Tagen versuchte zu verdrängen, holte mich mit einem Mal wieder ein. Ich musste mich beherrschen, um nicht zusammen zu brechen.

»Ich kann nichts mehr für ihn tun.«

Der bestürzte Blick von Ms Coleman traf mich schwer. Ich schien wirklich ihre letzte Hoffnung gewesen zu sein und ich nahm ihr diese mit nur einem Satz.

»Doch, Kass. Es gibt eine Möglichkeit. Es gibt Hoffnung, aber nur mit deiner Hilfe. Wir werden am Tag seiner Hinrichtung einen Fahrer mit einem Wagen vor Ort haben. Ihr müsst es nur bis nach draußen schaffen. Er wird an der Hinterseite des Gebäudes auf euch warten. Bitte, Kass. Hilf mir und hilf ihm. Er ist der einzige Sohn, den ich habe, und so wichtig für…« Sie verstummte, aber ich wusste sie meinte ihre Widerstandsgruppe. Ich schüttelte unaufhaltsam mit dem Kopf, weil ich das alles nicht hören wollte. Er hatte mich benutzt, er hatte mich verletzt, angelogen und betrogen. »Kass, du kannst ihm noch helfen. Er hat dir geholfen, jetzt musst du ihm helf…«

»Hören Sie auf damit!«, schrie ich und Ms Coleman verstummte. »Ihr Sohn ist der größte Lügner, den ich kenne, und zudem wollte er noch meinen Sektor in die Luft sprengen! Ich werde ihm sicherlich nicht helfen, nur weil er…«

»Warte, warte! Was hast du gesagt?«, fiel dieses Mal Ms Coleman mir ins Wort und sah mich an, als hätte ich ihr die Jahrhundertnachricht präsentiert. »Er wollte den Sektor der weißen Seelen in die Luft sprengen? Wer hat dir das erzählt? Ms Cunningham?« Bei ihrem Namen verzog sie ihr Gesicht. Ich baute mich vor ihr auf, straffte die Schultern und setzte einen überlegenen Blick auf. Ich würde mich nicht unterkriegen lassen. Niemals.

»Ja, Sie hat mir höchst persönlich von der Bombe erzählt und auch von ihrer kleinen Widerstandsgruppe. Wie kommen Sie überhaupt auf die Idee, Sie könnten irgendwie gegen den Rat vorgehen?«, sagte ich aufgebracht.

»Die Bombe? Du meinst die Sprengladung, die Jay an der Mauer anbringen sollte, um die Grenze zu öffnen? Um ein erstes Zeichen zu setzen und eine gemeinsame Nation möglich zu machen? Er wollte ganz sicher nicht deinen Sektor zerstören oder gar jemanden verletzen. Verstehst du überhaupt, wofür wir kämpfen Kass?« Es fühlte sich an wie ein zweiter Schlag in die Magengrube. Erst belog mich Jay, jetzt noch meine leibliche Mutter. Hatte sie mich wirklich angelogen, damit ich mich gegen Jay stellte? Sollte mein Sektor gar nicht zerstört werden?

Meine Knie wurden weich und ich konnte mich nicht mehr halten. Ich plumpste auf den Stuhl. Ich hatte keine Kraft mehr, all diese Enttäuschungen zu verkraften.

»Verstehst du Kass? Wir wollen nur das Beste für die Nation, für die Seelen. Aber ohne Jay werden wir es niemals schaffen. Bitte, Kass, bitte hilf ihm.« Ms Coleman bettelte mich förmlich an. Ich konnte ihre wahren Gefühle und ihren Schmerz spüren. Aber ich wollte nicht mehr.

»Raus«, sagte ich monoton.

»Kass…« Ms Coleman schob sich einen Stuhl zu Recht.

»Raus!«, schrie ich diesmal, bevor sie sich setzen konnte. Ich wollte sie nicht mehr sehen, nicht mehr hören, nicht mehr mit ihr reden. Ich wollte nichts mehr davon wissen, was sie mir erzählen wollte! »Soldat Jefferson!«

Keine Sekunde, nachdem ich ihn gerufen hatte, lugte er bereits mit dem Kopf um die Ecke. »Ja, Ms McCarthy?«

»*Magnolia* möchte gehen. Würden Sie sie zur Haustür begleiten?«, fragte ich neutral und warf Ms Coleman einen düsteren Blick zu. Sie nickte niedergeschlagen und folgte meinem Wunsch.

Ich atmete befreit aus, als die beiden das Haus verließen. Die vielen neuen Eindrücke und Gefühle überrumpelten mich. Ich wusste nicht mehr, was ich glauben sollte, wofür ich kämpfen sollte, wem ich vertrauen konnte. Ich fühlte mich hilflos und allein. Die Stille im Haus erdrückte mich.

Zur Ablenkung kochte ich mir an diesem Abend selbst das Essen. Eine heiße Suppe verbreitete einen köstlichen

Duft im Bungalow. Immer, wenn ich nicht weiter wusste, musste ich mich irgendwie beschäftigen, weil ich ansonsten zu viel nachdachte. Ich begann, den Tisch zu decken. Zwei Teller, zwei Löffel, zwei Gläser. Die fertige Suppe stellte ich mitten auf den Tisch.

Als ich die Haustür öffnete, drehte Soldat Jefferson seinen Kopf überrascht zu mir. Ich versuchte, ein Lächeln zu zaubern, aber ich scheiterte kläglich.

Ich räusperte mich. »Haben Sie Hunger, Soldat? Ich habe Suppe gekocht. Ich würde mich freuen, wenn Sie mit mir essen.«

Er wirkte überfordert, deshalb versuchte ich es erneut mit einem Lächeln. Er seufzte. »Ich weiß Ihr Angebot wirklich zu schätzen, Ms McCarthy, aber die Vorschriften besagen, dass ich dazu nicht befugt bin. Ich danke Ihnen trotzdem für Ihre Freundlichkeit.«

»Sie sind mein Schutzbeauftragter, Soldat. Erfüllen Sie mir den Wunsch und achten auf meine Sicherheit beim Essen?«, sagte ich und konnte mir doch das Lachen nicht verkneifen. Es war das erste Mal, dass ich wieder richtig lachte. Auch Soldat Jefferson war von meiner Erklärung amüsiert, dann nickte er und folgte mir in den Bungalow.

»Das riecht wirklich köstlich, Ms McCarthy«, sagte er, als wir die Küche betraten. Ich blieb ruckartig stehen und drehte mich um, dabei wäre er beinahe in mich hinein gelaufen. Seine plötzliche Nähe war ein komi-

246

sches Gefühl, aber seine türkisfarbenen Augen leuchteten. Für einen Moment verlor ich mich darin und auch er schien kurz wie hypnotisiert von meinem Blick, aber er fand schnell in seinen Soldaten-Modus zurück und wich einen Schritt zurück. »Entschuldigen Sie.« Er sah beschämt zu Boden, aber ich lächelte.

Ich streckte ihm meine Hand entgegen. »Ich bin Kass.«

Blitzschnell schoss sein Kopf wieder in die Höhe und seine Augen blickten abwechselnd zwischen meiner Hand und meinen Augen hin und her. Dann lächelte er. »Brian. Nett, dich kennenzulernen, Kass.«

»Die Freude ist ganz meinerseits. Setz dich bitte. Das Essen steht bereits auf dem Tisch.« Wie ein Gentleman rückte er mir zuerst den Stuhl zu Recht, bevor er sich setzte. Ich füllte unsere Teller mit dampfender Suppe, Brian schenkte uns Wasser ein. Ich hoffte inständig, dass meine Suppe schmeckte, denn ich hatte noch nicht so viel Übung im Kochen. Brian lobte zwar meine Suppe, aber ich war mir nicht sicher, ob er es nicht rein aus Höflichkeit sagte.

Im Laufe des Abends fand ich einiges über Brian heraus. Er war einundzwanzig Jahre alt, hatte mit Auszeichnungen seine Ausbildung zum Soldaten abgelegt und lebte seit kurzem in seiner ersten eigenen Wohnung. Er hatte drei jüngere Geschwister und war ein Familienmensch. Aber eines hatte er mir noch nicht verraten.

»Was hast du für eine besondere Fähigkeit?«, fragte ich, während wir dabei waren, den Abwasch zu erledigen.

»Telekinese. Sagt dir das etwas?«, antwortete er schmunzelnd. Ich schüttelte den Kopf. Neugierig sah ich mich nach ihm um. »Schau hin.«

Er deutete mit dem Kinn Richtung Tisch. Erst wusste ich nicht, wonach ich suchen sollte, aber als ich sah, was passierte, ließ ich beinahe den Teller fallen, den ich gerade in der Hand hielt. Das leere Glas erhob sich vom Tisch und schwebte wie von Geisterhand getragen zur Spüle.

»Das ist ja der Wahnsinn«, quiekte ich wie eine siebenjährige.

»Ich kann Dinge von A nach B bewegen, allein mit meiner Gedankenkraft. Ich brauchte zwar lange, bis meine Fähigkeit vollends ausgebildet war, aber mittlerweile kann ich es perfekt. Siehst du.« Noch bevor sein letztes Wort gesprochen war, fühlte ich plötzlich den Boden nicht mehr unter den Füßen. Ich schwebte bestimmt einen Meter über dem Boden und fühlte mich federleicht.

Obwohl Brian mich langsam wieder absetzte, sackte ich in mich zusammen. Gut, dass ich einen Schutzbeauftragten neben mir stehen hatte, der mich blitzschnell auffing. Ich lächelte nervös. »Danke.«

Sein Blick war intensiv und huschte zwischen meinen Augen und meinem Mund hin und her. Langsam senkte er den Kopf und näherte sich mir. Es waren nur noch Zentimeter, die uns von einem Kuss trennten, als plötzlich ein Gesicht vor meinen Augen erschien.

Sofort löste ich mich aus unserer innigen Haltung und wich zurück. Jay war so präsent, dass ich nur an ihn denken konnte. Er war derjenige, den ich liebte, und jetzt sollte er hingerichtet werden?

»Ich kann das nicht«, flüsterte ich und blickte gedankenverloren aus dem Küchenfenster. Die Anspannung zwischen uns war beinahe greifbar.

»Kann ich dich etwas fragen, Kass?« Seine Frage überrumpelte mich, aber ich nickte.

»Du bist hier, weil du Hauptzeugin im Fall Jay Coleman bist. Er ist eine schwarze Seele. Wie kann es sein, dass du ihm überhaupt begegnet bist?« Mir war bewusst, dass mir irgendwann jemand diese Frage stellen würde.

»Das ist eine lange Geschichte, Brian…«, antwortete ich und fuhr mit dem Abwasch fort, um mich abzulenken.

»Dachte ich mir schon, dass du mir das nicht sagen würdest. Was ist das zwischen euch? Gehörst du zu ihm? Steckt ihr unter einer Decke? Gehört ihr alle zu dieser Widerstandsgruppe?« Seine plötzliche Aufdringlichkeit verstörte mich. Seine Fragen irritierten mich. Er wurde immer lauter und drängte sich mir auf.

»Was willst du von mir, Brian?«, fragte ich hastig. Seine zuvor freundliche Art wich Verärgerung und aufgestauter Wut.

»Die Wahrheit, Kass. Weißt du, wie das ist, wenn man Soldat ist, vom Rat berufen, aber einem trotzdem nichts erzählt wird? Irgendeine große Sache scheint ihr zu laufen, aber niemand erzählt einem etwas. Ich will doch einfach nur mal die Wahrheit hören«, sagte er und gestikulierte wild mit den Armen.

»Du willst die Wahrheit?«

»Ja«

Mein Puls raste. »Die Wahrheit ist, dass der Junge, den ich liebe, hingerichtet werden soll und ich muss dabei zu sehen! Das ist die Wahrheit, Brian. Die bittere Wahrheit.« Ich brach in Tränen aus und versteckte mein Gesicht in meinen Händen. Der Gedanke, dass Jay getötet werden würde, brannte sich in mein Gehirn. Ich fühlte mich hilflos und allein. Doch dann spürte ich Brians Arme, die sich sanft um mich legten und mich näher zu ihm zogen. Ich war nicht in der Lage, zu entscheiden, ob es richtig oder falsch war, aber ich ließ meinen Kopf auf seine Brust sinken.

»Du hast dich in eine schwarze Seele verliebt, Kass?«, fragte er sanft, als ich mich einigermaßen beruhigt hatte. Ich wollte ihm antworten, aber mehr als ein Schluchzen schaffte ich nicht. »Das ist nicht gut, Kass. Das ist gar nicht gut.«

Wir standen noch eine Weile eng umschlungen in der Küche, bis ich mich wieder gefangen hatte. Brian riet mir schlafen zu gehen und verabschiedete sich. Als er draußen seinen Posten wieder eingenommen hatte, folgte ich seinem Rat.

Neunzehn

Wenige Tage später war es soweit.

Der einzige Mensch, von dem ich dachte, er wäre meine Rettung, sollte heute getötet werden. Mir war an diesem Morgen so übel, dass ich nicht wusste, wie ich diesen Tag überstehen sollte. Ich hatte diesem Jungen mein Leben anvertraut und er missbrauchte dieses Vertrauen. Wie konnte er mir das nur antun?

»Schwarze Seelen sind gefährlich.« Vielleicht hatten sie alle recht. Vielleicht waren schwarze Seelen wirklich gefährlich. Ich hätte auf meine Familie und meine Freunde hören sollen, dann wäre ich niemals in diese Lage geraten.

Aber jetzt war alles zu spät.

Ich saß im Büro von Ms Cunningham und hörte schon von weitem das Geräusch ihrer Absätze auf dem Marmorfußboden. Wild gestikulierend und Befehle verteilend betrat sie ihr Büro und schickte die Soldaten los. Es war ein großer Tag in der Geschichte der Nation. Ich fragte mich, warum sie nicht gleich eine Fernsehshow daraus machten. Ich schob meine Gedanken beiseite und wandte mich meiner leiblichen Mutter zu. Sie strahlte, als wäre ihr Geburtstag. Wie konnte sie sich nur so sehr über eine Hinrichtung freuen?

»Kass«, trällerte sie feierlich. »Heute ist ein besonderer Tag. Ich bin so froh, dass du zu mir gekommen bist. Zusammen werden wir dieser Widerstandsgruppe ein Ende bereiten. Na los, brechen wir auf.« Sie nickte mir zu und ich setzte mich in Bewegung. Zusammen mit Soldat Rush verließen wir das Hauptgebäude, überquerten das Gelände und betraten das Gerichtsgebäude. Es war in der Farbe des Sektors geschmückt. Einige bedeutsame Dezernenten und Beauftragte gesellten sich zu uns, darunter auch Zweite Ratsdezernentin Riverfield. Sie hatte denselben strengen Blick wie immer und begleitete uns mit gestrafften Schultern.

Ich folgte Ms Cunningham in einen kleinen Raum mit ansteigenden Sitzreihen.

Fast wie im Kino.

Natürlich setzten wir uns in die erste Reihe, der Rest der Schaulustigen hinter uns. Es war schon ein Riesenereignis, wenn ein Rebell des stärksten Widerstandes endgültig beseitigt wurde. Das wollte natürlich keiner verpassen.

Ich fragte mich, wie Ms Cunningham meine Anwesenheit begründete. Wussten diese Seelen überhaupt, wer ich war? Wer ich wirklich war? Oder war ich für sie nur eine unbedeutende Hauptzeugin?

Durch eine große, rechteckige Glasscheibe konnten wir in den benachbarten Raum sehen, in dem ein Behandlungsstuhl stand. Beim Anblick der Spritze, die mit einer hellen Flüssigkeit gefüllt war, krampfte sich mein Magen zusammen. Ich biss mir angespannt auf den Unterkiefer.

Der Kopf von Ms Cunningham schnellte zu mir. »Du musst keine Angst haben. Das hier ist ein Spionspiegel. Wir können sie sehen, sie uns aber nicht.« Ich nickte. Wie hätte ich auch dem Jungen, von dem ich dachte, ich könnte ihm vertrauen, von dem ich dachte, ihm meine Liebe zu schenken, wäre die beste Entscheidung meines Lebens, wie hätte ich diesem Jungen bei seiner Ermordung in die Augen schauen können?

Als ich sah, wie eine Tür geöffnet und Jay von zwei Soldaten ins Zimmer geführt wurde, verkrampften sich meine Hände um die Sitzlehnen. Alles zog sich in mir zusammen.

Jay setzte sich widerstandslos auf dem Behandlungsstuhl und die Soldaten verließen das Zimmer, als ein Mann und eine Frau im Kittel eintraten.

»Das ist Oberarzt Dr. Leroy und seine Assistentin Ms Jordan«, klärte Ms Cunningham mich auf. Ich nickte automatisch. Ich wollte nicht länger hinsehen, aber meine Augen konnten sich nicht von Jay trennen. Er sah so ruhig aus, als hätte er bereits mit seinem Leben abgeschlossen. Gab er wirklich kampflos auf? Und ich?

»Lehn dich zurück und atme ruhig weiter. Es geht ganz schnell und tut kaum weh«, sagte Dr. Leroy und tat so, als wäre er nicht gerade dabei, einer Seele das

Leben zu nehmen. Mir wurde übel. Dr. Leroy nahm die Spritze und schnipste dagegen. Mein Blick wanderte zurück zu Jay. Panisch zuckte ich zusammen.

Mein Herz raste und mein Puls war schlagartig auf hundertachtzig.

Er sah mir direkt in die Augen.

Er konnte mich sehen!

Aber dann wanderten seine Augen über die Glasscheibe, als würde sie nicht existieren. Sein Blick war leer, das Leben bereits entwichen. Ob er sich gewünscht hätte, vor seinem Tod noch einmal mit mir zu reden?

»Wie gesagt«, riss Ms Cunningham mich aus meinen Gedanken. Sie wirkte zufrieden. »Er kann uns nicht sehen. Du kannst dich beruhigen, Kassandra. Es ist gleich vorbei.« Sie sprach über die Hinrichtung wie Routinearbeit. Wie konnte diese Frau nur meine Mutter sein?

»Weißt du, Kassandra«, begann sie in diesem Moment. Der Mann bereitete Jays Armbeuge für die Spritze vor. »Im Grunde sind wir beide gleich. Wir haben uns beide in die falschen Männer verliebt, aber wir wissen, wann Schluss ist und wann man mit der Sache abschließen muss.« Sache? Sie blickte kurz zu mir – ich sah es in den Augenwinkeln – und lächelte.

Das brachte bei mir endgültig das Fass zum Überlaufen.

Wut packte mich, Abscheu, Ärger, Ekel.

Ich sah in Jays tiefdunkle Augen und alles, was wir gemeinsam erlebt hatten, lief wie ein Video vor meinen inneren Augen ab. All die Gefühle, all die Liebe und Zweisamkeit, die Gefahr und die Risiken, die wir auf uns genommen hatten. All die neuen Eindrücke, das neue Leben, das wahre Ich, das er mir gezeigt hatte. Ich krallte mich so sehr am Sitz fest, dass meine Knochen weiß hervortraten.

»Nein«, antwortete ich selbstsicher. »Wir sind kein bisschen gleich.« Meine Augen waren starr geradeaus gerichtet. Sie wusste, dass ich die Wahrheit sagte, denn sie konnte es spüren. »Im Gegensatz zu dir, kämpfe ich für die Liebe.«

Und dann passierte es.

Ich spürte die gläserne Materie mit jeder einzelnen Faser meines Körpers. Ich nahm sie vollkommen ein und baute eine Spannung auf, die das Glas zum Zerbrechen empfindlich werden ließ.

Jeder Riss im Glas fühlte sich an wie ein Riss meiner eigenen Fassade.

Erst waren es nur einzelne Sprünge, die alle Beteiligten zusammenfuhren und das Spektakel an der Glasscheibe gespannt beobachten ließ.

Aber meine Wut war stark. Zu stark. Und ich ließ meine Fassade fallen.

Mit unbändiger Wucht zersprang das Glas zu beiden Seiten und flog uns wild um die Ohren. Alle hielten sich schützend die Arme vor das Gesicht, Schreie gingen los, ein Tumult brach aus.

Ohne darüber nachzudenken, sprang ich auf und kletterte in den benachbarten Raum. Die Anwendung meiner Fähigkeit hatte mich geschwächt, aber das Adrenalin pushte mich vorwärts. Dr. Leroy hatte einen Splitter direkt in die Kehle bekommen. Sein Kittel war rot, überall war Blut. Ms Jordan saß blutend und wimmernd in einer Ecke, sie würde keine Gefahr mehr darstellen.

Jay war vom Stuhl gerollt und hatte sich dahinter in Sicherheit gebracht. Es war das erste Mal seit Tagen, dass wir uns wieder in die Augen sahen. Und ich wusste, ich hatte das Richtige getan, denn alles, was ich sehen konnte, war Liebe und Dankbarkeit. Ich hätte ewig in diese Augen sehen können, aber dann ging die Tür auf.

Soldaten stürmten herein. Ich schmiss ihnen Stühle und Rollwagen entgegen, nutzte ein paar schlagfertige Taktiken, die Jay mir beigebracht hatte, um sie auszuschalten, schnappte mir ihn und verschwand mit ihm geradewegs durch die Wand in den nächsten Raum. Wir stolperten über Kisten und landeten unsanft auf dem Boden. Mein erster Blick zeigte mir, dass wir in einem Lager sein mussten.

Ich rappelte mich auf. »Also, hör zu. Wir haben einen Plan.«

»Wir?«, fragte Jay und stand ebenfalls auf. Schweiß glitzerte auf seiner Stirn. Mein Magen zog sich zusammen, als ich daran dachte, dass ich beinahe zugelassen hätte, dass man ihn tötete.

»Deine Mutter und ich«, erklärte ich schnell die Begebenheiten.

»Meine was?«, zischte er. »Was zum Teufel hast du mit meiner Mutter zu tun?«

»Jay, dafür haben wir jetzt keine Zeit. Sie werden sofort da sein. Wir müssen uns beeilen. Komm!« Ich entmaterialisierte ein Stück der Wand zu meiner linken und schob Jay, der immer noch fassungslos wirkte, auf den Flur. Dort waren die Soldaten zu hören, der Alarm wurde ausgelöst. Es war das reinste Chaos.

»Wir müssen zur Rückseite des Gebäudes«, rief ich über den Lärm hinweg. Jay nickte, packte meine Hand und rannte los bis zur ersten Biegung. Vorsichtig lugte er um die Ecke.

»Soldaten«, formte er mit den Lippen. Mein Puls raste. Wieder war ich auf der Flucht. Ob dies je ein Ende nehmen würde?

Vorsichtshalber sah ich durch die Wand, hinter der wir uns versteckten. Ein weiteres Lager mit den unterschiedlichsten Geräten. Als ich Soldaten näher kommen hörte, zog ich Jay mit in den Raum.

»Was denn?«, fluchte er und sah mich wütend an. Er schien nicht erfreut über meine plötzlichen Versteckideen.

»Es tummelt hier nur so von Soldaten!«, zischte ich

258

zurück. »Wie kommen wir hier unversehrt raus?«

»Wir sind bereits an der Rückseite des Gebäudes, aber erstens sind wir umgeben von dutzenden Soldaten, die nur uns suchen, und zweitens sind wir im vierten Stock. Einfach springen geht nicht!« Ich nickte.

Wir saßen in der Falle.

»Jefferson! Gehen Sie zurück und holen Verstärkung! Sofort!« Ich kannte diese Stimme nicht, die wir durch die Wände hindurch hören konnten, aber ich kannte diesen Namen. Ich blickte durch die Wand. Brian nickte einem Kollegen zu, der um die Ecke verschwand, um bei der Suche zu helfen. Aber bevor Brian zurück laufen konnte, schnappte ich mir einen seiner Arme und zog ihn zu uns in das Lager.

Jay fluchte. »Kass! Was zum Teufel…? Er ist ein verdammter Soldat!«

»Keine Sorge«, sagte ich außer Atem. »Ich kenne ihn.« Jay sah mich fassungslos an, er wurde bleich im Gesicht. Brian schien überrumpelt, er sah sich überrascht um. Als er mich sah, wurden seine Augen groß.

»Kass?«, zischte er. »Was ist passiert? Alle suchen nach… *euch*.« Als er Jay erblickte, wich er automatisch einen Schritt zurück. Ob er noch nie zuvor einer schwarzen Seele begegnet war? Jay wandte sich stocksauer von ihm ab.

»Brian, ich brauche deine Hilfe. *Wir* brauchen deine

Hilfe.« Ich konnte ihm ansehen, dass ich ihn mit einer unangenehmen Situation konfrontierte. Seinem Gesicht entwich die Farbe, er blickte sich hilfesuchend um. Aber ich redete weiter auf ihn ein.

»Bitte, Brian. Wir müssen unbedingt aus diesem Gebäude raus. Wenn wir das nicht schaffen, sind wir beide tot.«

»Ich…ich kann das nicht, Kass. Ich kann ihm nicht helfen«, stotterte er und schüttelte wild den Kopf. Jay schnaubte verächtlich.

»Bitte, Brian«, bettelte ich eindringlich. Ich verfiel in einen Flüsterton. »Du weißt, was er mir bedeutet. Bitte, lass nicht zu, dass sie ihn kriegen. Hilf uns, hilf mir. Tu es für mich.«

Brians Züge wurden weicher. Fast glaubte ich, ihn auf meiner Seite zu haben, als ich die Stimme hinter mir hörte.

»Das hat doch keinen Sinn, Kass. Er ist ein Soldat des Rates, warum sollte er uns helfen? Er würde uns aller höchstens persönlich ausliefern.« Jays Stimme wirkte wütend und Brians Züge verhärteten sich schlagartig. Ich sah, wie er die Fäuste ballte.

»Brian«, flüsterte ich, aber er reagierte nicht auf meine Stimme.

»Er hat Recht. *Euch* werde ich nicht helfen, weil ich *ihm* ganz sicher nicht helfen werde. Aber Kass kann sich auf mich verlassen. Für sie würde ich alles tun.« Bei seinem letzten Satz wich Brian nervös zurück, als wollte er ihn gar nicht gesagt haben. Ich lächelte unwillkürlich. Aber Jay kam Brian gefährlich nah.

»Ach was? Du würdest alles für sie tun, ja? Also hilfst du doch uns beiden? *Ihr* zu Liebe.« Jay spuckte ihm die Worte angewidert entgegen.

»Sei doch froh, wenn er uns überhaupt hilft. Er ist unsere einzige Chance, hast du das nicht begriffen? Wir würden niemals alleine hier raus kommen!«, schrie ich Jay an, der im ersten Moment überrascht schien, aber dann verhärteten sich seine Gesichtszüge wieder.

Er zuckte mit den Schultern. »Wie ist der Plan, *Kumpel*?«

Ich schüttelte fassungslos den Kopf. »Wir müssen zur Rückseite des Gebäudes, Brian. So schnell wie möglich.«

Er nickte, dann lächelte er. »Dann würde ich sagen: Ab durch die Fenster. Das ist der schnellste Weg nach draußen.«

»Und dann sollen wir uns geradewegs in den Tod stürzen oder wie?«, giftete Jay.

»Schon vergessen, dass ich eine magische Seele bin? Ich besitze eine Fähigkeit, die euch von Nutzen sein kann. Obwohl ich dich gerne fallen lassen würde.« Brian und Jay standen sich nun direkt gegenüber, dass sich beinahe ihre Nasenspitzen berührten. Ich schob die beiden wieder auseinander.

»Sehr gut. Da haben wir unseren Plan.«

Zwanzig

Brian war erst seit mehreren Minuten fort, aber für mich fühlte es sich an wie eine Ewigkeit. Ich lief nervös auf und ab. Es konnte sich nur noch um Sekunden handeln, bis die Soldaten auch dieses Lager durchsuchen würden. Die Stimmen auf dem Flur waren laut, Soldaten fluchten, sogar Ms Cunningham hatte ich schreien hören. Sie musste wütender sein denn je. Ich hatte ihren großen Tag versaut. Ich hatte den größten Verbrecher der Nation zur Flucht verholfen.

»Durchsucht nochmal die Lager!« Es war die Stimme von Soldat Rush, unüberhörbar. Panisch sah ich zu Jay, der wie ich mitten in der Bewegung inne hielt. Mein Puls raste wieder auf hundertachtzig, mir wurde ganz heiß. Wir sahen uns nervös um. Wo konnten wir uns nur verstecken, bis Brian zurückkam?

»Der Schrank!«, rief Jay flüsternd. Ich nickte und lief um die ganzen Geräte herum. Der Schrank war gerade groß genug für zwei Personen. Es war dunkel in dem Schrank, nur ein Spalt brachte ein wenig Licht. Als ich zu Jay empor sah, lächelte er. Wie ich dachte er wahrscheinlich an die Flucht zur Wohnung, in der wir uns ebenfalls in einem Schrank versteckten. Meine Gefühle waren in diesem Moment genauso aufbrausend wie damals, nur mit dem kleinen Unterschied, dass ich mich dieses Mal nicht stellen wollte. Die eine Hälfte seines Gesichtes wurde in Licht getaucht und ließ ihn noch attraktiver wirken als sonst. Aber ich richtete meinen Blick wieder zu Boden. Auch als er meine Hand greifen wollte, ließ ich es nicht zu. Ich war immer noch nicht darüber hinweg, dass er mich die ganze Zeit belogen hatte. Außerdem war sein Verhalten Brian gegenüber unakzeptabel. Ich war noch nicht bereit, ihm wieder voll und ganz mein Vertrauen und meine Liebe zu schenken.

Dann öffnete sich die Tür zum Lager. Unwillkürlich hielt ich die Luft an. Jay ballte die Hände zu Fäusten.

»Hier ist eh keiner«, brummelte eine dunkle Stimme.

»Ich sehe trotzdem noch einmal nach!«, sagte eine andere. Jemand ging mit lauten Schritten durch das kleine Lager und kam immer näher. Mein Herzschlag beschleunigte sich bis ins Unermessliche und Schweiß bildete sich auf meiner Stirn.

Bitte finde uns nicht, bitte finde uns nicht, bitte finde uns nicht. Immer und immer wieder betete ich zu einer höheren Macht, die uns helfen sollte. Ich war noch nicht bereit, zu sterben.

»Ach, Winston. Das hat doch keinen Sinn. Die sind bestimmt schon längst unten oder raus aus dem Gebäude. Komm jetzt!«, sagte die erste Stimme und zog den Soldaten zurück.

Ich sah eine Silhouette vor dem Spalt.

Ich traute mich nicht, zu atmen.

Ich schloss die Augen.

Ich war kurz davor, mich zu übergeben. Panik übermannte mich.

Die Zeit schien still zu stehen.

»Du hast Recht! Los, suchen wir weiter!« Die Silhouette verschwand und die Tür schloss sich. Ich atmete erleichtert aus. Ich fühlte mich schweißnass.

Auch Jay schien sich zu entspannen. Sein Gesicht wirkte kreidebleich. Er nickte mir zu, dann trauten wir uns aus dem Schrank. Es war keiner mehr im Lager, aber draußen waren Stimmen zu hören. Wir mussten nun leise sein und genau zuhören. Wir durften Brian nicht verpassen.

»Kass… hör zu«, flüsterte Jay und näherte sich mir mit vorsichtigen Schritten. »Das, was Ms Cunningham dir erzählt hat…«

»Nicht jetzt, Jay. Okay? Wir müssen zuerst aus diesem Gebäude raus, sonst sind wir beide geliefert!«, unterbrach ich ihn und schüttelte aufgebracht den Kopf.

»Ich wollte mich nur bedanken. Dafür, dass du weiterhin zu mir hältst. Das bedeutet mir sehr viel. Auch wenn ich das alles nicht verdient habe«, flüsterte er zurück. Ich wagte einen Blick in seine Richtung. Er sah verzweifelt zu Boden, geplagt von Schuldgefühlen.

Ich seufzte und stellte mich direkt vor ihn, sodass er mir ins Gesicht sehen musste. »Ich habe nie aufgehört, dich zu lieben, Jay Coleman. Ich hätte niemals zugelassen, dass sie dich hinrichten. Ich habe ihnen die verdammten Splitter um die Ohren fliegen lassen, um dich da raus zu holen. Also tu mir den Gefallen und gib jetzt nicht auf, klar?«

Jay lächelte. »Du bist der helle Wahnsinn, Kass«, antwortete er und zog mich in eine Umarmung.

Nach wenigen Minuten hörte ich seine Rufe. Ich verfolgte ihn durch die Wand hindurch, auch Jay konnte ihn so sehen. Er führte ein Team von mehreren Soldaten an. Im Gleichschritt rannten sie einmal um das Lager herum.

Wie abgesprochen blieb Brian stehen und ließ sein Team vorbei ziehen. Das war unser Zeichen. Jay stellte sich neben mich. Wir nickten einander zu.

Jetzt oder nie.

Ich wurde das erste Mal an die Grenzen meiner Fähigkeit geführt. Ich sammelte all die Wut, all den Hass und all den Frust und bündelte sie zu einer Flutwelle an Energie. Ich ließ diese Energie frei und übertrug sie erst auf die Materie der Wand, dessen Bestandteile ich Stück für Stück in bezwingbare Masse transformierte. Während ich den Zustand der Wand aufrecht erhielt, konzentrierte ich mich auf das Glas des Fensters. Ich zerlegte die gläserne Struktur bis auf die kleinste Einheit und rief eine schnell wachsende Spannung auf. Nach wenigen Sekunden ertönte ein Riss nach dem anderen, dann zerschellte das Glas in tausende Splitter.

Die wilden Rufe der Soldaten vermischten sich mit dem Schrillen der Alarmanlage.

Jay und ich rannten los. Für eine Sekunde waren wir den Soldaten schutzlos auf dem Flur ausgeliefert, aber wir waren schnell. Und sprangen.

Im vierten Stock aus dem Fenster.

In die Freiheit oder in den Tod.

Ich fühlte mich federleicht. Ich fühlte mich frei. Ich fühlte mich lebendig. Aber so schön der erste Moment im freien Fall auch war, das Kribbeln in meinem Bauch brachte mich in die Realität zurück und ich ruderte wild mit den Armen. Ich fiel schnurstracks Richtung Boden. Ich war so gelähmt, dass ich nicht schreien konnte.

Der Boden kam immer näher.

Noch wenige Meter. Mein Magen rumorte, es drehte sich alles. Meine Sicht wurde unscharf. Drei, zwei, eins…

Ruckartig hielt ich mitten in der Luft an. Ich fühlte mich wie in einer Seifenblase, die mich ummantelte und mich vor dem Tod bewahrte. Sachte wurden wir zu Boden gelassen. Ich musste husten, mir war übel und ich war vollkommen erschöpft. In meinem Kopf drehte sich alles und ich hörte nur ein schrilles Piepen im Ohr.

Jay landete neben mir. Er rappelte sich sofort auf und

wollte mich mit ziehen, aber ich war zu schlapp zum Laufen. Ich verstand nicht genau, was Jay sagte, aber ich glaubte, dass er meinen Namen rief.

Dann hörte ich einen Schuss. Jay schrie und fiel zu Boden.

Als ich sein blutendes Bein sah, hielt ich mir abrupt die Hand vor den Mund. Jetzt war nicht der richtige Zeitpunkt, um sich zu übergeben.

Mit einem Mal klärte sich meine Sicht wieder auf und ich wurde unsanft in die Realität zurückgeholt.

Sofort rappelte ich mich auf. Am Zaun sah ich einen türkisfarbenen Truck, zwei magische Seelen riefen unsere Namen und winkten uns zu sich. Das musste unsere versprochene Rettung sein. Ich legte Jays Arm um meine Schultern und half ihm, aufzustehen. Er humpelte und hinterließ dabei eine rote Spur auf dem Boden. Mühsam quälten wir uns voran. Ich würde so kurz vorm Ziel nicht aufgeben. Ein Kugelhagel wurde auf uns abgefeuert, aber es traf uns keine einzige, obwohl wir die perfekte Zielscheibe waren. Die Kugeln schienen von uns abzuprallen, als hätten wir einen magischen Schutzschild um uns. Jemand sorgte dafür, dass wir unverletzt blieben.

Jetzt hörte ich auch die Stimmen der beiden Seelen.

»Na los, beeilt euch!«, rief der eine.

»Ihr habt es bald geschafft!«, rief die andere.

Dann waren die Stimmen der Soldaten zu hören. Sie

folgten uns. Und es dauerte nicht mehr lange, bis sie uns eingeholt hatten. Wir mussten rennen.

»Jay! Vergiss die Schmerzen und renn! Wir haben keine Wahl!«, rief ich. Wie auf Befehl nickte er und begann zu laufen. Sein Gesicht war vor Schmerzen verzogen.

»Auf Befehl des Rates: Stehenbleiben!« Es war die Stimme von Soldat Rush. Ich würdigte dem Geschehen hinter mir keinen Blick, ich konzentrierte mich allein auf Jay.

»Kass!«, rief er in diesem Moment. »Der Zaun!«

Schlagartig wurde mir bewusst, dass das größte Problem noch vor uns lag. Ich musste erneut meine Fähigkeit einsetzen, damit wir von diesem Gelände kamen. Wo sollte ich diese Kraft noch hernehmen?

»Kass!«, rief Jay erneut, weil er kurz vorm Ziel war.

Ich konzentrierte mich ein letztes Mal. Ich blendete die Gefahr und die Eile aus, rief meine Fähigkeit auf und fixierte unser letztes Hindernis. Der Zaun war auf Hochspannung. Die elektrischen Pulse, die ich in meinem ganzen Körper spüren konnte, erschwerten das Verändern der Materie, aber ich reformierte ihre Bestandteile und schaffte eine Barriere, die wir überwinden konnten.

Jay schlüpfte vor mir durch den elektrischen Zaun und zuckte. Der Stromschlag, der auch mich traf, raubte mir das letzte bisschen Kraft und ich brach völlig kraftlos auf dem Boden zusammen.

Hinter dem Zaun.

Starke Arme hoben mich hoch und trugen mich schnell in den Truck. Jay lag mit Schmerzen im Gesicht auf dem Boden und wurde von der Frau behandelt. Ich setzte mich neben die beiden und lehnte mich an der Wand an. Bevor die Türen geschlossen wurden, wagte ich einen Blick zurück zum Gebäude.

An dem offenen Fenster, durch das wir entkommen waren, stand Ms Cunningham und beobachte mich. Ihre Augen verengten sich zu Schlitzen. Ihr Blick wirkte entschlossen.

In diesem Moment wusste ich nur noch eins:

Der Widerstand hatte ein neues Mitglied gewonnen.

Teil Zwei

Einundzwanzig

Ich war bewusstlos geworden.

Schlagartig riss ich die Augen auf und schreckte hoch. Mein Atem ging stoßweise. Ich wusste nicht, wo ich war und was passiert war. Als ich mich hektisch in dem Raum umsah, erkannte ich nichts von meiner Umgebung.

Mein Herz schlug dermaßen schnell, dass es weh tat.

Ich befand mich in einem weißen, sterilen Raum, der Ähnlichkeiten mit einem Krankenzimmer hatte. Ich hing an einer Infusion, die ich panisch abriss. Außer mir war keiner in diesem Zimmer.

Wo war ich? Was war passiert? Meine Gedanken rasten, aber sie wollten sich nicht zu einem Ganzen zusammen setzen.

Als ich einigermaßen zur Ruhe gekommen war, kletterte ich aus dem Bett und bemerkte meine Kleidung. Die bequeme Hose und das langärmelige Oberteil waren… *grau*. Eine verbotene Farbe! Wie zum Teufel…? Mein Magen rumorte.

Woher stammten diese Klamotten? In der Nation der Seelen waren nur drei Farben für Kleidung erlaubt: schwarz, weiß, türkis. Woher hatte jemand diese graue Kleidung? Und wo war ich?

Mit nackten Füßen ging ich holpernd ein paar Schritte vorwärts, bis ich wieder fest auf dem Boden stehen konnte. Dann traute ich mich zur Tür. Kurz bevor ich die Klinke herunterdrücken wollte, fiel es mir wieder ein.

Der Widerstand.

Jay.

Ich riss die Tür auf und trat auf den Flur. Das Gebäude wirkte modern, noch fortschrittlicher als der Sektor der magischen Seelen. Glas säumte einige Räume, in denen neuzeitliche Technologien zu sehen waren. Ich stolperte noch etwas benommen den Flur entlang und sah in jedes der Zimmer, aber ich schien die einzige auf dem Flur zu sein.

Dann räusperte sich jemand hinter mir.

Ich fuhr erschrocken zusammen und stolperte über meine eigenen Füße. Eine weiße Seele in einem grauen Anzug musterte mich mit seinen silbernen Augen. Seine Erscheinung erinnerte mich an meine Zeit als weiße Seele, meine Eltern, mein Leben. Plötzliche Sehnsucht packte mich. Mein Herz pochte, während er künstlich lächelte.

»Guten Tag, Ms McCarthy. Wie ich sehe, sind Sie wieder bei Kräften.« Seine Stimme wirkte aufgesetzt, sein Lächeln mechanisch. Ich war zu überfordert, um zu antworten. »Ms Coleman erwartet Sie bereits. Was halten Sie davon, wenn Sie sich frische Kleidung anziehen?

Ich habe Ihnen welche in das Krankenzimmer gelegt. Ich warte hier auf Sie.« Er nickte mir aufmunternd zu. Etwas verstört von seiner Art ging ich im großen Bogen an ihm vorbei und lief zurück zu dem Zimmer, in dem ich aufgewacht war. Bei jedem meiner Schritte spürte ich seinen Blick im Nacken. Er bohrte sich in meinen Rücken und ließ mich erschauern. Die vier Wände des Zimmers boten mir eine Art Schutzwall und ich atmete erleichtert auf. Dieser Typ musste vollkommen verrückt sein. Aber er hatte immerhin die Wahrheit gesagt. Auf meinem Bett lag tatsächlich eine neue Garnitur Kleidung und auf dem Boden stand ein Paar Stiefel. Und alles in einer Farbe: grau.

Nachdem ich mich vergewissert hatte, dass der Raum nicht mit Kameras ausgestattet war, traute ich mich, meine Kleidung zu wechseln. Eine enge Hose und eine Hemdbluse aus festem Stoff zierten nun meinen Körper. Die Ärmel waren mir ein wenig zu lang, deshalb krempelte ich sie bis zum Ellbogen hoch, bevor ich in die Stiefel schlüpfte.

Auf einem kleinen Tisch, der auch in diesem Raum stand, lag meine alte Kleidung. Hastig durchsuchte ich die Innentaschen meiner Jacke und holte meine Geburtsurkunde hervor. Zum Glück war sie an derselben Stelle, wo ich sie verstaut hatte. Das hieß, es hatte sie noch niemand bemerkt. Schnell steckte ich sie vorsichtig in eine Reißverschlusstasche von meinem Hemd.

Fertig angezogen und dreimal tief ein- und ausgeatmet, trat ich zurück auf den Flur. Die weiße Seele hatte sich kein Stück von seiner Position bewegt. Ich nickte ihm zu, um ihm zu signalisieren, dass ich bereit war.

»Mein Name ist Cornelius. Ich bin der erste Assistent von Ms Coleman und Gründungsmitglied des Widerstandes. Ich heiße dich herzlich in unserem Hauptlager willkommen«, begrüßte er mich, während wir den Flur durch eine große Tür verließen. Wir gingen durch ein Gewirr aus kahlen Gängen, die von Deckenleuchten künstlich beleuchtet wurden. Uns umgab eine eigenartige Atmosphäre, ein Schauer lief mir über den Rücken.

»D… danke.« Es war das erste Wort, das ich nach meinem Aufwachen gesagt hatte. Meine Stimme wirkte noch etwas kratzig, aber nachdem ich ausgiebig gehustet hatte, funktionierte sie wieder einwandfrei. »Bitte nennen Sie mich Kass.«

»Es freut mich, Sie kennen zu lernen, Kass«, antwortete er und nickte. Wir bogen links ab und fuhren mit einem Aufzug noch etliche Stockwerke nach oben. Mit einem *Bling* öffneten sich die Türen zu beiden Seiten und gaben mir den Blick auf die Etage frei. Ich konnte ein Staunen nicht unterdrücken.

»Der Versammlungsraum«, erklärte Cornelius und ließ mich mit einer einladenden Handbewegung eintreten. Die ganze Etage hatte keine einzige Wand und die bodenlangen Fenster boten mir einen unglaublichen

Ausblick über die gesamte Anlage und dem Land dahinter. In der Mitte des Raumes stand ein weißer Versammlungstisch mit Stühlen, auf denen bereits mehrere Seelen verschiedener Sektoren saßen. Auf der anderen Seite erkannte ich Ms Coleman. Sie lächelte mich herzlich an. Sie unterhielt sich mit…

Jay.

Als sich unsere Blicken trafen, machte mein Herz einen Sprung. Er war am Leben und es ging ihm gut. Wir hatten es tatsächlich geschafft.

Mit nur wenigen Schritten durchquerte er humpelnd den Raum und blieb ein paar Zentimeter vor mir stehen. Er musterte eingehend meine Augen. Es brauchte keine Worte, da wir beide wussten, was der andere sagen wollte. Ruckartig hob er die Arme und zog mich an sich. In seiner Umarmung fühlte ich mich sicher und geborgen. Wie sehr hatte ich ihn vermisst!

Nach viel zu kurzer Zeit löste er sich wieder von mir und nahm mein Gesicht zwischen seine Hände. »Es tut mir alles so leid.«

»Schon gut«, flüsterte ich zurück und lächelte flüchtig. Er lehnte seine Stirn gegen meine und schloss die Augen. Der Moment war viel zu kurz.

»Verehrte Mitglieder des Widerstandes«, ertönte in diesem Moment die Stimme von Ms Coleman. Wir wichen auseinander und Jay zog mich mit zurück zu seiner Mutter. »Bitte setzt euch! Ich heiße euch herzlich zu unserem heutigen Meeting willkommen.« Jay und ich nahmen direkt neben Ms Coleman Platz. Sie nickte mir aufmunternd zu, aber bei den Blicken all der anderen Teilnehmer fühlte ich mich fehl am Platz. Sie wirkten streng und angespannt, zogen verärgert die Stirn kraus. Ich rutschte in meinem Stuhl immer weiter nach unten.

»Zu Beginn des Meetings möchte ich euch eine wirklich erfreuliche Nachricht mitteilen«, sagte sie. Ihre Augen leuchteten. »Der Widerstand konnte meinen Sohn Jay und seine Freundin Kass erfolgreich aus den Fängen des Rates befreien!« Die Mitglieder dieser Runde klatschten begeistert Beifall und bejubelten den Widerstand. Ich fühlte mich beobachtet und rutschte noch tiefer auf meinem Stuhl herunter. Noch vor wenigen Wochen war ich ein einfaches Mädchen an der Universität gewesen und nun saß ich mitten im Zirkel einer Widerstandsgruppe, die sich gegen die Nation auflehnte, die ich jahrelang meine Heimat nannte. Dieser Gedanke traf mich wie eine Flutwelle. War ich zu all dem überhaupt bereit? Hatte ich denn noch eine Chance auszusteigen? War ich nicht schon mittendrin?

Als könnte Jay meine Gedanken lesen, griff er meine Hand und drückte sie. Er lächelte mich zuversichtlich an.

»Dabei«, fuhr Ms Coleman fort. »Dabei möchte ich nicht vergessen zu betonen, dass dies allein durch die

Mithilfe von Kassandra McCarthy möglich gewesen ist. Sie bewies Stärke und stellte sich mutig gegen Ms Cunningham und dem gesamten Rat, ganz im Zeichen des Widerstandes. Herzlich Willkommen bei der Widerstandsgruppe *uncolored*, Kass.« Ihr Lächeln wirkte ehrlich. Ich konnte die Dankbarkeit in ihren Augen lesen. Ich hatte ihr ihren verloren geglaubten Sohn wiedergebracht. Ich nickte ihr lächelnd zu.

Nach der ausführlichen Berichterstattung über unsere Flucht gewährte Ms Coleman uns eine Pause. Jay und ich setzten uns von der Gruppe ab und näherten uns den Fenstern. Der Ausblick war atemberaubend, obwohl ich nichts außer dem Gelände des Widerstandes, eine unendliche Grünfläche und am Horizont eine Bergkette ausmachen konnte. Noch nie im Leben hatte ich etwas derart Schönes gesehen.

»Wo sind wir?«, fragte ich immer noch wie in Trance.

»Außerhalb der Nation, aber nicht weit davon entfernt. Die Welt da draußen ist so wunderschön, Kass. Ich wünsche mir nichts sehnlicher, als die Erde zu erkunden. Es muss noch mehr geben als die Nation und den Widerstand. Hinter den Bergen, am Horizont, da wartet das Leben«, antwortete Jay und ließ mich in einem Tagtraum schwelgen.

»Das hört sich unglaublich an«, schwärmte ich und warf ihm ein flüchtiges Lächeln zu.

»Wenn wir die Nation befreit haben, dann können

wir uns gemeinsam auf den Weg machen. Was hältst du davon?« Seine Augen funkelten hoffnungsvoll. Der Gedanke mit Jay die Welt zu erkunden, klang wie eine abenteuerliche Reise, die ich auf keinen Fall verpassen wollte. Was wohl hinter den Bergen lag?

»Abgemacht«, antwortete ich und lächelte.

Die hitzige Unterhaltung zweier magischer Seelen brachte mich in die Realität zurück. Bevor wir diese Unternehmung in Angriff nehmen konnten, mussten wir die Nation aus den Fängen des Rates befreien. Der Widerstand hatte eine reale Chance, die wir nur noch ergreifen mussten. Es wurde Zeit, mehr in Erfahrung zu bringen.

»Wenn der Widerstand *uncolored* heißt, warum tragt ihr dann grau, Jay? Wenn alle wieder nur eine Farbe tragen, unterschreibt ihr dann nicht die Ansicht des Rates über die Farbsystematik?«, lautete meine erste Frage.

Jay lächelte. »Es gibt zwei Arten von Farben, Kass. Die bunten und die unbunten. Zu den bunten Farben gehören all diejenigen, die der Rat aus unserem Leben ausgeschlossen hat. Nur die Natur hat sie behalten, wie das Grün des Rasens oder das Blau des Himmels. Rot, gelb, orange, violett. Auch türkis ist eine Mischung aus bunten Farben. Aber genau wie schwarz und weiß gehört auch grau zu den unbunten Farben. Wir wussten, der Widerstand musste sich durch die Wahl einer verbotenen Farbe definieren. Wir wählten grau, um damit auszudrücken, dass die weißen und schwarzen Seelen schon immer im Schatten der magischen Seelen standen. Und genau das soll nun aufhören. Die Nation soll sich nicht mehr durch ihre Farben definieren, sie soll *farblos* werden.« Jay zuzuhören war ein Abenteuer an sich. Ich konnte sehen, wie er vollkommen in seinem Element war. Wie sehr er hinter seinen Worten stand, die er zu mir sagte. In seinen Augen funkelte ein Hoffnungsschimmer. Ich nickte zustimmend. Grau zu wählen, war absolut die richtige Entscheidung gewesen.

»Und wie wollt ihr vorgehen? Was ist der Plan?«, fragte ich weiter.

»Deshalb sind wir hier, Kass. Dies sind alles Gründungsmitglieder des Widerstandes. Sie besprechen, wie wir den Rat stürzen können. Und wir sind ab sofort Teil dieses Gründerkreises.« Diese Ehre, die mir hier zuteil wurde, lag mir schwer im Magen. Ich sollte Teil des *Gründerkreises* werden? Ich war noch nicht einmal Mitbegründer des Widerstandes. Wie konnten sie mir eine solche Verantwortung zutrauen?

In diesem Moment rief Ms Coleman die Gründungsmitglieder wieder zusammen. Jay und ich nahmen neben ihr Platz und trotz meines mulmigen Gefühls im Bauch lauschte ich aufmerksam ihren Worten.

»Wir sollten einen einfachen Frontalangriff wagen!«, rief eine schwarze Seele in die Runde. Ein Stimmengewirr übertönte Ms Coleman, die versuchte, alle zu beruhigen.

»Das ist zu riskant!«, entgegnete jemand.

»Das wäre Selbstmord!«, erwiderte ein anderer.

»Wir müssen sie erledigen!«

»Ruhe jetzt!«, schrie Ms Coleman und schlagartig verstummte die Menge. »Wir können nicht einfach in die Nation spazieren und drauf los schießen, David. Die Seelen der Nation wissen doch gar nicht, wofür wir kämpfen und werden uns als Feinde ansehen, dabei sind wir doch ihre Freunde!«

Ich wollte etwas sagen, aber ich traute mich nicht dazwischen zu gehen. Immer wieder öffnete ich den Mund, aber kein Laut drang aus meiner Kehle. Mir hätte sowieso keiner zugehört. Schließlich war ich der Neuling in der Runde und hatte dementsprechend noch nichts zu sagen. Es war besser, den Profis die Arbeit zu überlassen. Enttäuscht von mir selbst ließ ich mich gegen die Lehen meines Sitzes fallen.

Jay räusperte sich neben mir. »Mutter?«, fragte er höflich und wartete, bis ihm das Wort erteilt wurde. Die Menge lauschte neugierig. »Ich glaube, Kass hat eine Idee. Vielleicht sollten wir ihr die Möglichkeit geben, sich zu äußern?«

Alle Blicke richteten sich auf mich. Mehrere Augenpaare musterten mich von oben bis unten. Mir war die Röte ins Gesicht gestiegen. Panisch sah ich zu Jay, aber der lächelte mir nur aufmunternd zu. Was zum Teufel…!

Ich räusperte mich. Mein Herz schlug im doppelten Tempo, Schweiß bildete sich auf meiner Stirn. *Optimismus, Kass!* Beinahe hätte ich schallend losgelacht, als mir mein altes, geliebtes Mantra wieder einfiel. Ich atmete ruhig ein und aus. Dann setzte ich mich auf. »Sie… Sie haben gesagt, die Seelen wissen noch gar nicht, wofür der Widerstand steht, richtig?«, begann ich zögernd.

Ms Coleman schüttelte den Kopf. »Nein, wir haben uns bisher den Seelen gegenüber im Hintergrund gehalten. Nur der Rat weiß von unserer Existenz.«

»Ist es dann nicht sinnvoll, wenn wir zunächst den Seelen zeigen, wer wir sind und wofür wir kämpfen wollen? Wir könnten ein Hologramm in die Sektoren übertragen, das uns und unser Anliegen vorstellt.«

Es war so leise im Raum, dass ich schon dachte, etwas Dummes gesagt zu haben. Aber dann konnte ich den Mundwinkel von Ms Coleman zucken sehen. Beruhigt setzte sie sich wieder auf ihren Stuhl, schlug die Beine übereinander und drückte nachdenklich die Fingerspitzen gegeneinander. Jay drückte einmal kurz meine Hand und lächelte mir nickend zu. Ich atmete erleichtert aus.

»Die Idee gefällt mir, Kass«, sagte sie schmunzelnd und sah durch die Runde. »Bis morgen haben alle Zeit Ideen für den Inhalt der Übertragung zu sammeln.

Dann fangen wir mit den Vorbereitungen an. Der Vorschlag wurde genehmigt.«

Damit beendete sie das Meeting.

Zweiundzwanzig

Mit rasendem Herzen schreckte ich aus meinem Albtraum hoch. In Sekundenschnelle saß ich kerzengerade im Bett. Ich atmete schwer, hektisch, unkontrolliert. Mein Körper war schweißnass und die kühle Temperatur in meinem Zimmer ließ mich wie auf Knopfdruck anfangen zu zittern. Die Angst und die Panik schnürten mir die Kehle zu.

Ich wusste, Ms Cunningham würde alles dafür tun, damit wir uns ergeben. Dass ich mich ergebe. Und dafür würde sie mich an meiner verletzlichsten Seite angreifen.

Meine Eltern.

Sie waren schon die ganze Zeit ahnungslos in größter Gefahr. Und ich habe sie nicht gewarnt. Ganz gleich, was ihnen passieren würde, es wäre allein meine Schuld.

Meine Verantwortung, meine Schuld.

In Rekordzeit schwang ich mich aus dem Bett, das in dem Zimmer stand, das mir zugeteilt wurde. Barfuß und im Schlafanzug öffnete ich die Tür und stürmte auf den Flur hinaus. Ich rannte den Gang hinunter, durch einige Türen, bis ich Jays Zimmer erreichte. Meine Lungen brannten, mein Herz raste. Ich wollte niemanden wecken, aber ich schlug trotzdem mit der Faust gegen seine Tür. »Jay!«, rief ich. Meine Stimme wirkte zerbrechlich. »Jay! Wach auf! Mach die Tür auf!« Ich schlug weiter wie wild auf diese Tür ein und es war mir egal, ob jemand anderes wach wurde.

Nach einer Ewigkeit öffnete er nur in Boxershorts und T-Shirt die Tür und verzog das Gesicht. Verwirrt sah er mich an. »Kass? Was ist den los? Weißt du, wie spät es ist?«

Sein Anblick brachte mich für einen Augenblick aus dem Konzept, aber der Gedanke an meine Eltern war zu präsent. Sofort war ich wieder bei der Sache.

»Jay! Ms Cunningham! Sie wird… meine Eltern… wir müssen sie holen! Sie sind in Gefahr!«, brachte ich stotternd hervor und wedelte wild gestikulierend mit den Armen. Tränen rannen mir die Wangen hinab.

Ich schnappte mir sein Handgelenk und wollte ihn hinter mir herziehen, aber er wehrte sich. »Kass, jetzt beruhig dich erst mal. Komm rein, na los.«

»Nein! Wir müssen ihnen helfen! Sie wird sie benutzen, Jay!«

»Kass! Kass! Beruhig dich!« Ich schlug wild um mich, der Gedanke an meine Eltern, denen etwas passieren könnte, versetzte mir einen schmerzhaften Stich und übernahm die Kontrolle über mich. Tränen ließen mein Blickfeld verschwimmen. Völlig fertig mit den Nerven und erschöpft ließ ich mich von Jay in sein Zimmer führen und brach in seinen Armen zusammen. Wir gingen gemeinsam zu Boden, er hielt mich fest in seinen starken Armen. An seiner Brust brachen all meine Befürchtungen und Ängste über mich herein. Wieso hatte ich nicht schon eher an meine Eltern gedacht? Bestimmt war längst alles zu spät…

Erst als Jay auch die letzte Träne aus meinem Gesicht gewischt hatte, hob er mich hoch und legte mich in sein Bett. Ich war so erschöpft und hilflos, dass ich mich nicht mehr bewegen konnte. Jay setzte sich neben mich und schob eine Strähne aus meinem Gesicht.

»Hey, Kass. Du musst keine Angst haben«, flüsterte er. Seine dunklen Augen funkelten im Schein des Mondes. Wieder einmal fiel mir auf, wie unglaublich attraktiv er war. Aber der Schmerz saß zu tief, als dass ich jetzt darüber nachdenken konnte.

»Wenn ihnen etwas passiert, ist es meine Schuld«, schluchzte ich.

»Kass, ihnen wird nichts passieren. Meinst du nicht der Widerstand ist auf dieselbe Idee gekommen wie du?«

Ich runzelte die Stirn. »Was meinst du damit?«

»Es war klar, dass Ms Cunningham deine Eltern als Druckmittel einsetzen würde. Der Widerstand hat zwei Seelen ausgesendet, um deine Eltern hierher zu holen. Sie müssten in ein paar Tagen angekommen.«

Ich war wie versteinert. Langsam richtete ich mich auf und ließ Jay dabei nicht aus den Augen. »Und das sagst du mir erst jetzt?«, presste ich hervor.

»Kass, ich dachte…«

»Denken ist anscheinend nicht deine Stärke!«, schrie ich und verpasste ihm eine Ohrfeige. Ich spürte nichts als Wut in mir und krabbelte hektisch aus seinem Bett.

»Kass, warte.« Er packte mein Handgelenk, aber ich entriss es ihm direkt.

»Lass mich, Jay.« Als ich sein Zimmer verließ, knallte ich die Tür mit einem Ruck zu, sodass spätestens jetzt der ganze Flur wach sein musste. Ich hielt es in diesem Gebäude nicht mehr aus. Ich wollte raus, weg von hier, ich brauchte frische Luft, etwas, wo ich meine Wut heraus schreien konnte.

Immer noch barfuß suchte ich eine Ausgangstür und stürmte hinaus in die kühle Nacht. Ich wurde immer schneller, rannte bis meine Lungen brannten und stand irgendwann mitten auf dieser wunderschönen Grünfläche, die ich bereits gestern bewundert hatte. Die Nacht war klar und ruhig, nur der Wind zerzauste mir das Haar.

Und dann schrie ich. Ich schrie mir die Seele aus dem Leib, bis ich spürte, wie sich meine Fähigkeit in mir aufbaute und drohte auszubrechen. Kurz bevor ich die gesamte Kontrolle über meinen Körper zu verlieren drohte, brach ich erschöpft zusammen und kauerte mich auf dem Boden nieder. Den Kopf auf den Knien abgelegt, spürte ich, wie die Energie wieder meinen Körper verließ. Meine Eltern waren in Sicherheit. All die Panik war völlig umsonst. Jay hatte es die ganze Zeit gewusst und mir nichts davon erzählt. Wie konnte er nur? Wie konnte er mir diese Information verheimlichen? Es fühlte sich an wie ein Schlag ins Gesicht.

Als ich am ganzen Körper anfing zu zittern, beschloss ich, zurück in mein Zimmer zu gehen. Schließlich fand morgen ein weiteres Meeting statt, zu dem auch ich eingeladen war, und es wäre unangebracht, nicht mit voller Konzentration bei der Sache zu sein. Mit einem gemischten Gefühl legte ich mich wieder ins Bett und schloss die Augen. Aber der Schlaf ließ noch lange auf sich warten.

Am nächsten Morgen betrat ich frisch geduscht die Kantine, die sich als ein großer Raum mit einer Essensausgabe und Reihen von Metalltischen entpuppte. Trotz der erfrischenden Dusche fühlte ich mich erschöpft und war hundemüde. Ich bemühte mich gar nicht erst, Jay zu suchen. Mir war nicht danach mit ihm zu reden.

Ich stellte mich am Ende der Schlange an und griff nach einem Tablett und Besteck. Es ging nur mühsam voran, weshalb ich beinahe im Stehen eingeschlafen wäre.

»Darf ich mal bitte…«, hörte ich eine Stimme hinter mir, die mir nur allzu vertraut war. Ich machte mir nicht die Mühe, mich umzudrehen, griff stattdessen nach einem Brötchen und Aufschnitt.

»Kass.« Ich liebte es, wie er meinen Namen aussprach, obwohl ich meine Handgreiflichkeit von gestern gerne wiederholt hätte. »Lass uns darüber reden.«

Als es mal wieder nicht weiter ging in der Schlange, wandte ich mich zu ihm um. »Kein Bedarf.«

»Es tut mir ja leid, dass ich vergessen habe, dir diese Information mitzuteilen, aber bei all den Geschehnissen habe ich nicht mehr daran gedacht. Bitte verzeih mir.« In seinen Augen spiegelten sich Millionen von Gefühlen. Er bedauerte es wirklich.

»Schon gut.« Mit diesen zwei Worten drehte ich mich um, nahm mir noch ein wenig Obst und ein Glas Orangensaft, bevor ich mir einen Platz suchte.

»Willst du bei uns mit am Tisch sitzen?« Jay trat neben mich und nickte an einen Tisch in der Ecke, an dem bereits seine Mutter, Cornelius und einige Mitglieder des Gründerkreises saßen. Besonders angetan war ich von der Idee nicht, nickte aber und folgte ihm zum besagten Tisch. Ich konzentrierte mich allein auf mein Essen und grummelte einige Jas und Neins, wenn Jay mir Fragen stellte, aber am Tischgespräch nahm ich nicht teil. Ich sparte meine Worte für das bevorstehende Meeting und dachte allein darüber nach, wo meine Eltern in diesem Moment wohl waren.

Jay und ich betraten wortlos den Aufzug, der sich

geräuschlos schloss und fast unbemerkt in die Höhe schoss. Die Stille zwischen uns war eine Qual für uns beide, aber ich wusste nicht, was ich sagen sollte. Ich sah Jays Unbehagen, er fühlte sich unwohl, wenn er sich mir gegenüber resigniert und zurückhaltend benehmen musste. Auch mir wäre es besser gegangen, wenn er mich berührt, umarmt und geküsst hätte, das wusste ich, aber dass er mir die Information zu meinen Eltern vorenthalten hatte, hinterließ immer wieder ein dumpfes Gefühl in meiner Brust.

Irgendwann platzte Jay der Kragen. »Ich kann das nicht, Kass. Ich will mich nicht mit dir streiten.«

»Wir streiten doch gar nicht.«

»Du weißt genau, was ich meine«, sagte er und legte den Kopf schräg. Er war einen Schritt auf mich zugekommen und streckte mir erwartungsvoll die Hände entgegen. »Ich liebe dich, Kass.« Ich konnte es nicht unterdrücken, dass mir seine Aussage ein Lächeln entlockte. Ich sah berührt zu Boden. Ich wartete kurz, bevor ich wieder zu ihm sah und seine Hände nahm. »Ich liebe dich auch, Jay.«

Jay zögerte keine weitere Sekunde und nahm mich in den Arm. Ich spürte seine Lippen auf meinem Scheitel, seine Hände, die über meinen Rücken streichelten und die Schmetterlinge, die noch immer wild in meinem Bauch flatterten, wenn er in der Nähe war.

Viel zu schnell gingen die Türen des Aufzuges auf und

die Realität holte uns wieder ein. Wir waren die letzten, die den Versammlungsraum betraten. Einige Köpfe nickten uns freundlich zu, andere beobachteten uns argwöhnisch. Ob es ihnen nicht gefiel, dass wir Teil dieses Meetings waren? Ohne mir weiter den Kopf darüber zu zerbrechen, setzte ich mich neben Jay auf meinen alten Platz und wartete, dass Ms Coleman begann.

»Guten Morgen, allerseits. Ich heiße alle herzlich willkommen. Ich möchte nicht viel Zeit vergeuden, deshalb lasst uns direkt beginnen. Gestern haben wir beschlossen, ein Hologramm zu übertragen, um auf unseren Widerstand aufmerksam zu machen. Eure Vorschläge für den Inhalt?«

Erst jetzt fiel mir auf, dass ich gar keinen Gedanken darauf verwendet habe, über meinen vorgeschlagenen Plan nachzudenken. Ich hatte einzig und allein meine Eltern im Sinn, die auch jetzt noch mein einziger Gedanke waren. Die Angst, ihnen könnte etwas passieren, nagte an mir und ließ mich nicht los. Aber der Widerstand war ebenso wichtig, wir mussten voran kommen, wir mussten diesem elendigen System ein Ende bereiten. *Denk nach, Kass. Denk nach.*

»Ich bin nicht davon überzeugt, dass es gut ist, wenn wir der ganzen Nation unsere Existenz preisgeben«, meldete sich David.

»Darf ich fragen, was dich zu dieser Meinung treibt?«, entgegnete Ms Coleman und legte den Kopf schräg.

»Noch haben wir den Überraschungseffekt auf unserer Seite«, antwortete er. »Den sollten wir nutzen.« Seine Aura wirkte auf mich bedrohlich und egoistisch. Ich wusste nicht genau, wie ich David einordnen sollte, aber ich wusste, dass er gegen jeden meiner Vorschläge sein würde.

»Wie könnten wir diesen Überraschungseffekt nutzen, David? Ich brauche Vorschläge, die standfest sind, keine Andeutungen!«, sagte Ms Coleman und ich sah, dass sie Davids Verhalten nicht guthieß. Dieser zuckte nämlich nur mit den Schultern, statt eine Idee einzubringen. Weil auch die anderen Teilnehmer dieses Meetings ahnungslos mit dem Kopf schüttelten, sah ich zu Jay, aber auch dieser schien keine Idee zu haben. Um uns herum gingen die Diskussionen los. Alle redeten durcheinander. Manche standen auf der Seite von David, andere unterstützten meinen Vorschlag. Ms Coleman versuchte vehement, Struktur in die Diskussion zu bringen, aber die Mitglieder des Widerstandes waren unterschiedlicher Meinung und sträubten sich auch nicht davor, sie lautstark kundzutun.

Jay zuckte mit den Schultern, lächelte und nahm meine Hand. Seine Finger verschränkten sich mit meinen. Mein Blick wanderte aus dem Fenster, aber ich beobachtete nicht die schöne Landschaft, sondern Jay und mich, wie wir uns darin spiegelten. Gemeinsam. Eine schwarze und eine magische Seele.

Und da machte es Klick.

Ich löste unsere verschränkten Hände und räusperte mich. »Ms Coleman, wenn ich vielleicht etwas sagen dürfte?«

»Selbstverständlich, Kass«, brüllte sie über die Menge hinweg. »Freunde des Widerstandes! Ruhe jetzt! Ich erteile ab sofort das Wort! Ruhe! Kass darf beginnen.« Nachdem sich die Menge beruhigt hatte, nickte sie mir erneut zu und ich setzte mich auf.

»Die Frage, die wir uns stellen müssen, ist ja, wofür wir kämpfen wollen. Natürlich kämpfen wir gegen das System des Rates, aber letztendlich kämpfen wir ja für jede einzelne Seele. Für die Nation, für die Gemeinschaft. Wir wollen die Seelen zusammenbringen, dafür sollten wir ihnen einen Aufmacher bringen, der sie neugierig werden lässt. Und dann sollten wir erklären, was wir wollen und wofür wir die Unterstützung der Seelen brauchen.«

»An was für einen Aufmacher denkst du, Kass? «, fragte Ms Coleman und sah mich neugierig an. Auch die anderen Mitglieder waren aufmerksam geworden. Mein Blick glitt zu Jay, er runzelte die Stirn.

»An Jay und mich.«

David prustete los, ohne, dass er sich meinen Vorschlag zu Ende angehört hatte. »Soll das ein Witz sein?«, fragte er lachend. »Ihr beide? Was bedeutet ihr denn schon für den Widerstand?« Ich schenkte ihm nur einen kurzen, finsteren Blick, bevor ich fortfuhr.

»Ms Coleman, Jay und ich sind das perfekte Beispiel dafür, was die Nation uns verbietet. Eine Liebe, die nicht sein darf. Eine Liebe, die nicht geduldet wird. Was, wenn es noch viel mehr dieser sektorübergreifenden Beziehungen geben könnte, wenn die Seelen nur die Möglichkeit hätten, einander näher kennenzulernen?«

»Sie hat Recht«, unterstützte Jay mich. »Der Rat würde niemals zulassen, dass Kass und ich zusammen sind. Und auch die anderen Seelen würden uns dafür verachten. Weil sie einander fremd sind, aber die Nation muss eins werden. Das ist es doch, wofür wir kämpfen. «

»Ich verstehe eure Idee, aber Jay, mein Sohn, du hast es selbst gesagt: Die Nation würde euch verabscheuen, wenn sie von eurer Liebe erfahren. Was, wenn wir nicht überzeugend genug sind?«

»Das kann ich beantworten: dann würden sie den ganzen Widerstand verhöhnen!«, meldete sich wieder David und einige seiner Unterstützer nickten zustimmend.

»Daher«, unterbrach ich sie und schmunzelte. »Lüften wir am Ende des Hologramms das größte Geheimnis der Nation.«

Dreiundzwanzig

Als ich den anderen Mitgliedern des Widerstandes meine wahre Identität offenbarte, konnten sie mir nur schwer glauben. Niemals hätten sie gedacht, dass ich die Tochter von Ms Cunningham war. Aber nachdem ich ihnen meine ganze Geschichte erzählt hatte und anhand der Geburtskunde bezeugen konnte, dass ich die Wahrheit sagte, waren sie alle sprachlos. Selbst David war dazu nichts mehr eingefallen. Gemeinsam hatten wir den Inhalt des Hologramms zusammengestellt und abgesprochen schon am nächsten Morgen mit den Aufnahmen zu beginnen.

Jay und ich gingen gerade einen Flur entlang, als wilde Schreie zu hören waren. Sofort hielten wir inne und sahen einander an. Die Rufe wurden immer lauter und Seelen kamen von allen Seiten angelaufen. Auch Jay und ich folgten ihnen Richtung Haupteingang. Die zweiteilige Tür öffnete sich und Tragen mit Verletzten wurden herein geschoben. Überall war Blut. Seelen riefen nach Ärzten und Helfern. Jay hielt eine schwarze Seele an und fragte, was los sei.

»Der Transporter wurde angegriffen, als sie das Gebiet der Nation verlassen wollten. Zwei Tote, alle anderen sind verletzt. Manche lebensgefährlich.« Als Jay blass wurde, wusste ich es auch.

Der besagte Transporter war der, in dem auch meine Eltern waren.

Mir wurde speiübel. Sofort folgte ich den Tragen Richtung Krankenstation. Wenn meinen Eltern etwas passiert war, dann war es allein meine Schuld. Ich wurde immer schneller, rannte und rannte, Tränen liefen mir über die Wangen. Ich fühlte nichts mehr außer Angst und Panik. Jay folgte mir, er rief meinen Namen, aber ich reagierte nicht darauf.

Ich preschte durch die Tür auf die Station, wo die Ärzte begannen, alles aufzubauen, um die Verletzten zu untersuchen. Jeder wirkte gehetzt, panisch und unruhig. Eine Assistentin hielt mich auf.

»Sie können hier jetzt nicht rein! Bitte gehen Sie!« Aber ich achtete gar nicht auf sie, schubste sie zur Seite und ließ meinen Blick blitzschnell über die ganzen Betten gleiten. Und dann entdeckte ich sie.

Blut. Ich sah nur das ganze Blut, ihre geschlossenen Lider, ihre schlaffen Körper. Wie stark waren sie verletzt? Waren sie noch am Leben? Ich hörte, sah und spürte nichts mehr. Eine innere Leere, Übelkeit, Schwindel und die Tränen, die über meine Wangen liefen. Bevor ich die Betten erreichte, erlosch auch das Licht vor meinen Augen.

Blut, Blut, Blut. Überall Blut. Kein Leben, kein Lachen,
keine Liebe. Nur Tod, überall.

Panisch schreckte ich hoch, mein Atem ging stoßweise, die Realität überkam mich wie ein kalter Schauer. Starke Arme hielten mich fest. Jays Gesicht erschien vor mir.

»Wie geht es ihnen?«, fragte ich panisch. »Ich muss zu ihnen! Mom, Dad!« Ich wollte aus dem Bett steigen, in dem ich lag, aber Jay hielt mich fest. Ich wehrte mich, trat und schlug um mich, aber er war eindeutig stärker als ich.

»Kass!«, versuchte er mich zu beruhigen. »Es geht ihnen gut. Sie leben! Kass, sie leben. Sie werden es schaffen, ok? Sie kommen durch.« Seine Worte kamen erst spät bei mir an, aber als ich sie verarbeitet hatte, wurde ich ruhiger. Es ging ihnen gut, sie lebten. Meine Eltern, sie waren am Leben! Erschöpft ließ ich mich in Jays Arme fallen und weinte die Tränen, die ich nicht aufhalten konnte. Jay redete behutsam auf mich ein, seine sanften Worte beruhigten mich.

Erst nachdem ich etwas getrunken und gegessen hatte, ließ Jay mich zu ihnen gehen. Sie lagen auf der Krankenstation und waren noch bewusstlos. Jay begleitete mich auf dem Weg zu ihnen. Ich fühlte mich noch immer leer und erschöpft, aber der Drang meine Eltern zu sehen, war stark und kaum auszuhalten.

»Wie viele Tote?«, fragte ich knapp im Flüsterton.

»Drei«, antwortete Jay. »Und eine weiße Seele schwebt noch in Lebensgefahr.« Ich nickte, weil ich nichts darauf zu antworten wusste. Wir erreichten die Krankenstation und gingen durch den Raum zu zwei Betten im hinteren Teil. Sie waren durch einen Vorhang von den anderen getrennt.

Meine Eltern zu sehen war wie ein Schlag ins Gesicht. Sofort drückte ich Jays Hand, er packte mich und nahm mich in den Arm. Wieder liefen mir Tränen über die Wangen.

»Geht's?«, flüsterte Jay nach ein paar Minuten. Ich nickte, löste mich von ihm und atmete tief ein und aus. Dann wandte ich mich wieder meinen Eltern zu. Sie waren an mehreren Geräten angeschlossen, die piepten und Aufzeichnungen machten. Das Geräusch war wie ein lautes Kreischen in meinen Ohren, ein unaufhaltsames Klingeln. Sie hatten beide die Augen geschlossen und lagen blass und regungslos in ihren Betten. Ich nahm vorsichtig die Hand meines Vaters und erschrak, als er unter meiner Berührung keine Reaktion zeigte. Es fiel mir schwer, ein Schluchzen zu unterdrücken. Aber ich musste stark sein, für sie beide. »Es tut mir so leid«, flüsterte ich. Ich gab ihm einen Kuss auf die Wange, bevor ich mich meiner Mutter zuwandte.

Leah McCarthy, meine Mutter, meine einzig wahre Mutter. Sie hatte vieles aufgegeben, um mich zu schützen. Ihre Achtung der Nation gegenüber, ihre Freiheit, ihr Leben. Sie riskierte alles, um ein Kind zu schützen, das nicht ihr eigenes war. Die Erkenntnis traf mich schlagartig. Ich hatte eine Schuld zu begleichen. Ich musste alles dafür tun, dass den beiden nie wieder etwas passieren konnte. Ich musste dem System ein Ende setzen. Ich musste kämpfen, für sie, für den Widerstand, für die Nation. Ich musste alles tun, damit wir in Frieden leben konnten.

»Versprochen«, flüsterte ich und gab auch ihr einen Kuss.

Dann wandte ich mich Jay zu, wilde Entschlossenheit in meinem Blick. »Ich bin bereit.«

Vierundzwanzig

Im Morgengrauen des nächsten Tages begannen wir mit den Aufnahmen für das Holo-Video. Ein Raum in der untersten Ebene des Gebäudes wurde dafür in ein Filmstudio umgebaut. Nachdem ich mich mehrere Male versichert hatte, dass es meinen Eltern den Umständen entsprechend gut ging und ich sie alleine lassen konnte, machte ich mich auf den Weg in den besagten Raum. Ich prallte auf einen Trubel von gestressten Seelen, die alle Vorbereitungen für das Holo-Video trafen. Ms Coleman und Jay saßen in der improvisierten Maske, einige Seelen prüften Kamera- und Computereinstellungen, andere diskutierten über das Script oder besprachen Hintergründe und Special Effects, wiederum andere kümmerten sich um die Garderobe. Jeder hatte seine Aufgabe und gab sein Bestes, damit am Ende ein überzeugendes Hologramm zusammengestellt werden konnte.

Eine magische Seele mit dem Namen Nila zerrte mich nach meiner Ankunft direkt Richtung Maske und drückte mir ein Script in die Hand, damit ich meine Passagen schon einmal lernen konnte. Ich setzte mich neben Jay, der lächelnd nach meiner Hand griff. Sofort kribbelte es in meinem Bauch und Vorfreude auf den

Dreh brannte in mir. Aufmerksam las ich das Script, während meine Haare frisiert und mein Gesicht geschminkt wurde.

Ich hatte den Zuständigen für das Script meine Ideen mitgeteilt, wie ich mir das Holo-Video vorstellte, und ich musste zugeben, dass sie grandiose Arbeit geleistet hatten. Wenn wir alles so rüber bringen könnten, wie es dort stand, würde es eine wahre Sensation werden. Die erste Szene gehörte Ms Coleman, die bereits startbereit vor dem Podest stand. Sie wirkte nervös, aber überzeugt, willensstark und zuversichtlich. Auch Jay beobachtete seine Mutter und schien ihre Haltung zu analysieren. Zufrieden lächelte er in sich hinein.

Wir blieben zunächst hinter der Kamera und beobachteten das Treiben um Ms Coleman. Der Raum wurde still, als der Kameramann »Klappe, die erste« schrie und Ms Coleman sich aufrichtete. Gespannt lauschte ich ihren Worten.

Sie ging ein paar Schritte Richtung Kamera, dann blieb sie lächelnd stehen und verschränkte die Hände ineinander. »Guten Tag. Mein Name ist Anita Coleman. Ich bin Sektordezernentin des Sektors der schwarzen Seelen. Heute ist der Tag, an dem ich der ganzen Nation eine wichtige Nachricht mitteilen muss. Vor einigen Jahren gründete ich zusammen mit Meinungsgenossen im Untergrund einen Widerstand. Die Widerstandsgruppe *uncolored*. Heute ist der Tag, an dem jeder

Bürger der Nation von unserer Existenz erfahren soll…«
Das Feuer, das sich in den Augen von Ms Coleman
widerspiegelte, stellte eine Motivation für mich dar, die
nicht stärker hätte sein können. Ich konnte es kaum
erwarten, selbst vor der Kamera zu stehen, obwohl ich
große Angst hatte, Fehler zu begehen. Ich wollte meine
Geschichte mit der Nation teilen und ihnen bewusst
machen, wie viel mehr dieses Leben zu bieten hatte.

Es brauchte nicht viele Anläufe, bis alle mit der Ein-
gangsszene von Ms Coleman zufrieden waren. Nun
waren Jay und ich an der Reihe und sofort wurden meine Hände feucht. Schweißausbrüche und Gleichge-
wichtsprobleme stellten mich plötzlich auf eine harte
Probe. Hatte ich tatsächlich Lampenfieber? Beinahe
wäre ich in großes Gelächter ausgebrochen, aber da
wurden wir bereits auf das Podest gerufen. Jay nickte
mir zuversichtlich zu: *Optimismus, Kass!*

»Sehr gut! Kass bitte links und Jay, du rechts«, diri-
gierte uns eine weiße Seele. »Die Szene von Ms Coleman endet damit, dass sie euch ankündigt. Kass, du
beginnst. Keine Panik, halt dich einfach an das Script
und alles wird gut.« Ich nickte ihr zu, aber innerlich
schrie ich um Hilfe. Ich war so aufgeregt, dass ich einen
Kloß im Hals hatte. Ich wusste nicht, ob mir überhaupt
ein Wort über die Lippen kommen würde. Jay drückte
noch ein letztes Mal meine Hand, bevor das Licht auf
uns gerichtet wurde. Ich wurde kurz davon geblendet,

aber meine Augen gewöhnten sich schnell daran. *Nicht durchdrehen, Kass.*

»Klappe, die vierte! Und… Action!«, schrie der Kameramann. Das war mein Zeichen. Die Linse wurde zunächst nur auf mich gerichtet und auch ich ging ihr einige Schritte entgegen. Mit meinem Blick versuchte meinen Kampfgeist zu zeigen.

»Mein Name ist Kassandra McCarthy. Ich bin eine magische Seele. Einige dürften mich kennen, da ich in den letzten Wochen ziemlich viel Unruhe in der Nation gestiftet habe. Mein Leben wurde von dem einen auf den anderen Tag auf den Kopf gestellt. Ich wurde mit einer Wahrheit konfrontiert, mit der ich nicht umzugehen wusste. Ich fühlte mich verloren und überfordert, ich musste mein Zuhause verlassen und kämpfen. Aber das alles musste ich nicht alleine durchstehen, weil ich jemanden an meiner Seite hatte.« Ich hörte, wie Jay in den Radius der Linse trat. Nun war er an der Reihe.

»Mein Name ist Jay Coleman. Ich bin eine schwarze Seele. Mein ganzes Leben lang hatte ich das Gefühl, etwas würde fehlen. Ein Puzzleteil, das mein Leben vollkommen machen würde. Ich wusste nicht, wofür ich kämpfen sollte, wofür ich stehen sollte, an was ich glauben sollte. Vor ein paar Wochen betrat ich einen anderen Sektor, was gegen das Gesetz verstieß, und ich wurde beinahe gefasst. Wider alle Erwartungen hat mir eine Seele des anderen Sektors geholfen zu fliehen. Dieser

Tag hat uns miteinander verbunden. Unerwartete Ereignisse hatten uns zur Zusammenarbeit gezwungen. Wir widersetzten uns allen erdenklichen Gesetzen, aber das hat uns immer weiter zusammengeschweißt. Und bis heute halten wir einander fest. Denn jetzt weiß ich, wofür es sich zu kämpfen lohnt. Ich fühle mich vollkommen, wenn diese Seele in meiner Nähe ist. Und ich würde alles dafür tun, sie niemals zu verlieren.« Tränen bahnten sich einen Weg an meinen Wangen hinunter. In Jays Worten lag so viel Liebe, mit der ich niemals gerechnet hatte. Ich wusste, dass es nicht im Script stand – weder das ich weinen sollte, noch das, was ich im Begriff war zu tun – aber ich konnte nicht anders. Meine Gefühle drängten mich dazu. Ich sah ihm tief in die Augen, den Mund vor Fassungslosigkeit leicht geöffnet. Ich erblickte diese Liebe, diese Zuneigung, die Wahrheit in seinen Worten. Ohne groß darüber nachzudenken, trafen meine Lippen auf seine. Ich spürte, dass er von meiner Aktion überrumpelt war, aber keine Sekunde später erwiderte er meinen Kuss. Ganz gleich, was im Script stand, dieser Moment gehörte uns, nur uns.

Als ich mich von ihm löste, lächelte er. Auch meine Mundwinkel zuckten kurz, aber dann wandte ich mich der Kamera wieder zu. Ich ging ein paar Schritte vor und heftete den Blick auf die Linse. »Mein Name ist Kassandra McCarthy, ich bin eine magische Seele und ich liebe eine schwarze Seele.«

Jay folgte mir. »Mein Name ist Jay Coleman, ich bin eine schwarze Seele und liebe eine magische Seele.« Mit diesen Worten packte er meine Hand und unsere Finger verschränkten sich ineinander.

»Schnitt!«

Ich zog Jay in eine Umarmung, vergrub mein Gesicht an seiner Halsbeuge und lächelte in mich hinein.

»Ich liebe dich, Kass«, flüsterte er in mein Haar.

»Ich dich auch, Jay«, erwiderte ich.

Das Licht schwächte ab und ließ einen Blick hinter die Kamera zu. Jeder schien in seiner Bewegung wie versteinert, denn alle starrten uns an. Ich wappnete mich für das Schlimmste, aber das Schlimmste blieb aus. Es war erst einer, aber nach kurzer Zeit waren alle im Raum am Applaudieren. In den Gesichtern der Seelen konnte ich Mitgefühl sehen. Einige lächelten, andere wischten sich eine Träne aus dem Augenwinkel, andere wirkten Stolz. Beifall klatschend kam Ms Coleman uns entgegen und betrat das Podest. Vor uns blieb sie stehen.

»Das war wirklich großartig, ihr beide«, lobte sie uns und lächelte.

»Dann sind Sie nicht sauer, dass ich mich nicht an das Script gehalten habe?«, platzte ich überrascht heraus.

»Ganz und gar nicht, Kass«, lachte sie. »Improvisation bringt meistens die besten Ideen und Ergebnisse.« Sie nickte zufrieden und wandte sich zum Gehen, aber sie drehte sich nochmal zu uns um.

»Ich hätte mir keine bessere Freundin für dich wünschen können, Jay«, flüsterte sie. Jay nickte neben mir und legte einen Arm um mich.

»Ich weiß«, pflichtete er ihr bei.

Am nächsten Tag saß ich wieder früh morgens an den Betten meiner Eltern. Gestern Abend waren beide aufgewacht und ich wäre fast wieder in Tränen ausgebrochen. Sie konnten sich nur schwer an den Vorfall erinnern und fühlten sich noch ziemlich schwach, aber die Hauptsache war, dass sie lebten.

Ich hatte meine Hand mit der meines Vaters verschränkt und beobachtete ihn. Er wirkte erschöpft, aber er rang sich ein Lächeln ab. Für mich.

»Kass, mein Schatz«, krächzte er.

»Hey, Dad«, flüsterte ich zurück, um meine Mutter nicht zu wecken. »Wie fühlst du dich?«

»Wie der stolzeste Vater der Nation«, lachte er, um gleich darauf in einen Hustenanfall überzugehen.

»Stolz? Worauf denn? Dass ich euch ins Gefängnis gebracht habe? Dass ich selbst aus dem Gefängnis ausgebrochen und abgehauen bin?«, fragte ich niedergeschlagen. Die Erinnerung, wie sich meine Eltern gefühlt haben mussten, als sie von meinem Ausbruch und meinem Verschwinden erfahren hatten, lag mir schwer auf dem Herzen. Dass ich dafür verantwortlich war, dass sie einige Wochen im Gefängnis verbrachten mussten, dass sie all diese Strapazen auf sich nehmen mussten. Ich schüttelte bedrückt den Kopf.

»Nein, Kass«, erwiderte mein Dad. »Darauf, dass meine Tochter sich niemals hat unterkriegen lassen. Dass sie auf ihr Inneres gehört und wie eine Löwin für das gekämpft hat, was sie für richtig hielt. Ich hätte mich das niemals getraut, Kass.« Eine Träne lief mir die Wange hinab. Zitternd hob mein Vater seine Hand und wischte sie weg.

»Danke, Dad«, flüsterte ich und war in diesem Moment die glücklichste Tochter der Nation. Ich legte meinen Kopf auf seine Brust und genoss den Moment, in dem er mir gedankenverloren über das Haar streichelte.

Irgendwann räusperte er sich. »Was machst du hier eigentlich den ganzen Tag?«, fragte mein Vater neugierig. Ich lächelte.

»Wir drehen ein Holo-Video, in dem wir den Widerstand vorstellen und zeigen, wofür wir kämpfen wollen«, erklärte ich ihm stolz und setzte mich wieder auf.

»Und du kommst in diesem Video vor?«, fragte er mich weiter aus.

Ich nickte. »Jay und ich sind sozusagen der Aufmacher.« Mein Vater zog eine Augenbraue in die Höhe – jedenfalls versuchte er es – und sah mich an.

»Du magst diesen Jungen also wirklich«, stellte er fest und ich wusste nicht genau, wie ich damit umgehen sollte.

»Dad!«, rief ich empört aus und gab ihnen einen leichten Stups. »Du musst jetzt nicht mit mir über mein Liebesleben reden. Aber wenn du so neugierig bist, ja ich mag *Jay* wirklich.«

»Schon gut, schon gut«, wehrte er ab und gab ein Mischen von Lachen und Husten von sich.

»Was passiert noch in diesem Video?«, fragte er. Ich suchte angestrengt nach den richtigen Worten, um ihn nicht zu verletzten.

»Sie wissen es, Dad. Und bald wird es die ganze Nation wissen. Es ist der einzige Weg, um die Eignung des Systems und des Rates in Frage zu stellen, vor allem die der Obersten Ratsdezernentin…« Mir war unwohl bei diesem Thema und ich schluckte schwer, aber ich versuchte stark zu bleiben.

»Kass«, sagte er, plötzlich ganz ernst. »Wir müssen irgendwann darüber reden, was passiert ist. Über deine Herkunft…«

»Schhh«, machte ich, um ihn zu unterbrechen. »Nicht jetzt. Irgendwann, ja. Aber nicht jetzt. Ruh dich aus, ich muss sowieso los.« Er nickte niedergeschlagen. Ich wusste, dass er sich schrecklich fühlen musste, weil er mich die ganzen Jahre angelogen hatte. Ich war nur glücklich, dass die beiden am Leben waren und nicht mehr im

Gefängnis saßen. Die Zeit, in der wir uns aussprechen konnten, würde noch kommen, aber zunächst hatte ich einen ganz anderen Auftrag. Und das war die Rettung der Nation, unserer Nation.

Ich stand auf und wandte mich zum Gehen. Mein Dad hielt mich auf. »Kass.« Ich drehte mich zu ihm um und sah ihn fragend an. Er lächelte. »Ich möchte euch helfen bei dem Video. Und ich glaube, Leah würde es auch gerne.«

Das *Filmstudio* betrat ich genau im richtigen Moment, denn Ms Coleman stand bereits auf dem Podest und wartete auf ihren Einsatz. Nach der Szene von Jay und mir war sie wieder an der Reihe, um den Zuschauern zu verdeutlichen, dass die Trennung von uns Seelen keine notwendige Maßnahme war und wir alle das Recht haben sollten, frei zu sein. Sie würde erklären, dass das Lieben einer Seele aus dem anderen Sektor keine Straftat war, aber allein der Rat es zu einer machte. *Eine Nation für alle.*

Ich gesellte mich zu Jay und lauschte den Worten von Ms Coleman. Sie sprühte vor Begeisterung und Willenskraft. Ich konnte ihr ansehen, dass dieser Fortschritt, den wir in den letzten Tagen gemacht hatten, schon immer ihr Wunsch gewesen war. Der Widerstand war ihr zu verdanken, ihre Idee, die nun ausgereift war. Und ich freute mich, Teil dieser großen Sache zu sein.

»Wie geht's deinen Eltern?«, flüsterte Jay mir ins Ohr und gab mir einen sanften Kuss auf das Haar.

»Den Umständen entsprechend, aber sie sind stark«, antwortete ich und schmiegte mich in seine Arme. Die restliche Zeit von Ms Colemans Szene lösten wir uns nicht voneinander und hörten ihr gemeinsam zu.

Zwischen den Szenen von Ms Coleman, Jay und mir setzten wir Bildausschnitte, die unsere Ansicht unterstützten. Außerdem wurden wir von epischer Musik begleitet, sowie passender Soundeffekte und Special Effects. Aber für das Finale war ich wieder an der Reihe.

Als ich allen Beteiligten hier im Raum von der Idee, meine Eltern in das Video zu integrieren, berichtet hatte, stimmten sie mir sofort begeistert zu. Das Drehen des Finales verschoben wir um ein paar Tage, bis es meinen Eltern besser ging. Aber ich war so aufgeregt wie noch nie zuvor!

Seit Stunden saß ich bereits auf diesem Stuhl und bewegte mich keinen Zentimeter. Die Ärmel meines Hoodies über die Hände gezogen, hatte ich meine Arme fest um die Beine geschlungen und beobachtete, wie mein Vater gleichmäßig ein- und ausatmete. Er wirkte so ruhig und zufrieden, während er schlief, aber die Verletzungen in seinem Gesicht verzerrten das Bild. Ich wandte kein einziges Mal den Blick ab, weil ich das starke Gefühl empfand, ihn im Stich zu lassen, wenn ich ihm nicht meine volle Aufmerksamkeit schenkte.

Leah hatten sie vor einiger Zeit zu Untersuchungen mitgenommen. Es geht ihr schon besser; kurz bevor sie abgeholt wurde, hatten wir uns eine Zeit lang unterhalten. Es brach mir jedes Mal wieder das Herz, die beiden hier liegen zu sehen.

Als mein Vater flatternd die Lider öffnete und etwas desorientiert den Blick schweifen ließ, setzte ich mich zu ihm aufs Bett.

»Hey Dad. Wie fühlst du dich?«

»Es ging mir schon mal besser«, stöhnte er und lächelte. »Wie geht es dir, Kass? Kommt ihr voran?«

Ich griff nach seiner Hand und drückte sie. »Ja, alles läuft nach Plan. Hier leistet wirklich jeder tolle Arbeit.«

»Wo... wo ist Leah?«, fragte er plötzlich und wechselte abrupt das Thema. Ein panischer Ausdruck ersetzte das Lächeln auf seinem Gesicht und er machte Anstalten, sich aufsetzen zu wollen, aber ich drückte ihn sanft wieder zurück aufs Kissen.

»Beruhig dich, Dad. Sie führen nur einige Untersuchungen mit ihr durch. Sie müsste bald wieder kommen. Es geht ihr gut. Ich habe mit ihr gesprochen.«

Schnaufend legte er sich wieder hin. Wirklich beruhigt wirkte er nicht, aber wenigstens sprang er nicht panisch aus dem Bett und machte sich auf die Suche nach ihr. Obwohl ich es meinem Vater durchaus zutrauen würde.

Eine Zeit lang blieb es zwischen uns still, aber diese

Stille machte mir nichts aus, weil mich das Geräusch seines gleichmäßigen Atmens daran erinnerte, dass es ihm gut ging und er hier bei mir war.

Irgendwann räusperte sich mein Dad. »Kass, ich möchte gerne mit dir darüber reden, was passiert ist. Du hast es verdient, die Wahrheit zu hören.« Ich wusste, dass dieser Moment irgendwann kommen würde, aber als es soweit war, schnürte es mir die Kehle zu. Ich stieß die Luft aus, die ich unbemerkt angehalten hatte, und nickte. Möglicherweise konnte ich hinterher sogar verstehen, warum alles so kommen musste, wie es gekommen war, und konnte mit dem Thema abschließen. Ja, vielleicht würde es mir helfen. Ich war bereit dafür.

»Als ich Rebecca kennenlernte, war ich dreißig. Sie war erst seit kurzem im Amt der Ratsdezernentin und machte eine Tour durch die Sektoren, um sich vorzustellen. Als ich sie das erste Mal sah, war ich geblendet von ihrer Schönheit und ich wusste, dass es Liebe auf den ersten Blick war.« Er lachte. Ich konnte seine Augen glitzern sehen, während er von der alten Zeit erzählte. »Ich arbeitete damals als Hotelfachkraft in dem Hotel, in dem sie übernachtete, und hatte das Glück ihren Zimmerservice übernehmen zu dürfen. Als ich ihr das erste Mal ihr Essen brachte, warf sie mir nur einen kurzen, dankbaren Blick zu, aber ich hätte schwören können, sie war genauso angetan wie ich.« Mein Dad schmunzelte überheblich und zwinkerte mir zu.

»Dad!«, rief ich beschämt und schüttelte kurz den Kopf. »Nicht zu viele Details, bitte.«

Mein Dad lachte, dann fuhr er fort. »Je öfter ich in ihrem Zimmer war, desto länger wurden unsere Unterhaltungen und ich sage dir, wir hatten tolle Gespräche. Sie wirkte auf mich wie die Frau fürs Leben, Kass. Ihr Aufenthalt dauerte eine Woche und eines Abends bestellte sie nochmals den Zimmerservice nach oben. Ich war natürlich sofort zur Stelle. Es war die tollste Nacht meines Lebens, weil wir uns nichts daraus machten, dass wir aus unterschiedlichen Sektoren stammen. Als würde es dieses System mit den Sektoren gar nicht geben. Es war so schön. Als sie wieder abreisen musste, taten wir für die Öffentlichkeit so, als wäre das alles nie passiert, und dann war sie weg. Das waren wahrscheinlich die schlimmsten Wochen meines Lebens, weil ich wirklich Liebeskummer hatte. Wirklich.« Es fühlte sich toll an, etwas über die Vergangenheit meines Vaters zu hören, weil ich das Gefühl hatte, ihn noch viel mehr kennenzulernen, als ich es sowieso schon tat.

»Und dann hast du Leah kennengelernt?«, fragte ich.

»Ja. Als ich Leah kennenlernte, wurde alles besser. Ich habe mich wieder verliebt, die grauen Zeiten überstanden und konnte mich auf etwas Neues einlassen. Wir sind heute noch so glücklich wie damals. Doch eines Tages kam dann die Nachricht. Rebecca war schwanger, mit dir. Und ich war der einzige Mann, der als Vater in

Frage kam. Rebecca hatte von Anfang betont, dass sie dich unmöglich großziehen konnte, weil sie als Ratsdezernentin so viel Verantwortung trug. Deshalb entschied sie auch, dass in der offiziellen Geburtsurkunde eine andere Mutter eingetragen werden sollte. Sie gebar dich still und heimlich, nur ein ganz paar Leute waren involviert, die Stillschweigen schwören mussten. Ich war bei der Geburt dabei… und Leah auch. Als sie dich das erste Mal gesehen hat, hatte sie Tränen in den Augen und sagte von sich aus, sie will unbedingt als offizielle Mutter eingetragen werden. Das Ärzteteam klärte uns über ihre Befürchtungen auf, dass die Gene deiner Mutter stärker sein würden als meine, daher entschieden wir uns für die Tabletten. Du siehst, es war alles geplant, aber ich weiß, dass es falsch war. Wir hätten das nicht tun dürfen.«

Als mir die erste Träne über die Wange lief, wischte ich sie schnell mit meinem Ärmel weg. »Ihr wolltet mich doch nur beschützen«, flüsterte ich.

«Natürlich wollten wir das, Kass. Ich glaube auch, dass Rebecca dich genauso liebt wie wir, aber zu dieser Zeit sahen wir einfach keinen anderen Ausweg. Aber weißt du was, Kass?«

Jetzt war ich hellhörig. »Was?«, fragte ich im Flüsterton.

»Rebecca und ich hätten wirklich glücklich sein können, wenn die Nation uns gelassen hätte. Ich will nicht sagen, dass ich mit Leah nicht glücklich bin. Ich kann mir keine andere Frau mehr an meiner Seite vorstellen, vor allem, weil sie dich angenommen hat. Aber ich bin trotzdem froh, dass du diesen Schritt gehst, für den ich damals zu feige war.«

Tage später halfen Jay und ich meinen Eltern zum *Filmstudio* zu gelangen. Sie waren noch schwach und mussten gestützt werden, aber sie freuten sich auf das Drehen eines Holo-Videos. Alle waren bereits wieder akribisch dabei, Vorbereitungen zu treffen, als wir den Raum betraten. Ich half meiner Mutter, sich auf einen Stuhl zu setzen.

»Alles in Ordnung?«, fragte ich vorsichtshalber.

Sie lächelte und nickte. »Ja, Schatz. Danke. Ich bin nur so unglaublich aufgeregt!« Ich prustete los, denn ihr Blick war einfach göttlich. Wie ein kleines Mädchen, das ihren ersten Schultag vor sich hatte. Mit einer Träne in den Augen umarmte ich meine Mutter, aber bevor ich zurückweichen konnte, hielt sie mich noch kurz fest und flüsterte in mein Ohr.

»Kass, du musst wissen, dass ich dich liebe wie meine eigene Tochter. Und das habe ich schon immer und das wird auch immer so bleiben. Ich bin sehr stolz auf das, was du erreicht hast.«

Ich löste mich aus der Umarmung und sah ihr tief in die Augen. »Du wirst immer meine Mama bleiben, Leah

McCarthy«, flüsterte ich mit fester Stimme. Das Lächeln, das sie mir schenkte, war ein Moment, den ich niemals vergessen würde. Getrieben von Glücksgefühlen ließ ich mich wieder in eine Umarmung sinken und genoss den Augenblick, der nur uns gehörte. Ich sog ihren Geruch ein trotz der bitteren, sterilen Note der Krankenstation, die sich darunter mischte.

»Was ist denn hier los? Darf ich mitmachen?« Die kläglich klingende Stimme meines Vaters zog uns zurück in die Wirklichkeit. Ich löste mich von meiner Mutter und umarmte stürmisch meinen Vater, der sich ebenfalls auf einen Stuhl gesetzt hatte.

Gemeinsam wurden wir drei für die Kamera zu Recht gemacht und standen zwanzig Minuten später gemeinsam auf dem Podest. Ein allerletztes Mal.

Für die Nation, für die Seelen, dachte ich, bevor das Licht in unsere Richtung geneigt wurde und der Kameramann »Action!« rief. Die Einstellung der Kamera zeigte zunächst nur mich, daher atmete ich einmal tief ein und aus und begann mit dem finalen Höhepunkt des Holo-Videos.

»Sektorübergreifende Liebe. Dafür sind nicht nur Jay und ich ein gutes Beispiel. Denn unter euch lebt eine sehr bekannte Frau, die auch in den Genuss dieses Gefühls gekommen ist. Still und heimlich, um der Strafe zu entgehen und ihren Job zu sichern. Aber heute ist der Tag, an dem ihr alle nicht länger belogen werden sollt«, begann ich meine Rede. »Dafür möchte ich euch jemanden vorstellen.« Gemeinsam mit der Kamera ging ich ein paar Schritte auf meinen Vater zu. Er nickte mir stolz und zuversichtlich zu. »Das ist Andrew McCarthy, mein Vater. Und auch seine Frau, Leah McCarthy, möchte ich euch vorstellen.« Leah ging noch schwer auf den Beinen einen Schritt vor und gesellte sich in das Blickfeld der Linse. Sie hielt sich nervös an meinem Vater fest. Ich drehte mich zurück zur Kamera.

»Dass diese beiden weißen Seelen meine Eltern sind, ist nicht möglich, denkt ihr? Schließlich bin ich eine magische Seele. Ihr habt Recht. Zwar ist Andrew McCarthy mein leiblicher Vater, aber meine leibliche Mutter ist jemand anderes. Und ihr kennt sie alle.« Ich nickte meinem Vater zu, der einen Schritt Richtung Kamera wagte.

»Hallo, ich bin Andrew McCarthy. Vor neunzehn Jahren durfte ich eine Frau näher kennen lernen. Ich war sehr verliebt in sie und wir hatten eine sehr schöne Zeit. Aber das System, in dem wir schon jahrelang leben, hat diese Liebe nicht zugelassen. Und ich beteure euch, diese Liebe beruhte auf Gegenseitigkeit. Denn sie hat mir meine wundervolle Tochter Kass geschenkt. Kass ist ein Kind aus der Liebe einer weißen und einer magischen Seele. Wer ihre Mutter ist?« Mein Vater vollführte eine spannende Pause und sah mir kurz in die Augen, bevor er die Bombe platzen ließ. »Ihre Mutter ist

Oberste Ratsdezernentin Rebecca Cunningham.«

Wie im Script vorgeschrieben, bauten wir eine kurze Pause ein, damit die Seelen der Nation die Nachricht verdauen konnten. Dann wandte ich mich ein letztes Mal an die Zuschauer. »Wie ihr seht, selbst die Seelen, von denen wir dachten, sie ständen zu hundert Prozent hinter dem System, können sich vor der wahren Liebe nicht verstecken. Und wer weiß, vielleicht findet auch ihr eure Liebe auf der anderen Seite der Mauer. Wenn ihr gemeinsam mit dem Widerstand für eine freie Nation kämpfen wollt, zieht als Zeichen eurer Sympathie eines der grauen Kleidungsstücke an. Kämpft an unserer Seite, es ist eure Nation, euer Leben und eure Liebe. Der Widerstand wartet auf euch, wagt den Schritt.«

»Und… Cut!« Mit den Worten war das Werk vollbracht. Die Dreharbeiten für das Holo-Video waren beendet. Begeistert applaudierten alle, die zum Entstehen dieses Videos beigetragen hatten. Nun war es Zeit, es der ganzen Nation zu präsentieren.

Fünfundzwanzig

Die Zeit des Widerstandes war gekommen.

Eine Woche später waren auch die letzten Vorbereitungen für den großen Tag beendet. Früh morgens noch während der Dämmerung zog ich mir meinen grauen Kampfanzug an, der für alle Mitglieder des Widerstandes angefertigt worden war. Mein Bauch kribbelte vor Aufregung und Übelkeit überkam mich. Ich wusste nicht, ob die Seelen dort draußen auf uns hören würden, ob sie uns glauben und vertrauen, ob sie mit uns kämpfen würden. Möglicherweise glaubten sie, es wäre alles eine Lüge und wir würden nur falsche Behauptungen aufstellen. Tausende Szenarien, was alles schief gehen konnte, liefen in meinem Kopf ab und machten es mir schwer, konzentriert zu bleiben.

Meine Haare band ich mit zitternden Händen zu einem hohen Zopf zusammen. Dann zog ich mir die grauen Stiefel an und verließ das Zimmer. Auf dem Flur traf ich auf Jay, der ebenso nervös und angespannt wirkte. Er griff nach meiner Hand und ließ die andere in der Hosentasche verschwinden, wahrscheinlich, um das Zittern zu verbergen. Von draußen drangen die Geräusche der Jets ins Innere, die Startkontrollen durchführten und Funktionen überprüften. Sie würden später über die Nation fliegen und durften daher keine Fehler aufweisen. Kurz bevor wir die Tür zur großen Halle erreichten, in der wir uns alle versammelten, hielt Jay inne und wandte sich zu mir. Er griff auch nach meiner anderen Hand.

»Kass«, sagte er und sah mir tief in die Augen. »Ich weiß, ich habe dir geholfen, als du meine Hilfe gebraucht hast, aber du musst wissen, ich hätte niemals von dir erwartet, dass du deshalb auch mir mit dem Widerstand hilfst. Ich weiß, welche Gefahren und Risiken du heute auf dich nimmst, damit wir erfolgreich sind, und du sollst wissen, dass ich dich für deinen Kampfgeist und deinen Willen sehr bewundere. Aber vor allem liebe ich dich, mehr als ich jemals jemanden geliebt habe. Bitte… pass auf dich auf.«

Ich lächelte und schluckte den Kloß in meinem Hals herunter. »Wenn du mir versprichst, auch auf dich aufzupassen.« Er nickte und drückte ein letztes Mal meine Hände. Dann öffnete er die Tür. Jetzt oder nie. *Optimismus, Kass.*

Ms Coleman teilte uns alle in Teams mit unterschiedlichen Aufgaben ein. Jay und ich führten das Team an, das sich im Sektor der magischen Seelen positionieren und einen Überblick über das dortige Geschehen haben sollte. Wir hatten uns den perfekten Tag für die Hologramm-Übertragung ausgesucht, denn heute war *Natio-*

nalfeiertag. Ein Tag, der auch unter den derzeitigen Geschehnissen nicht ausfallen durfte. Am Nationalfeiertag mussten sich alle Seelen auf dem großen Platz des jeweiligen Sektors einfinden und sich einen Holo-Film zur Entstehungsgeschichte der Nation der Seelen ansehen. Wie ich mittlerweile wusste, war alles, was in diesem Hologramm gezeigt wurde, eine Lüge. Ich wusste es besser, ich wusste die Wahrheit.

Ein Team mit Kämpfern und Technikern würde sich auf den Weg zum Sendeturm machen, um den Holo-Film mit unserem Video auszutauschen.

Jay stattete mich und andere Mitglieder unseres Teams mit Waffen aus. Wir versuchten, die magischen Seelen mit ihren Fähigkeiten gerecht und sinngemäß aufzuteilen, damit jeder von ihnen profitieren konnte. In unserem Team war neben meiner Gabe eine magische Seele, die uns unsichtbar machen konnte, und eine weitere mit ‚Infrarotaugen‘. Die Frau konnte durch Gebäude und Häuser sehen, wie viele Seelen sich in unserem unmittelbaren Umfeld aufhielten. Ich persönlich stellte mir diese Fähigkeit gruselig vor, wenn die Seelen vor mir plötzlich zu Infrarotfiguren mutierten, aber für unser Team war sie eine wahre Bereicherung.

Als Jay mir die geladene Handfeuerwaffe in die Hand drückte, sah ich die Sorgen in seinem Blick. Er hatte Angst. Um mich, um seine Mutter, um meine Eltern, um die Mitglieder des Widerstandes. Es gefiel ihm

nicht, mit Waffen in die Nation zu fahren, aber er wusste, dass wir uns verteidigen mussten. Alle Widerstandsmitglieder hatten sich darauf geeinigt, die Waffen nur
im absoluten Notfall zu nutzen.

»Du weißt, wie man damit umgeht?«, fragte Jay und
zog eine Augenbraue in die Höhe. »Ich habe es dir
schon einmal gezeigt.«

Ich nickte und schluckte. »Ja.« Ich erinnerte mich gut
an mein erstes Schießtraining in der Wohnung im Sektor der magischen Seelen. Mir war nicht ganz wohl dabei, mit einer Waffe herumzulaufen, aber ich wusste,
dass auch ich mich absichern musste. Ich verstaute die
Waffe in der Schlaufe an meinem Kampfanzug und
versuchte, mich zu beruhigen.

Zusammen mit unserem Team machten wir uns auf
den Weg zum Truck, der uns zur Nation fahren würde.
Am Ausgang warteten meine Eltern auf mich. Sie waren
mittlerweile auch im Grau des Widerstandes gekleidet
und auf dem Weg der Genesung. Sie warteten im Quar-
tier und betrachteten das Geschehen von außen. Ohne
ein Wort zu sagen, nahm ich meine Eltern in die Arme
und drückte sie. Auch sie klammerten sich an mich. Wir
wussten, dass mein Vorhaben lebensgefährlich war, aber
ich sträubte mich davor, ihnen Lebe wohl zu sagen.
Optimismus war mein Mantra, meine Einstellung, mein
Glaube. Sie nickten mir zuversichtlich zu. Ich konnte
sehen, wie sie ihre Tränen unterdrückten.

»Wir glauben an dich«, flüsterte mein Vater. »Geh und rette die Nation.«

Das werde ich, dachte ich und schloss mich meinem Team an.

Während der Fahrt zur Nation dachte ich an Felicitas. Was würde sie sagen, wenn sie nachher das Holo-Video sah? Würde sie an meiner Seite sein oder mich für verrückt erklären? Ich stellte mir vor, wie sie in ihrem Zimmer vor dem Spiegel stand und sich einfach nicht entscheiden konnte, was sie anziehen sollte. Schließlich war Nationalfeiertag, jeder würde sie sehen. Sie musste perfekt aussehen, sonst wäre sie nicht Felicitas. Bei dem Gedanken lächelte ich in mich hinein. Ich vermisste ihre aufgedrehte Art. Felicitas war meine beste Freundin und bisher immer auf meiner Seite gewesen. Ich hoffte, dass sie mich auch jetzt unterstützen würde.

Der Weg zur Nation war unbefestigt und holperig. Das Team aus weißen, schwarzen und magischen Seelen war stumm, jeder war in sich gekehrt und grübelte über die nächsten Stunden. Auch Jay neben mir starrte unweigerlich auf den Boden des Trucks. Wir hatten überlegt, ob wir stärker waren, wenn wir uns trennten, aber wir waren uns schnell einig gewesen, dass wir uns zu sehr um den anderen sorgen würden. Daher blieben wir zusammen und führten gemeinsam das Team an.

Kurz vor der Grenze hielten wir an. Im Truck sprachen wir ein letztes Mal den Plan durch. Dabei übernahm Jay das Wort, weil ich so aufgeregt war, dass es mir schwer fiel zu sprechen. Über Ohrstecker, die als Headset dienten, konnten wir mit den anderen Teams in Verbindung bleiben. Daher wusste ich, dass Team Sendeturm bereits die Nation betreten hatte und Team Grenze gerade die Schranken durchquerte. In circa zwanzig Minuten war also unser Team an der Reihe. Danach würden noch vier weitere Teams folgen, die von Cornelius, Ms Coleman, David und einer schwarzen Seele namens Kate angeführt wurden. In den Sektoren der weißen und schwarzen Seelen hatten wir bereits mehrere Teams positioniert, die ein Blick auf den großen Platz und auf die Grenzen haben sollten.

»Team Sendeturm hat den Zielort erreicht«, flüsterte der Anführer des Teams, sodass wir es durch den Ohrstecker hören konnten. »Warten jetzt auf das Zeichen.« Das Team wartete mit dem Einbruch in den Sendeturm, bis sich die restlichen Teams ebenfalls positioniert hatten.

»Gut. Bleiben Sie in Position!«, zischte Ms Coleman. Ich konnte zwar nur ihre Stimme hören, aber ich glaubte einen Funken Aufregung und Panik darin zu vernehmen.

Gleichzeitig wurden die Türen des Trucks aufgerissen und Licht durchflutete das dunkle Innere. »Zeit zum Aufbrechen«, befahl unser Fahrer und trieb uns aus dem

Wagen. Ab hier führten wir unseren Weg zu Fuß fort, da wir so unauffälliger sein konnten. Wir mobilisierten alle unsere Kräfte und drängten uns vorwärts bis zu den Schranken, die ein Eindringen in die Nation unmöglich machten. Auch die Sicherheitsbeauftragten waren Sympathisanten des Widerstandes, damit war es für uns ein Leichtes unbemerkt durch die Schranken zu gelangen. Und trotzdem gingen wir auf Nummer sicher und ließen uns von Kendra unsichtbar machen, um auf den Kameraaufnahmen nicht gesehen zu werden. Diese Methode war sicherer, als die Kamerasequenzen zu ändern oder zu löschen.

Wir positionierten uns links und rechts von den Schranken und warteten auf das Zeichen. Es waren nervenzerreißende Sekunden, die wir in unserer Bewegung verharrten, aber dann wurden die Schranken mit einem dumpfen Geräusch geöffnet und Jay und ich trieben unser Team an, einzudringen. Mit einem kurzen Nicken gab uns Kendra zu wissen, dass sie im Gebrauch ihrer Fähigkeit war und wir die Kameras passieren konnten. Jay und ich gingen als letztes hindurch und sofort schlossen sich die Schranken mit einem Zischen. Wir suchten Schutz im Schatten der Gebäude und taxierten die Umgebung. Natürlich waren keine Seelen an den Grenzen der Nation, schon gar nicht am Nationalfeiertag, aber auch die Sicherheitsbeauftragten schienen vorrangig an den Plätzen und an wichtigen Orten wie dem Sendeturm eingesetzt worden zu sein.

»Team Schranken an Team Sektor eins. Vorwärts! Die Luft ist rein!«, befahl jemand durch mein Ohrstecker und Jay und ich preschten mit unseren Leuten weiter voran. Die Feier im Sektor der magischen Seelen fand auf dem *National Soul Square* statt, so wie jedes Jahr. Der ganze Rat war anwesend und feierte gemeinsam mit seinen Seelen den bedeutsamen Tag. Wir liefen durch leergefegte Gassen und über unbefahrene Straßen. Es war unheimlich still im Sektor der magischen Seelen, da jeder seine Arbeit niedergelegt hatte, um sich auf dem Platz zu versammeln.

Ein paar Mal mussten wir uns dennoch vor patrouillierenden Soldaten verstecken. Sarah, die Frau mit den Infrarotaugen, konnte uns rechtzeitig warnen, wenn Soldaten in der Nähe waren. Doch bisher schien alles nach Plan zu laufen. Es war leicht. Zu leicht, für meinen Geschmack. Aber ich wollte nicht noch mehr Anspannung unter das Team bringen, daher behielt ich meine Gedanken für mich.

Wir drangen möglichst unauffällig in ein Gebäude ein. Da jeder Anwesenheitspflicht auf dem Platz hatte, waren die Häuser verlassen. Wir verteilten unser Team an den Fenstern. Dann setzten Jay und ich uns ab und suchten einen Weg auf das Dach des Gebäudes. Das Wetter versprach einen milden Tag. Der Wind war stärker in dieser Höhe und blies mir meinen Zopf ins

Gesicht. Vorsichtig wagten wir einen Blick hinab. Wir hatten einen perfekten Blick über das Geschehen auf dem *National Soul Square*. Tausende magische Seelen hatten sich dort versammelt und blickten neugierig zur Bühne. Dort hatte sich unser Rat versammelt, natürlich mit mehreren Soldaten als Absicherung. In diesem Moment stand Ms Cunningham von ihrem Platz auf und bereitete sich auf ihre Rede vor.

»Team Sektor eins in Stellung«, sagte Jay, damit auch der Rest des Widerstandes Bescheid wusste.

»Die anderen Teams sind unterwegs«, erwiderte Ms Coleman. »An Team Sendeturm: Eindringen! Der Rest des Planes ist bekannt!« Damit hatte das Team das Zeichen erhalten und sie würden in diesem Moment in den Sendeturm eindringen. Ich beobachtete weiterhin Ms Cunningham dabei, wie sie zu den Anwesenden sprach. Ich konnte nicht verstehen, was sie sagte, aber ich wusste, sie appellierte, wie wichtig das Wissen über die Entstehung der Nation war und das Festhalten an dem System, in dem wir lebten. Mich schüttelte es bei diesen Worten.

»Sarah, Statusbericht. Irgendwelche Feinde in der Nähe?«, fragte Jay die Frau mit den Infrarotaugen, die nur ein paar Stockwerke unter uns hockte.

»Negativ, Jay. Die Sicht ist frei. Vereinzelt Soldatentrupps, aber keine Bedrohung«, erwiderte sie.

»Gut. Position halten«, befahl Jay, während ich den

Blick weiter auf das Geschehen auf dem Platz richtete.

»Bereit?«, flüsterte Jay neben mir so leise, dass nur ich es hören konnte. Ich nickte optimistisch und konnte es kaum abwarten, bis unser Holo-Video abgespielt werden würde. Der Moment, auf den wir alle gewartet hatten, war gekommen.

Durch den Ohrstecker hörte ich die Hintergrundgeräusche der anderen Teams. Team Sendeturm drang indes in den Turm vor. Dabei mussten sie mehrere Sicherheitsleute ausschalten. Ich hörte Kampfgeräusche und Gegenstände, die zu Bruch gingen. Rufe, die plötzlich verklangen. Türen, die geöffnet wurden, Stöhnen und Schnaufen der Teammitglieder. Zitternd wartete ich darauf, dass das Team einen Hinweis auf seinen Fortschritt gab. Aber es kam nichts, daher versuchte ich weiterhin fieberhaft, die Hintergrundgeräusche zu analysieren. Währenddessen beendete Ms Cunningham ihre Rede und nahm wieder auf ihrem Sitz Platz. Sie wirkte überheblich, arrogant und überzeugt. Wenn sie wüsste, was gleich passieren würde!

»Team Sendeturm erfolgreich eingedrungen. Die Sendungen sind nun unter unserer Kontrolle«, verkündete der Anführer des Teams. Ich atmete erleichtert aus. Nun würden sie sich verkleiden und die überwältigten Soldaten und Sicherheitsleute knebeln und einsperren. Es konnte ja sein, dass noch andere einen Kontrollgang durch den Sendeturm vorhatten, deshalb mussten wir auf alle Eventualitäten vorbereitet sein.

Auf dem Platz startete nun wie jedes Jahr der Holo-Film über die Entstehung der Nation. Es plärrte so laut aus den Lautsprechern, dass ich beinahe jedes Wort der Lüge verstehen konnte. »*Die Nation der Seelen. Vor mehreren hundert Jahren erhob sie sich aus den Trümmern der alten Welt…*« Ich schüttelte angewidert den Kopf und hörte nicht weiter zu, denn ich wartete auf den Moment. Der Moment, der alles änderte.

»Senden freigegeben«, flüsterte Ms Coleman durch den Ohrstecker. In ihrer Stimme klang nun Vorfreude, Stolz und Zuversicht mit. Jay und ich lächelten uns an.

»Sendeübertragung eingeleitet«, dröhnte es aus unserem Ohrstecker und da verzog sich das Bild des Holo-Films, als wäre die Übertragung gestört. Es flimmerte und wurde schwarz. Durch die Menge ging ein Raunen, die Seelen sahen sich überrascht an. Der Rat sprang fassungslos von den Sitzen auf und wandte sich an die Soldaten. »*Was ist hier los?*«, schrie Ms Cunningham. Ich konnte es von ihren Lippen ablesen.

Und dann startete unser Holo-Video.

Epische Musik, feurige Bilder und gewaltige Szenen. Der ganze Platz verstummte und sah sich das Video an. Auch der Rat schien fassungslos. Ich lächelte. Ms Cunningham beauftragte die Soldaten, etwas zu unternehmen. Auf dem Holo-Video begrüßte nun Ms Coleman die Zuschauer. Es war ein Moment in der Geschichte der Nation, der bedeutend werden sollte. Der Rat und die Soldaten wurden hektisch, panisch und versuchten vergeblich, die Übertragung zu stoppen. Ms Cunningham schnappte sich das Mikrofon und redete auf die Seelen ein, aber diese waren viel zu fokussiert auf das Video. Gut so.

Mittlerweile kam die Szene von Jay und mir. Es war ein komisches Gefühl, sich selbst beim Küssen zu beobachten, aber es fügte sich gut in die Szene ein. Ich studierte die Gesichter der Seelen. Einige schienen wahrhaft angetan, andere wirkten entsetzt, wiederum andere hatten einen skeptischen Blick. Aber auch sie würden wir noch überzeugen. Nachdem Ms Coleman die Schwierigkeiten unserer Liebe erklärt hatte, wechselte das Bild und nun war ich allein auf dem Holo-Video zu sehen. Ich glaubte, zu sehen, dass Ms Cunningham wusste, was nun kommen würde. Sie wurde ganz panisch und schrie die Soldaten an. Sie taten mir leid, schließlich konnten sie nichts dafür. Als meine Eltern im Video erschienen, ließ sie vor Entsetzen und Verwirrung das Mikro fallen. Wie gebannt starrte sie auf das Video. Wie es wohl war, den Mann wiederzusehen, in den sie so verliebt gewesen war?

Die Seelen auf dem Platz waren nun vollkommen schockiert. Sie konnten nicht fassen, was sie dort geboten bekamen. Auch die restlichen Mitglieder des Rates starrten Ms Cunningham an, als hätten sie Geister gesehen. Diese wiederum wusste nicht, was sie tun oder sagen sollte. Die Seelen wurden unruhig, lauter, diskutierten wild. Und dann kam mein Finale, auf das ich so lange gewartet hatte. Langsam richtete ich mich auf, um das kommende Spektakel zu beobachten.

»*Wenn ihr gemeinsam mit dem Widerstand für eine freie Nation kämpfen wollt, zieht als Zeichen eurer Sympathie eines der grauen Kleidungsstücke an. Kämpft an unserer Seite, es ist eure Nation, euer Leben und eure Liebe. Der Widerstand wartet auf euch, wagt den Schritt...*«

Boom.

Ein-, zwei-, dreimal. Einer nach der anderen gingen sie hoch.

Mehrere Explosionen durchzuckten die Stille. Rauchschwaden wirbelten in den Himmel. In der Ferne sah ich Feuer. Es war vollbracht.

Die Mauern, die jahrelang eine Grenze darstellten, waren explodiert, vernichtet, niedergerissen. Ein atemberaubendes Spektakel.

Die Seelen waren schützend in die Knie gegangen und hielten sich die Hände über den Kopf, aber natürlich erreichten die Explosionen sie nicht. Sprachlos beobachteten sie den Rauch, der in den Himmel stieg. Und dann brach der Tumult aus. Schreie, Rufe, Panik, Hektik. Ein Durcheinander auf dem Platz.

In der Ferne konnte ich unsere Jets ausmachen, die in

diesem Moment über die Sektoren flogen. Zischend peitschten sie über uns her und öffneten ihre Klappen direkt über die Seelen, die angsterfüllt, aber auch fragend und neugierig in die Höhe sahen. Millionen von grauen Kleidungsstücken flogen flatternd gen Boden, während auf dem Holo-Video nun eine Dauerschleife von Ms Coleman und mir lief, in der wir die Seelen dazu anheuerten, dem Widerstand zu helfen und sich kampfbereit zu machen. Außerdem zeigten wir ein Bild meiner Geburtsurkunde als Beweis, um unsere Aussagen zu unterstützen.

Jay und ich beeilten uns zu unserem Team zu gelangen. Gemeinsam mit den anderen positionierten Teams würden wir uns nun zu erkennen geben. Wir trafen uns am Ausgang des Gebäudes und warteten auf ein Zeichen von Ms Coleman, die die ganze Mission anführte. Ich bekam vor Aufregung ganz feuchte Hände. Ich lugte durch ein Fenster. Als ich die anderen auf der Straße sah, nickte ich meinen Leuten zu und wir schlossen uns der Gruppe an. Jay und ich gesellten uns zu seiner Mutter an die Spitze. Ein grauer Block unterschiedlicher Seelen, der gemeinsam vordrang, um dem Ganzen ein Ende zu bereiten. Der Kameramann, Ronald war sein Name, wurde nun live auf Sendung geschaltet, um das Treiben zu filmen, damit auch die anderen Sektoren wussten, was hier vor sich ging. Schließlich sollten sie uns unterschützen. Heute. Jetzt. Es war unsere einzige

Chance.

Als die Seelen uns bemerkten, drehten sie sich mit großen Augen zu uns um. Ich hob einige der grauen Kleidungsstücke auf, damit ich sie gleich unter ihnen verteilen konnte. Mehrere der Seelen hielten die grauen T-Shirts, Anzüge und Jacken bereits überfordert in der Hand, als wüssten sie nicht, ob sie das Richtige taten.

Auch Ms Cunningham bemerkte uns. Umgeben von ihren Soldaten kam sie die Bühne herunter geschritten. Es war lange her, seitdem wir uns das letzte Mal gegenüberstanden.

»Was soll das werden?«, fragte sie giftig. Wir hatten wirklich ihre Nerven strapaziert.

Ms Coleman brach in ein Gelächter aus. Auch ich schmunzelte. »Es war doch nur eine Frage der Zeit, bis dein kleines Geheimnis an die Öffentlichkeit gerät, Rebecca«, erwiderte Ms Coleman und lächelte. »Du hast die Wahl. Stell dich freiwillig oder wir werden das für dich übernehmen.« Die beiden Frauen gaben sich ein Böse-Blicke-Gefecht. Ich reckte kampfbereit den Kopf in die Höhe.

»Das ist doch Schwachsinn!«, schrie Ms Cunningham. »Ergreift sie! Ergreift sie alle!«

Von allen Seiten griffen uns die Soldaten der Nation an. Ich versuchte derweil alle Kampftechniken anzuwenden, die Jay mir gelehrt hatte, um mich zu verteidigen. Aus dem Augenwinkel sah ich, wie sich Ms Cunningham aus dem Staub machte. Ich wollte ihr hinterher, aber ich wusste, dass ich den Widerstand nicht allein lassen konnte. Nicht solange die Seelen nicht auf unserer Seite waren.

Gebückt wich ich dem Chaos auf dem Platz aus, bis ich auf die Bühne klettern und mir das Mikro schnappen konnte. Ich testete kurz, ob es noch funktionierte, und richtete mich dann auf.

Die Worte sprudelten aus mir heraus, als ich das Ausmaß des Tumults erblickte. »Hey!«, schrie ich in das Mikro. »Hört mir zu!« Es war nicht leicht, die Aufmerksamkeit auf sich zu ziehen, aber ich versuchte es weiter. »Hört mir zu! Nicht wir sind der Feind! Nicht der Widerstand ist euer Feind, sondern *sie*! Die Frau, die sich in diesem Moment feige davonschleicht, damit sie ihre eigene Haut retten kann. Sie hat euch belogen, all die Jahre, sie hat uns alle belogen und dafür muss sie bezahlen!« Mittlerweile hatten viele gemerkt, dass ich auf der Bühne stand und versuchte, dem sinnlosen Hin und Her ein Ende zu bereiten. »Versteht ihr denn nicht?«, fragte ich und sah in die Augen all der Soldaten und Seelen und auch in die Kamera, die mich filmte. »Wir müssen diesem System ein Ende setzen, denn wir haben es verdient frei zu leben. Eine Nation ohne Sektoren, dafür müssen wir kämpfen!« Es war so still geworden, dass es beinahe unheimlich war. Aber das Adrenalin in meinen Adern pushte mich weiter. Das war der Moment, in dem ich alles entscheiden konnte. »Also sagt mir: wer von euch ist für eine Nation ohne Grenzen? Wer von euch ist für eine gemeinsame Zukunft? Wer von euch kämpft zusammen mit dem Widerstand und bringt das System zu Fall? Wer, verdammt nochmal, ist heute grau?!« Völlig außer Atem wartete ich auf eine Reaktion von den Anwesenden. Eine peinliche Ewigkeit lang hatte ich das Gefühl, niemand würde meinen Worten Glauben schenken, als eine Stimme die Stille zerriss.

»Ich bin grau!«

Zwischen all den grauen Widerstandskämpfern und den überfordert dreinblickenden magischen Seelen bahnte sich eine weiße Seele den Weg zur Bühne. Ich wäre beinahe in Tränen ausgebrochen, als ich ihr entschlossenes Gesicht erkennen konnte. Felicitas.

»Ich bin grau!« Hinter Felicitas schritten weitere Seelen Richtung Bühne, während sie sich ein graues Kleidungsstück überwarfen. Es war Jake, der Felicitas nachgesprochen hatte. Auch Jessica und Louis konnte ich entdecken. All meine Freunde, mit denen ich die ersten Wochen an der Universität verbracht hatte, waren gekommen und sprachen mir und Felicitas nach. Auch die Mitglieder des Widerstandes riefen gemeinsam »Ich bin grau!«.

Als sich ein Soldat aus der Menge löste, traute ich meinen Augen kaum. »Ich bin grau!«, sagte er, lächelte und nickte mir aufrichtig zu. Es war Brian.

Ich konnte kaum fassen, wer alles auf unserer Seite stand. Immer mehr weiße und schwarze Seelen strömten auf den *National Soul Square* und schlossen sich uns an. Sie hatten tatsächlich den Weg über die Grenze gewagt und waren zu uns gekommen, um an unserer Seite zu kämpfen.

Ich hüpfte von der Bühne und rannte zu Felicitas. Es tat so gut, sie endlich mal wieder in den Armen zu halten. Meine beste Freundin, die auch in den tiefsten Stunden an meiner Seite war.

»Du bist wirklich verrückt, Kass«, schniefte sie. »Aber ich werde stets hinter dir stehen, hörst du?«

»Danke!«, erwiderte ich mit Tränen in den Augen. Ich löste mich aus der Umarmung und sah ihr in die Augen. Sie war wirklich bereit, an meiner Seite zu kämpfen. Sie hatte eine der grauen Jacken an. Plötzlich schweifte ihr Blick ab auf etwas, das hinter mir sein musste. Ich drehte mich überrascht um, es war Jay.

»Hallo Felicitas. Lange nicht gesehen«, begrüßte er sie und nickte ihr zu.

»Hey, Jay«, antwortete sie und schüttelte lächelnd den Kopf. Ich begrüßte auch meine anderen Freunde und stellte ihnen allen Jay vor.

»Und, wie sieht der Plan aus?«, fragte Felicitas und sah uns erwartungsvoll an. Auch von den anderen ernteten wir neugierige Blicke.

Ich drehte mich überfordert zu Jay um. »Wir müssen

einen neuen Plan entwickeln. Der Kampf ist erst gewonnen, wenn wir Ms Cunningham gefasst haben«, antwortete er und sprach damit alle, die um uns herum standen, an. Eine hitzige Diskussion begann, von allen Seiten wurden Ideen zwischengeworfen und Taktiken erläutert. Mir fiel es schwer, der Unterhaltung zu folgen.

»Wir können Pläne schmieden bis zum Morgengrauen, das bringt uns nur alles nichts, weil Ms Cunningham dann bereits über alle Berge ist«, warf Jay ein, um die Menge ein wenig zu beruhigen.

»Jay hat Recht. Wir dürfen keine Zeit verlieren!«, stimmte seine Mutter zu.

Ich räusperte mich. »Brian«, sagte ich laut und suchte seinen Augenkontakt. »Hast du eine Idee, wo Ms Cunningham sein könnte?«

Er wog den Kopf hin und her, als sei er sich nicht ganz sicher gewesen. »Ich denke im Ratsviertel. Wenn sie sich wirklich aus dem Staub machen will, wie ihr alle sagt, dann wird sie dort vorher vorbei müssen. Aber ihr solltet aufpassen, sie hat immer noch Soldaten auf ihrer Seite. Im Ratsviertel sind viele von ihnen postiert.«

Wild gestikulierend diskutierten wir darüber, wie wir die Sache in Angriff nehmen konnten. Es hatten sich zwar viele unserer Seite angeschlossen, aber wir mussten trotzdem auf alle Eventualitäten vorbereitet sein. Und wir brauchten einen wasserdichten Plan.

Gerade schon, als ich eine Idee loswerden wollte, ertönte eine Stimme hinter mir, die im ersten Moment ein beklemmendes Gefühl in mir auslöste und mich nach Luft schnappen ließ. An diese Stimme erinnerte ich mich nur zu gut.

»Ich bin grau.«

Als sich diese drei Worte zu einer Botschaft in meinem Kopf formatierten, wirbelte ich mit einem Satz herum und sah mich ihm direkt gegenüber. General Rowley.

Ein entschlossener Ausdruck lag auf seinem Gesicht.

»Ms McCarthy, Mr Coleman«, er nickte uns beiden kurz zur Begrüßung zu und blieb dann vor mir stehen. Hinter ihm formierten sich eine Reihe Soldaten aus dem Sektor der weißen Seelen, die sich mit unserer grauen Kleidung bestückt hatten. Ich konnte nichts sagen, so sprachlos war ich. Fragend sah ich General Rowley an. Dieser räusperte sich, bevor er sich erklärte. »Vielleicht erinnern Sie sich an mich. Ich leitete den Soldatentrupp am Zaun des weißen Sektors. Wir hatten bereits das Vergnügen.«

»Wie sollten wir das jemals vergessen?«, scherzte Jay hinter mir. Ich warf ihm einen bösen Blick zu und widmete mich dann wieder General Rowley.

Er schnaubte. »Ich muss sagen, ich bin nicht der größte Fan von ihnen beiden, aber ich schätze die Sache, für die sie stehen. Daher werden meine Truppe und ich an ihrer Seite kämpfen.«

Bevor ich etwas antworten konnte, mischte sich Ms Coleman in unser Gespräch ein. »Na, das ist doch toll! Ich bin Anita Coleman, nett Sie kennen zu lernen, General Rowley.« Sie hielt ihm ihre Hand hin, die er nach kurzem Zögern schüttelte.

Ich nickte ihm anerkennend und dankend zu.

»Gut. Ich habe einen Plan«, sagte ich und berichtete allen von meiner Idee.

Sechsundzwanzig

Mit hunderten von motivierten Frauen und Männern jeglicher Sektoren waren wir auf dem Weg zum Ratsviertel. Stolz schritten wir voran und versammelten uns vor dem Eingangstor zum Territorium des Rates. Jede magische Seele setzte in diesem Moment ihre Fähigkeit ein, damit der unter Strom gesetzte Zaun kein Hindernis mehr für uns darstellte. Nach wenigen Minuten war der Zaun verbogen und verbeult und nur noch ein Trümmerteil auf dem Boden. Wie Brian uns vorgewarnt hatte, warteten hinter dem Zaun hunderte Soldaten bereits auf unsere Ankunft. Aber wir hatten die Seelen der Nation hinter uns, die alle bereit waren zu kämpfen.

Und so stürzten wir uns ein weiteres Mal in einen bitteren Kampf. Ich hatte bereits einige Wunden, aber sie hinderten mich nicht daran, weiterzumachen. Ich kämpfte mit Händen und Füßen, bis meine Gegner kampfunfähig waren.

Schüsse fielen. Es war schon längst zu einem Blutbad gewechselt, denn mehrere Seelen und Soldaten lagen mit offen Augen und Mündern regungslos auf dem Boden. Ich sträubte mich davor, meine Waffe zu nutzen. Diese Bilder spielten sich bereits jetzt wie ein schrecklicher Albtraum in meinem Kopf ab, meine Knie zitterten und ich verlor die Kontrolle über mich selbst. Regungslos blieb ich stehen und beobachtete die Szenerie um mich herum. Ich wollte nicht, dass es soweit kam. Ich wollte nicht, dass wir uns gegenseitig bekämpfen. Ich wollte Frieden schließen, ich wollte der Nation helfen. Aber nicht so.

Als mich ein harter Schlag auf den Hinterkopf traf, katapultierte es mich zurück in die Realität und geradewegs Richtung Boden. Mir wurde kurz schwarz vor Augen und ich konnte mich nicht richtig abfangen, sodass meine Handflächen aufschürften. Das alles registrierte ich in Sekundenschnelle, denn ich drehte mich bereits auf den Rücken und wehrte einen weiteren Schlag des Soldaten ab. Mit ein paar Handgriffen hatte ich ihn zu Fall gebracht und rappelte mich wieder auf die Beine. Jetzt war definitiv keine Zeit, um aufzugeben.

Als wir uns sicher sein konnten, dass die Seelen und die Mitglieder des Widerstandes den Kampf unter Kontrolle hatten, bahnte sich eine kleine Gruppe, darunter Jay, Felicitas, Jake, Brian, einige Widerstandsmitglieder und ich, den Weg durch das Ratsviertel zum Hauptgebäude, in dem sich das Büro von Ms Cunningham befand. General Rowley und Ms Coleman würden uns wenig später mit einem kleinen Trupp folgen. Auf dem Weg dorthin trafen wir auf eine weitere Gruppe Soldaten. Wir zögerten nicht lange und stürzten uns direkt auf sie. Schüsse fielen, Fäuste flogen. Wir lieferten uns einen gewaltigen Kampf. Es sah danach aus, als hätten wir sie alle überwältigt, als ich von weitem erkennen konnte, wie ein auf dem Boden liegender Soldat seine Waffe zückte. Mit zitternder Hand richtete er sie auf jemanden. Als ich dem Lauf seiner Pistole folgte, sah ich Sarah mit einem Soldaten kämpfen. Aber bevor ich sie warnen konnte, zerriss ein Schuss die Atmosphäre.

Ich hielt mir eine Hand vor den Mund, damit ich nicht laut aufschrie. Sarah lag mit weit aufgerissenen Augen auf dem Boden. Der Soldat, mit dem sie eben noch gekämpft hatte, lag neben ihr. Widerstandskämpfer beugten sich über sie, aber ich wusste, dass es zu spät war.

Sarah war tot.

Niedergeschlagen ließ ich die Schultern sinken. Jay war direkt an meiner Seite. Er redete behutsam auf mich ein, aber ich nahm kaum wahr, was er sagte.

»Ich weiß, es ist schrecklich, aber wir müssen weiter«, sagte Jay und trieb uns weiter an.

Sarah blieb allein zurück.

Als wir das Hauptgebäude erreichten, hatte ich mich einigermaßen wieder beruhigt, wenn das überhaupt möglich war. Durch die Glasfassade waren weitere Soldaten zu sehen, die wahrscheinlich für den persönlichen Schutz von Ms Cunningham zuständig waren.

»Was müssen wir tun, Dean?«, fragte Jay die magische

Seele, die in unserem Team war und sich und andere unsichtbar machen konnte.

»Ich bin noch nicht so gut wie Kendra, daher müssen wir einander berühren, sodass ich indirekt mit allen in Kontakt stehe«, antwortete Dean. Wir folgten seiner Anweisung und formten einen Block. Dean, Jay und ich bildeten die Spitze. Als er seine Fähigkeit zum Ausdruck brachte, spürte ich ein leichtes Kribbeln, das durch meinen Körper zuckte. Es war ungewohnt, aber auszuhalten.

Gemeinsam schlichen wir zum Haupteingang. Die postierten Wachen hielten kampfbereit ihre Waffen vor dem Körper, aber auch als wir mitten in ihrem Blickfeld standen, sahen sie blind durch uns hindurch. Es funktionierte!

Am Eingang berührte ich das Glas und löste es auf. Ohne die anderen loszulassen, huschten sie an mir vorbei in die Eingangshalle des Hauptgebäudes. Wir marschierten ins Innere und bereiteten uns vor. Jay zählte an seiner freien Hand mit den Fingern bis drei, dann schmissen wir alle in unterschiedliche Richtungen Rauchgranaten. Sie wurden natürlich sofort sichtbar und schlugen hart auf dem Boden auf, aber bevor die Soldaten reagieren konnten, gingen sie bereits hoch. In wenigen Sekunden war die Eingangshalle mit Rauch gefüllt und erschwerte die Sicht. Während die anderen sich auf die Soldaten stürzten, rasten Jay und ich die

Treppe zu Ms Cunninghams Büro hoch.

Ihre Tür wurde von zwei Soldaten flankiert. Als sie uns entdeckten, hielten sie sofort ihre Waffen auf uns und feuerten. Schnell suchte ich Sicherheit hinter einer Wand und zog Jay mit mir, war aber nicht schnell genug. Eine Kugel streifte seine Schulter und hinterließ eine offene, stark blutende Wunde.

»Jay!«, rief ich panisch, als er an der Wand zu Boden glitt.

»Schon gut!«, wehrte er mit schmerzverzerrtem Gesicht ab. »Erledige Sie und finde Ms Cunningham, Kass!« Jede Faser meines Körpers sträubte sich dagegen, ihn allein zurück zu lassen. Ich kniete mich zu ihm herunter, aber Jay schüttelte den Kopf.

»Kass. Es liegt jetzt alles an dir. Mir geht es gut, aber mit diesem Arm kann ich dir nicht helfen. Bitte.« Ich hatte einen Kloß im Hals. Ich erwiderte Jays unmissverständlichen Blick und nickte. Es lag jetzt wirklich alles an mir. Ich musste es tun. Ich rappelte mich wieder auf die Beine und aktivierte meinen Ohrstecker. »Kass an Ms Coleman und General Rowley. Zielperson befindet sich in ihrem Büro. Ich gehe rein und werde sie hinhalten. Kommen Sie auf schnellstem Wege mit Wachpersonal und Sanitätern. Es gibt Verletzte.«

Entschlossen griff ich nach meiner Waffe. Die Soldaten waren zwar vorgewarnt, aber ich hatte ihnen etwas voraus. Ich konnte durch die Wände sehen. Schnell ließ ich ein Stück davon verschwinden und beobachte die beiden Soldaten. Mit erhobenen Waffen warteten sie auf unseren Angriff.

Ich sammelte mich und mobilisierte meine Kräfte und meinen Mut. Mit einer fixen Bewegung umrundete ich die Wand und feuerte zwei Schüsse ab. Beide Schüsse verfehlten ihr Ziel nicht. Mit einem Aufschrei gingen die Soldaten zu Boden und hielten sich stöhnend die blutenden Stellen. Während ich die Soldaten wachsam im Auge behielt, schloss ich zu ihnen auf und entfernte ihre Waffen. Ich hatte präzise darauf geachtet, keine tödlichen Schüsse abzugeben.

Dann beeilte ich mich in das Büro vorzudringen. Aber bevor ich die Flügeltür erreichte, öffnete sie sich automatisch. Vorsichtig blieb ich zunächst zurück und ging in Deckung. Mitten vor der Glasfront in ihrem Büro stand Ms Cunningham, die Arme hinter dem Rücken verschränkt, die Lippen zu einem finsteren Lächeln verzogen. Langsam schlich ich aus meiner Deckung hervor.

Dann blieb ich ruckartig stehen.

»Kass«, säuselte sie mit kalter Stimme. »Ich habe dich bereits erwartet.«

»Was soll das werden?«, gab ich giftig zurück. Mir war tatsächlich nicht bewusst, was sie im Schilde führte, aber ich durfte meine Unsicherheit nicht preisgeben. Die Zukunft der Nation lag in diesem Moment in meinen

Händen und ich wollte die Seelen nicht enttäuschen.

»Was hältst du davon, deine Waffe niederzulegen?«, fragte sie und betonte jedes einzelne Wort. »Schließlich trage ich auch keine Waffe bei mir.« Sie öffnete als Beweis ihre Arme zu beiden Seiten. Ihre fließenden Bewegungen wirkten anmutig, selbstsicher und kontrolliert. Ms Cunningham schien wirklich zu glauben, noch eine Chance zu haben. Ich konnte keinen Funken Angst oder Panik in ihrem Gesicht ausmachen.

Ich haderte mit der Entscheidung. Sollte ich das Risiko eingehen und meine Waffe niederlegen? Oder sollte ich auf der sicheren Seite bleiben und meine Verteidigung aufrecht erhalten? Ich glaubte nur ein vernünftiges Gespräch mit ihr führen zu können, wenn beide Parteien gleichberechtigt waren. Ich wollte diesen Aufstand mit Worten beenden, nicht mit einem Schusswechsel. Es musste möglich sein, eine friedliche Lösung zu finden. Daher nickte ich und ließ meine Waffe vorsichtig zu Boden gleiten.

Mit einer Kopfbewegung gab sie mir zu verstehen, dass ich in ihr Büro eintreten sollte. Mein Atem ging stockend, Adrenalin pulsierte in meinen Adern, Angst und Panik packten mich, als ich mit geballten Fäusten unsicher ihr Büro betrat. Ich ließ sie keinen Moment aus den Augen, auch nicht, als die Flügeltür sich krachend hinter mir schloss. Ich zuckte zusammen, aber ihre Augen hatten mich in ihren Bann gezogen. Ich verstand nicht, wie diese Frau meine leibliche Mutter sein konnte. Wir hatten völlig verschiedene Ansichten, es gab nichts, dass uns verband. Und ich hatte keine Ahnung, was in den nächsten Minuten passieren würde.

Ms Cunningham faltete die Hände vor ihrem Körper. »Weißt du, Kassandra. Als du vor ein paar Wochen zu mir kamst und wir uns unterhielten, dachte ich wirklich, du hättest es verstanden. Ich hatte das Gefühl, wir beiden würden an einem Strang ziehen. Aber diese schwarze Seele hat dir tatsächlich die Fähigkeit für rationales Denken genommen.«

»Nicht jede unserer Entscheidungen sollten wir durch rationales Denken fällen«, erwiderte ich. Sie schüttelte lächelnd mit dem Kopf, als würde ich kompletten Schwachsinn reden. »Die Fähigkeit, auf sein Herz zu hören, ist eine Eigenschaft, die ich von meinen wahren Eltern gelehrt bekommen habe. Dazu wärst du niemals im Stande gewesen.«

»Kassandra, ganz gleich, wie widerlich du mich findest. Ich werde immer deine Mutter bleiben«, faselte sie und zog schadenfroh eine Augenbraue in die Höhe.

»Nein«, wehrte ich ab. »Eine Mutter hätte sich im richtigen Moment für ihre Tochter entschieden, nicht gegen sie.«

Ihr Ausdruck wurde grimmig und kalt. Ich hatte ihren wunden Punkt gefunden, denn *ich* war dieser wunde Punkt. Plötzlich schien sie wütend und panisch zu werden.

»Ich habe damals die einzig richtige Entscheidung getroffen, weil ich nur an das Wohl der Nation gedacht habe!«, schrie sie und gestikulierte wild mit den Händen.

»Falsch!«, schrie ich zurück. »Du hast nur an dich gedacht! Du wolltest doch nur deine eigene Haut retten. Die Nation war dir vollkommen egal! Und das ist sie noch immer! Warum siehst du nicht, dass es vorbei ist? Du hast verloren! *Verloren*!«

Mein Herz überschlug sich. Das Atmen war nur noch ein einzelnes Hecheln. Ich zitterte am ganzen Körper. Wohin sollte uns dieses Wortgefecht führen?

Ms Cunninghams Augen wurden immer größer, ihre Brust hob und senkte sich, ihr Blick wirkte aufgebracht. Sie richtete sich auf und schien sich zu sammeln. Sie streifte sich zitternd Strähnen aus ihrem Gesicht. »Ich werde jetzt diese Nation verlassen und du wirst nichts dagegen unternehmen. Es war mir eine Freude, dich kennengelernt zu haben, Kassandra.«

»Warum glaubst du, sollte ich nicht versuchen etwas dagegen zu unternehmen?«, erwiderte ich und verzog fragend das Gesicht. Was hatte sie vor? Was war ihr Plan? Wie hatte sie sich abgesichert? Ihre Augen waren eine Mauer, die undurchdringbar und standfest war. Ich verzweifelte langsam an ihren wechselnden Gefühlsregungen.

»Was willst du schon gegen mich unternehmen, Kassandra? Willst du gegen mich kämpfen?«, antwortete sie mit Gegenfragen und lachte. »Ich werde aus diesem Büro spazieren und du wirst nichts dagegen tun, weil du ein gutes Mädchen bist, Kass. Das liegt in deiner Natur.« In ihren Augen lag wilde Entschlossenheit.

Ich stolperte unbeholfen ein paar Schritte zurück. Einen Ausweg? Ich brauchte einen Ausweg! Was konnte ich tun? Wie konnte ich sie aufhalten, ohne sie ernsthaft zu verletzen?

»Ich werde jetzt gehen, Kassandra. Und ich warne dich: versuch nicht, mir zu folgen«, flüsterte sie.

In Sekundenschnelle analysierte ich die Situation und wägte meine Möglichkeiten ab. Mein starker Wille verband sich mit dem Adrenalin in meinem Köper und verwandelte sich in eine Kraft, die mächtiger war, als ich jemals gedacht hätte. Ich schrie all die Wut, die Verzweiflung, Panik und Entschlossenheit aus mir heraus und ließ meiner Fähigkeit die Oberhand. Mein Körper versteifte sich, als sich meine Fähigkeit zum Ausdruck brachte und ein Ruck durch meinen Körper ging.

Mit einem betäubenden Klirren zersprang die Gläserfront hinter Ms Cunningham in tausende Splitter und flog uns mit einem peitschenden Wind um die Ohren. Ich konnte sehen, wie sie sich schützend die Arme über den Kopf legte, trotzdem wurde sie von einigen Splittern getroffen.

Ms Cunningham hielt sich zusammengekrümmt an ihrem Schreibtisch fest. Blut lief über ihren Körper und tränkte ihre Kleidung an einigen Stellen in einem dunklen Ton. Mit großen Augen sah sie mich an, als hätte sie alles erwartet, nur nicht, dass ich sie dermaßen überwältigen würde, denn im selben Moment ging die Tür auf und General Rowley trat ein, gefolgt von zwei Wachen.

»Wieder falsch«, flüsterte ich.

Sie schnaubte. »Fällt dir eigentlich nichts Spektakuläreres ein, als Glas zu sprengen?«, spottete sie und ließ sich in ihren Schreibtischstuhl sinken. Ich ging auf diese Bemerkung nicht ein.

Trotz allem, was sie getan hatte in ihrer Zeit als Oberste Ratsdezernentin, war Ms Cunningham Teil der Nation und musste einen fairen Prozess bekommen. Und schließlich war sie meine Mutter.

»Du wirst dich stellen und einen Prozess unterziehen. Genau, wie es bei jeder anderen Seele der Fall gewesen wäre. Und«, sagte ich und legte eine kunstvolle Pause ein. »Du wirst dich öffentlich bei allen Bürgern dieser Nation entschuldigen.«

Erschöpft hob sie einen kurzen Moment die Hände. »Ich ergebe mich«, flüsterte sie in einem immer noch arroganten Ton.

»Festnehmen«, befahl General Rowley und ließ Ms Cunningham von den Wachen abführen. Ich sah ihnen hinterher und konnte Ms Coleman mit einigen Sanitätern bei Jay sehen. Die beiden Frauen lieferten sich ein Blickgefecht, aber sie wussten beide, dass wir gewonnen hatten. Die Nation hatte gewonnen.

General Rowley widmete mir seine Aufmerksamkeit. »Nun ja«, begann er und räusperte sich. Er schluckte, dann hielt er mir die Hand entgegen. »Vielen Dank. Sie haben der Nation eine große Ehre erwiesen.«

Mit einem Lächeln schüttelte ich seine Hand. »Gern geschehen.«

An der zerstörten Gläserfront genoss ich den Ausblick auf die Nation und atmete erleichtert aus. Es war vollbracht. Mission abgeschlossen.

Jetzt stand der Zukunft der Nation nichts mehr im Wege.

Epilog

Wochen später hatte sich eine gewisse Routine im neuen Alltag der Nation entwickelt. Die Trümmer, die der Aufstand hinterlassen hatte, wurden entsorgt. Der Wiederaufbau und die Umstrukturierung der Nation konnten beginnen. Eine gemeinsame Stadt sollte die neue Nation auszeichnen. Die Seelen arbeiteten alle zusammen und näherten sich immer weiter an.

Der neue Rat bestand nun aus weißen, schwarzen und magischen Seelen. Ms Coleman war eine ihrer Dezernenten. Sie blühte in ihrem neuen Job auf und eröffnete der Nation immer neue Möglichkeiten und Freiheiten.

Ms Cunningham hatte sich nach ihrer Genesung öffentlich bei der Nation entschuldigt, so wie ich es erwartet hatte. Durch den Neuaufbau der Nation wurden alle Strafen, die die Seelen in ihrem bisherigen Leben begannen hatten, erlassen, um ihnen einen Neuanfang zu ermöglichen. So auch bei Ms Cunningham. Ihr wurde ein neuer Beruf als Unterstützerin bei der Zusammenführung der Seelen zugeteilt, in dem sie ihre Erfahrungen nutzen und das gemeinsame Leben voranbringen konnte.

Ab sofort waren wieder alle Farben in der Nation erlaubt. Die Kleidungsproduktion boomte, die Designer entwarfen immer neue Kreationen. Ich hatte mich bereits in mein rotes Sommerkleid verliebt.

Nicht jeder Bürger der Nation konnte mit den Veränderungen so gut umgehen wie der Widerstand. Viele sahen sich noch als Fremde an, aber die Verbesserungen waren von Tag zu Tag ersichtlicher. Die Tendenz für eine gemeinsame Nation war steigend.

Ich saß auf dem Bett und sah mich in meinem Zimmer um. Mein Blick blieb an den Kissen hängen, vor denen eine ganz bestimmte Puppe saß. *Magnolia Houseman*. Bei dem Gedanken an Ms Coleman musste ich lachen. Ich nahm die Puppe in die Hand und verließ den Raum.

Mit einem Lächeln im Gesicht sah ich mich ein letztes Mal in meinem alten Zimmer um, bevor ich die Tür hinter mir schloss und die Treppe hinunter ging. Am Treppenende wartete Jay auf mich. Mit einem Schmunzeln, das mich beinahe dahin schmelzen ließ, nahm er mir die Tasche aus der Hand und griff mit der freien Hand nach meiner.

»Ich werde mein Zuhause vermissen«, flüsterte ich in die Stille des Hauses hinein.

Jay nickte. »Ich auch.«

Nach einem letzten Blick verließen wir gemeinsam das Haus und gingen zu unserem neuen Auto. Jay verstaute mein Gepäck, während ich mich von meinen Eltern verabschiedete. Tränen glitzerten in ihren Augen. Mit einem stechenden Schmerzen in der Brust umarmte ich sie beide gleichzeitig und drückte sie fest an mich.

»Versprich, auf dich aufzupassen, Schatz«, schniefte meine Mutter an meiner Halsbeuge.

»Versprochen«, flüsterte ich zurück, weil ich Angst hatte, dass meine Stimme versagte. Nur widerwillig löste ich mich aus unserer innigen Umarmung. Mein Vater lächelte mir zu.

Es gab schließlich noch andere, die zu unserer Verabschiedung gekommen waren. Mit schweren Schritten ging ich zu Felicitas rüber, die neben Brian stand. Er hatte stützend einen Arm um ihre Schulter gelegt. Die beiden waren seit kurzem ein Paar und glücklicher denn je. Ich wusste, dass Felicitas bei ihm in guten Händen war, weshalb ich sie einigermaßen beruhigt verlassen konnte. Felicitas schloss mich in eine feste Umarmung und wiegte uns hin und her. Brian wich freundlicherweise ein Stück zurück und ließ uns Mädels unsere Privatsphäre.

»Du wirst mir fehlen, Kass. Sei vorsichtig und komm heile zurück«, flüsterte sie in mein Ohr.

Mit Tränen in den Augen löste ich mich von ihr und legte ihr die Hände an die Wangen. »Ich weiß, du hast dir immer gewünscht, eine magische Seele zu sein. Diesen Wunsch konnte ich dir leider nicht erfüllen, aber vielleicht ja deinen Kindern«, sagte ich mit einem Seitenblick auf Brian. Mit feuchten Augen begann Felicitas zu lachen.

»Du hast mehr für diese Nation getan als jeder andere, Kass. Jetzt ist es Zeit, dass du mal an dich denkst«, beteuerte sie und nickte Richtung Auto. »Na los. Auf mit dir.«

Bevor ich auf dem Beifahrersitz Platz nahm, gesellte ich mich noch zu Jay und Anita. Seit ihrem Erfolg mit der Widerstandsgruppe hatte sie mir das Du angeboten und ich hatte es dankend angenommen. Sie lächelte. »Kass, lass dich drücken«, sagte sie und nahm mich in den Arm. »Ich bin sehr stolz auf dich. Ich freue mich, dass mein Sohn jemanden wie dich gefunden hat.«

»Danke, Anita«, antwortete ich und löste mich aus der Umarmung. »Ich habe ein Geschenk für dich.« Schmunzelnd hielt ich ihr meine Puppe entgegen. Bei dem Anblick brachen wir gemeinsam in ein herzliches Gelächter aus, wogegen die anderen uns nur fragende Blicke zuwerfen konnten. *Magnolia Houseman* war ein kleiner Insiderwitz über unsere erste Begegnung. Niemals würde ich diesen Tag vergessen.

Ich atmete tief ein und aus, wischte mir die Tränen aus dem Gesicht und verabschiedete mich noch von all den anderen, die gekommen waren. Ein letzter Blick auf all die Seelen, die mein Leben geprägt hatten, und dann stieg ich mit einem Lächeln in den Wagen.

»Bereit?«, fragte Jay, der auf dem Fahrersitz schon auf mich gewartet hatte. In seinen Augen sah ich Vorfreude,

Entschlossenheit und Liebe. Das pure Leben. Mein Leben.

»Bereit«, erwiderte ich und nickte. Dann startete er den Motor und wir ließen die Straßen der Nation hinter uns. Ich wusste, dass wir viel für die Nation getan hatten und dass sie immer unser Zuhause bleiben würde. Und ich hatte mir versprochen zurückzukehren, aber zunächst wollte ich die Weiten dieser Welt entdecken. Mit dem Jungen an meiner Seite, der mich so liebte, wie ich war.

Wir fuhren der Sonne entgegen, die sich hinter den Bergen empor hob, in eine Zukunft, die für uns alle ungewiss war. Diese Welt hatte mehr zu bieten als die Nation, das hatte ich im Gefühl, und Jay und ich waren diejenigen, die es als erste entdecken sollten.

Ende

Danksagung

Es ist nicht leicht, einen Roman zu schreiben. Damit ist viel Arbeit und Geduld verbunden, daher ist es von unschätzbarem Wert, Familie und Freunde hinter sich zu haben, die einen auf dem Weg zu seinem Traum begleiten und unterstützen.

Daher möchte ich auch an dieser Stelle zuallererst meiner Mutter danken, die einen großen Beitrag zum Entstehen dieses Romans geleistet hat. Sie war diejenige, die mir immer wieder gesagt hat: *Wenn du etwas wirklich willst, dann kannst du es auch schaffen.*

Ich möchte meiner ganzen Familie danken, die mir geholfen hat, diesem Roman den letzten Schliff zu geben, und mein Autoren-Dasein auf die Beine zu stellen.

Ich möchte mich auch bei meinem Freund bedanken, der sehr verständnisvoll meine intensive Arbeit an dem Roman respektiert hat.

Ein ganz herzliches Dankeschön geht an Laura Newman, die das wunderschöne Cover designt hat.

Vielen Dank an alle Leser, die Kass und Jay bis zum Ende begleitet haben!

E-Mail

va.thompson.books@gmail.com

Facebook

VA Thompson Books